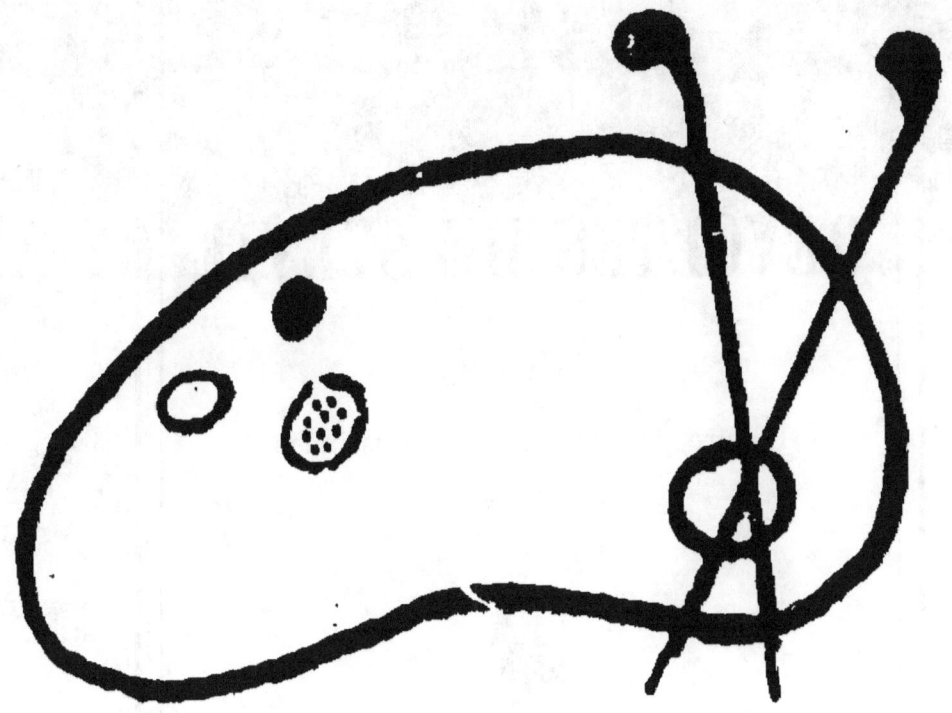

Couvertures supérieure et inférieure
en couleur

LES

RÉVOLTES DE SYLVIE

OUVRAGE

Illustré de 112 Gravures dessinées

Par. TOFANI

PARIS

LIBRAIRIE HACHETTE ET Cⁱᵉ

79, BOULEVARD SAINT-GERMAIN, 79

NOUVELLE COLLECTION

A L'USAGE DE LA JEUNESSE
Format in-8 à 4 francs le volume broché
CARTONNE EN PERCALINE A BISEAUX, TRANCHES DORÉES, 6 FRANCS

ASSOLLANT (A.). *Nantius le Rouge.* 3 vol. avec 107 vignettes.
— *Pendragon.* 1 vol. avec 42 vignettes.

BLANDY (Mᵐᵉ S.). *Roussetou.* 1 vol. avec 112 vignettes.

CAHUN (L.). *Les pilotes d'Ango.* 1 vol. avec 45 vig.
— *Les Mercenaires.* 1 vol. avec 54 vignettes.

CHÉRON DE LA BRUYÈRE (Mᵐᵉ). *La tante Derlice.* 1 vol. avec 44 vignettes.

COLOMB (Mᵐᵉ). *Le vicloveur de la Sapinière.* 1 vol. avec 85 vignettes.
— *La fille de Carilès.* 1 vol. avec 49 vignettes.
— *Deux mères.* 1 vol. avec 131 vignettes.
— *Le bonheur de Françoise.* 1 vol. avec 112 vignettes.
— *Chloris et Jeannuton.* 1 vol. avec 105 vignettes.
— *L'héritière de Vauclain.* 1 vol. avec 104 vignettes.
— *Franchise.* 1 vol. avec 113 vignettes.
— *Feuille paille.* 1 vol. avec 98 vignettes.
— *Les étapes de Madeleine.* 1 vol. avec 105 vignettes.
— *Denis le Tyran.* 1 vol. avec 115 vignettes.
— *Pour la Muse.* 1 vol. avec 105 vignettes.
— *Pour la Patrie.* 1 vol. avec 105 vignettes.
— *Hercé l'émeur.* 1 vol. avec 111 vignettes.
— *Jean l'innocent.* 1 vol. avec 111 vignettes.
— *Danielle.* 1 vol. avec 112 vignettes.
— *Les révoltes de Sylvie.* 1 vol. avec 112 vignettes.

CORTAMBERT (E.). *Voyage pittoresque à travers le monde.* 1 vol. avec 81 vignettes.
— *Mœurs et caractères des peuples.* (Europe, Afrique.) 1 vol. avec 60 vignettes.
— *Mœurs et caractères des peuples.* (Asie, Amérique, Océanie.) 1 vol. avec 64 vignettes.

CORTAMBERT (E.) et Ch. **DESLYS**. *Le pays du soleil.* 1 vol. avec 35 vignettes.

DAUDET (E.). *Robert Darnetal.* 1 vol. avec 81 vig.

DEMOULIN (Mᵐᵉ Gustave). *Les animaux étranges.* 1 vol. avec 172 vignettes.
— *Les gens de bien.* 1 vol. avec 32 vignettes.
— *Les maisons des bêtes.* 1 vol. avec 70 vignettes.

DESLYS (Ch.). *Courage et dévouement.* 1 vol. avec 81 vignettes.
— *L'ami François. — Les Noménoé. — La petite Reine.* 1 vol. avec 35 vignettes.
— *Nos Alpes. — Le muet de Brides. — Les légendes d'Erian.* 1 vol. avec 30 vignettes.
— *La mère aux chats. — La balle d'Iéna. — La fille du rebouteur. — Le bien d'autrui.* 1 vol. avec 30 vig.

DILLAYE (Fr.). *La filleule de Saint-Louis.* 1 vol. avec 39 vignettes.

ÉNAULT (L.). *Le chien du capitaine. — Trop curieux. — Les roses du docteur. — Le mont Saint-Michel.* 1 vol. avec 43 vignettes.

FATH (G.). *Le Paris des enfants.* 1 vol. avec 60 vig.

FLEURIOT (Mˡˡᵉ Zénaïde). *H. Nostradamus.* 1 vol. avec 36 vignettes.
— *La petite duchesse.* 1 vol. avec 75 vignettes.
— *Grand cœur.* 1 vol. avec 45 vignettes.
— *Raoul Daubry, chef de famille.* 1 vol. avec 32 vig.
— *Mandarine.* 1 vol. avec 60 vignettes.
— *Cédek.* 1 vol. avec 24 vignettes.
— *Caline.* 1 vol. avec 102 vignettes.

FLEURIOT (Mˡˡᵉ Zénaïde). *Feu et flamme.* 1 vol. avec 70 vignettes.
— *Le clan des têtes chaudes.* 1 vol. avec 65 vignettes.
— *Au galadoé.* 1 vol. avec 66 vignettes.
— *Les premières pages.* 1 vol. avec 65 vignettes.

GIRARDIN (J.). *Les braves gens.* 1 vol. avec 113 vig.
— *Nous autres.* 1 vol. avec 182 vignettes.
— *Fausse route.* 1 vol. avec 65 vignettes.
— *La tante petite.* 1 vol. avec 123 vignettes.
— *L'on de Placide.* 1 vol. avec 139 vignettes.
— *Le vœu de l'oncle Placide.* 1ʳᵉ partie. 1 vol. avec 73 vignettes.
— *Le vœu de l'oncle Placide.* 2ᵉ partie. 1 vol. avec 6 vignettes.
— *Le vœu de l'oncle Placide.* 3ᵉ et dernière partie. 1 vol. avec 117 vignettes.
— *Grand-père.* 1 vol. avec 91 vignettes.
— *Maman.* 1 vol. avec 112 vignettes.
— *Le roman d'un cancre.* 1 vol. avec 119 vignettes.
— *Les millions de la tante Zési.* 1 vol. avec 112 vig.
— *La famille Gaudry.* 1 vol. avec 112 vignettes.
— *Histoire d'un Berrichon.* 1 vol. avec 112 vignettes.
— *Le capitaine Bassinaire.* 1 vol. avec 119 vignettes.
— *Second violon.* 1 vol. avec 112 vignettes.
— *Le fils l'alansé.* 1 vol. avec 112 vignettes.

GIRON (Aimé). *Les trois rois mages.* 1 vol. avec 60 vig.

GOURAUD (Mᵐᵉ J.). *Cousine Marie.* 1 vol. avec 36 vig.

NANTEUIL (Mᵐᵉ P. de). *Capitaine.* 1 vol. avec 76 vig.
— *Le général du Naine.* 1 vol. avec 60 vignettes.

PAULIAN (L.). *La hotte du chiffonnier.* 1 vol. avec 60 vignettes.

ROUSSELET (L.). *Le charmeur de serpents.* 1 vol. avec 68 vignettes.
— *Le fils de connétable.* 1 vol. avec 113 vignettes.
— *Les deux mousses.* 1 vol. avec 90 vignettes.
— *La peau du tigre.* 1 vol. avec 102 vignettes.
— *Le tambour du Royal-Auvergne.* 1 vol. avec 115 vig.

SAINTINE. *La nature et ses trois règnes, causeries et contes d'un bon papa sur l'histoire naturelle.* 1 vol. avec 174 vignettes.
— *La mythologie du Rhin et les contes de la Mère-Grand.* 1 vol. avec 160 vignettes.

TISSOT et **AMÉRO**. *Aventures de trois fugitifs en Sibérie.* 1 vol. avec 72 vignettes.

WITT (Mᵐᵉ de), née Guizot. *Une sœur.* 1 vol. avec 63 vignettes.
— *Scènes historiques,* 1ʳᵉ série. 1 vol. avec 48 vignettes.
— *Scènes historiques,* 2ᵉ série. 1 vol. avec 28 vignettes.
— *Lutin et démon. — A la rescousse. — De glaçons en glaçons.* 1 vol. avec 56 vignettes.
— *Normands et Normandes.* 1 vol. avec 70 vignettes.
— *Notre-Dame Gueeclin. — La Jacquerie. — Delhi et Cawnpore.* 1 vol. avec 70 vignettes.
— *Légendes et récits pour la jeunesse.* 1 vol. avec 45 vignettes.
— *Un l'atriote au XIVᵉ siècle. — Les héroïnes de Harlem. — Une heureuse femme.* 1 vol. avec 54 vignettes.
— *Un nid.* 1 vol. avec 63 vignettes.
— *Un jardin suspendu. — Un village primitif. — Le tapis des quatre Facardins.* 1 vol. avec 39 vignettes.

16237 — Imprimeries réunies, A, rue Mignon, 2, Paris.

LES

RÉVOLTES DE SYLVIE

OUVRAGES DU MÊME AUTEUR

PUBLIÉS DANS LA COLLECTION IN-8° A L'USAGE DE LA JEUNESSE

PAR LA LIBRAIRIE HACHETTE ET C⁰

Le violoneux de la Sapinière. 1 volume illustré de 85 gravures d'après A. MARIE.

La fille de Carilès. 1 volume illustré de 96 gravures d'après A. MARIE.

Deux mères. 1 volume illustré de 133 gravures d'après A. MARIE.

Le bonheur de Françoise. 1 volume illustré de 112 gravures d'après A. MARIE.

Chloris et Jeanneton. 1 volume illustré de 105 gravures d'après SAHIB.

L'héritière de Vauclain. 1 volume illustré de 101 gravures d'après C. DELORT.

Franchise. 1 volume illustré de 113 gravures d'après C. DELORT.

Feu de paille. 1 volume illustré de 98 gravures d'après TOFANI.

Les étapes de Madeleine. 1 volume illustré de 101 gravures d'après TOFANI.

Denis le Tyran. 1 volume illustré de 115 gravures d'après TOFANI.

Pour la Muse. 1 volume illustré de 105 gravures d'après TOFANI.

Pour la Patrie! 1 volume illustré de 105 gravures d'après E. ZIER.

Hervé Plémeur. 1 volume illustré de 112 gravures d'après E. ZIER.

Jean l'innocent. 1 volume illustré de 110 gravures d'après E. ZIER.

Danielle. 1 volume illustré de 112 gravures d'après TOFANI.

Chaque volume broché, 4 francs; cartonné tranches dorées, 6 francs.

COULOMMIERS 16197 — Imprimeries réunies, A, rue Mignon, 2, Paris.

Mme COLOMB

LES
RÉVOLTES DE SYLVIE

OUVRAGE

Illustré de 118 vignettes dessinées

Par TOFANI

PARIS
LIBRAIRIE HACHETTE ET Cie
79, BOULEVARD SAINT-GERMAIN, 79
1889
Droits de traduction et de reproduction réservés.

A

MADEMOISELLE EUGÉNIE GALLE

Souvenir de bonne affection,

J. COLOMB.

« Louis XIV est mon héros. »

LES
RÉVOLTES DE SYLVIE

CHAPITRE PREMIER

Où Mlle Sylvie de Préjonc se présente elle-même aux lecteurs, avec son entourage.

« Décidément, s'écria Sylvie en frappant un coup sec et décidé sur le livre ouvert devant elle, Louis XIV est mon homme. Quel homme! quel roi! »

Il ne faudrait pas croire que Sylvie de Préjonc eût parlé ainsi pour le plaisir de parler, ou simplement pour exprimer son opinion. Il n'y avait qu'à remarquer la pose provocatrice de sa petite tête ébouriffée, la raideur de sa taille, tout à l'heure penchée en avant sur son livre, maintenant aussi droite que possible, le regard étincelant de ses yeux noirs, et le mouvement précipité dont son pied battait le tapis, pour comprendre que Sylvie partait en guerre et se disait mentalement :

« Voyons, qui est-ce qui va s'aviser de me contredire? »

Elle n'obtint pas tout d'abord le résultat qu'elle souhaitait.

Elle entendit seulement la voix claire et douce de son petit cousin Antoine disant : « Par file à gauche, en avant, marche! » aux soldats de plomb qu'il faisait manœuvrer dans un coin de la chambre : Antoine se souciait évidemment fort peu de Louis XIV. Sylvie chercha le regard des autres personnes pré-

sentes. Sa cousine Henriette continuait à rester penchée sur la table où elle écrivait, et, au mouvement de ses doigts, Sylvie put comprendre qu'elle comptait ses unités pour en former un total : chacun sait que rien n'est plus absorbant qu'une opération d'arithmétique. Marguerite, la sœur cadette d'Henriette, tournait bien vers Sylvie des yeux ronds et une bouche béante, qui semblaient l'interroger ; mais Marguerite n'était pas un adversaire digne de Sylvie : pensez donc, une fillette de huit ans! que pouvait valoir son opinion sur Louis XIV? Quel dommage que Raymond fût au lycée!... Au fait, non : Raymond ne l'aurait pas contredite : il aurait fait chorus au contraire... Pourquoi Mademoiselle ne disait-elle rien?

Mlle Jeanne Cherbez, l'institutrice des quatre enfants pendant toute l'année, et même de Raymond pendant les vacances, semblait uniquement occupée du petit jupon d'enfant qu'elle tricotait avec de grosse laine rouge; mais un léger sourire qui errait sur son visage, apparaissant tantôt sur sa bouche et tantôt dans ses yeux, fit bien comprendre à Sylvie qu'elle l'avait entendue. « Ah! se dit la fillette avec dépit, elle ne veut pas me demander pourquoi j'ai dit cela! est-elle ennuyeuse! il faut toujours faire le premier pas avec elle! Eh bien, tant pis, je ne dirai rien, là! »

Et Sylvie, hochant la tête d'un air fâché, fit semblant de se replonger dans sa lecture. Mais l'anecdote qu'elle lisait ne l'intéressait plus, du moment qu'elle ne pouvait en causer avec personne. Aussi, au bout de deux minutes, qui lui parurent des heures, elle poussa un gros soupir, leva de nouveau la tête et dit :

« N'est-ce pas, mademoiselle, que Louis XIV est un grand homme? C'est mon héros, à moi!

— Je ne vous dirai pas que ce soit le mien, répondit l'institutrice ; il a bien quelques petites taches, votre héros.

— Oh ! mademoiselle ! Écoutez ceci : « Les ambassadeurs des différentes puissances avaient successivement renoncé au droit d'asile, qui faisait du quartier habité par chacun d'eux un vrai repaire de brigands ; et le nonce du pape Innocent XI essaya d'obtenir du roi la même renonciation. « Je n'ai jamais été réglé par l'exemple d'autrui, répondit Louis XIV ; Dieu m'a établi pour donner l'exemple et non pour le recevoir. » Est-ce de la fierté, cela ? est-ce grand ?

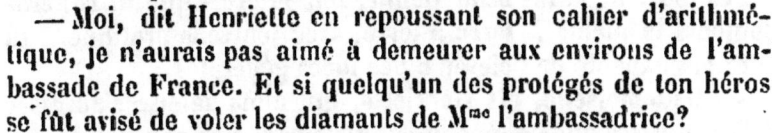

— Si c'est de la fierté, ma chère enfant, je trouve qu'il aurait eu bien des occasions de la placer mieux ; et je ne crois pas non plus que ce soit cela qui lui ait valu le surnom de *Grand*.

— Moi, dit Henriette en repoussant son cahier d'arithmétique, je n'aurais pas aimé à demeurer aux environs de l'ambassade de France. Et si quelqu'un des protégés de ton héros se fût avisé de voler les diamants de Mme l'ambassadrice ?

— Ils n'auraient pas fait cela ! s'écria Sylvie avec feu. Tout ce qui touchait à la France était sacré pour eux ; les brigands sont capables, tout comme d'autres, de reconnaître la générosité...

— Et ton héros traitait avec eux de puissance à puissance, alors ? En voilà de la fierté ! »

Sylvie devint pourpre de colère ; elle n'aimait pas qu'on se moquât d'elle, et, cherchant une épithète bien insultante à adresser à sa cousine, elle lui lança avec un accent de suprême dédain et un air de tête de Junon outragée, ces deux simples mots : « Petite fille ! »

Pauvre Sylvie ! elle manqua son effet. Henriette ne se fâcha pas : elle éclata de rire. Sylvie se tourna vers Mlle Jeanne : Mlle Jeanne riait aussi.

« Ne vous fâchez pas, Sylvie, dit-elle à son élève irritée ; il n'y a pas de discussion possible, si chacun s'emporte dès les premiers mots. Voyons, calmons-nous, mauvaise tête. » Et l'institutrice, posant son tricot sur la table, alla prendre entre ses mains caressantes la tête de la jeune révoltée. « Savez-vous que je suis fort aise de ne pas vous avoir donné tout de suite la raí-

son très pratique qu'Henriette a trouvée. Vous m'auriez peut-
être appelée petite fille, moi aussi?

— Oh! non, mademoiselle, répondit Sylvie confuse, en haussant son front jusqu'aux lèvres de l'institutrice. Vous savez bien
que je vous adore!

— Rien que cela!

— Oui; vous le savez bien... Embrassez-moi, puisque vous
m'avez grondée... Je ne me fâcherai plus; mais cette Henriette
a une manière de se moquer de moi... Et elle rit, encore!

— Pardonne-moi, Sylvie, je ne voulais pas te faire de peine,
dit Henriette, tâchant de reprendre son sérieux; mais c'était si
drôle de t'entendre m'appeler « petite fille » du haut de tes quatorze ans... que j'aurai dans six mois!

— Mais ce n'est pas pour l'âge..., c'est une manière de parler... parce que tu me donnais une raison de petite fille... Ah!
après tout, tu auras beau vieillir, toi, je crois que tu resteras
toujours la même... terre à terre, avec ton sens pratique... tu
n'es pas capable de t'élever à des idées générales...

— Mademoiselle, dit Henriette, qui aima mieux s'adresser
à l'institutrice que de répondre directement à sa cousine, le sentiment de la justice, est-ce que ce n'est pas une idée générale?

— Oui, mon enfant, répondit Mlle Cherbez avec un sourire
bienveillant; c'est même une idée universelle, quoique tout le
monde n'entende pas la justice de la même manière.

— Ah! j'ai le sentiment de la justice, et très vif même, interrompit Sylvie. Et c'est pour cela que j'admire Louis XIV : il
savait se faire rendre justice, il défendait ses droits...

— Même quand ils étaient injustes! répliqua Henriette. Tu as
beau dire, c'était de la barbarie, ce droit d'asile, et ton héros
était coupable de tous les crimes qui se commettaient sous sa
protection. C'est moi qui n'aimerais pas que nos terres de Bois-
Fleuri fussent *tabou*, à la manière de l'ambassade de France
à Rome! Vois-tu d'ici les figures suspectes que nous rencontre-
rions partout sur nos pas? et nos pensionnaires quittant leur
asile la nuit pour aller voler aux environs? sans compter les fruits
qui disparaîtraient et peut-être même autre chose encore?
Non; les malfaiteurs, il faut tâcher de les rendre honnêtes si
l'on peut, et, si l'on ne peut pas, il faut les mettre en prison,
voilà!

« — Girouette! s'écria Sylvie en haussant les épaules. Pas plus tard qu'hier, tu t'essuyais les yeux en lisant *Silvio Pellico!*

— Mais Silvio n'était pas un voleur! Mademoiselle m'a raconté son histoire.

— C'est égal; il était privé de sa liberté, voilà pourquoi il était malheureux. Ah! la liberté! »

Et Sylvie, étendant les bras, respira à pleins poumons comme une prisonnière délivrée, qui s'empresse de goûter à un autre air que celui de son cachot. M¹¹ᵉ Cherbez sourit.

« Pauvre Sylvie, dit-elle, pauvre victime, pauvre esclave! comme elle soupire après la liberté! »

Sylvie prit un air très sérieux.

« Vous vous moquez toujours de moi, mademoiselle, ce n'est pas bien. Je sais bien que je ne suis pas une victime... mais une esclave!... Si, je suis une esclave, comme tant d'autres, du reste; seulement — et elle lança à Henriette un regard dédaigneux — il y a des esclaves qui ne sentent pas leurs chaînes.

— Ça, c'est vrai, dit Henriette gaîment; je ne les sens pas. Et toi, où sont les tiennes? Montre un peu leurs meurtrissures! »

Sylvie haussa les épaules.

« Je vous fais juge, mademoiselle : est-ce que je ne suis pas garrottée du matin au soir? J'essaye une nouvelle coiffure, une coiffure de mon invention qui me va très bien: mon oncle me demande si nous sommes en carnaval et me prie de défaire cela avant l'heure où il peut venir du monde. Je voudrais aller me promener, il faut que j'attende pour me faire accompagner; j'ai envie d'une certaine toilette, on me dit que c'est trop excentrique; on me fait manger une côtelette un jour où je veux déjeuner de salade et de cerises; je fais entrer le vieux chiffonnier dans la salle d'étude pour le faire poser, ma tante le renvoie parce qu'elle ne le trouve pas assez propre. J'ai envie de travailler à ma tapisserie, on me la fait quitter pour moudre des exercices sur le piano. Enfin, je ne peux jamais faire ce que je veux, pas même choisir mes amies! Cette charmante Clara que j'aimais tant!

— Allons, ne vous montez pas la tête, ma chère petite; vous ne l'aviez vue qu'une fois, votre tendresse pour elle n'avait pas eu le temps de pousser de bien longues racines; et votre tante a eu parfaitement raison de ne pas l'admettre dans votre intimité. Ni elle ni sa mère n'ont des manières convenables.

— Parce qu'elles sortent du type qu'on rencontre partout, parce qu'elles ne ressemblent pas à tout le monde... Encore un esclavage; on n'a pas seulement le droit d'être *soi-même*, il faut ressembler à tout le monde... Autant de jeunes filles, autant de copies du même mannequin..., la même coupe de vêtements, la même révérence, la même bouche en cœur, les mêmes yeux baissés, les mêmes réponses d'automate : oui, madame..., non, monsieur..., et un joli vernis d'air bête répandu sur tout cela... Oh! l'ordre social, quelle invention!

— Oh! Sylvie qui parle politique! dit la petite Marguerite du ton le plus étonné qu'on pût entendre.

— Où vois-tu de la politique là dedans, petite sotte? les enfants sont insupportables!

— Mais c'est un mot de journal, répliqua Marguerite, qui avait son idée et qui tenait à l'expliquer. Il est tout le temps dans le journal de papa; je l'ai bien entendu quand il le lit à maman pendant qu'elle travaille. Et ce qu'il y a dans les journaux, c'est de la politique; n'est-ce pas, mademoiselle?

— Oui, ma petite, répondit l'institutrice en riant; mais il y a aussi autre chose, et votre cousine ne pensait pas à la politique. Elle ne s'en occupe pas encore.

— Il ne manquerait plus que cela! » murmura Henriette.

Sylvie l'entendit et lui jeta un regard noir; mais, comme elle n'osait pas revendiquer le droit de conseiller le gouvernement, elle se tut. L'institutrice lui prit doucement la main.

« Sylvie, ma chérie, lui dit-elle, votre petite tête est un vrai fouillis d'où l'on a bien de la peine à extraire le peu d'idées justes qui s'y trouvent. Certainement vous avez raison de dire que vous portez des chaînes; mais qui n'en porte pas? Et les vôtres ne sont pas bien lourdes. Vous pourrez en rencontrer de plus gênantes dans le cours de votre existence; et comme vous serez bien obligée de les garder, ce que vous aurez de mieux à faire sera de les porter de bonne grâce. Sinon, vous serez comme les gens qui marchent au soleil sur une route poudreuse où il n'y a ni fontaines ni auberges, et qui répètent continuellement : « Que j'ai soif! que j'ai donc soif! » Cela ne leur donne pas à boire, et ils n'en ont que plus soif... »

La petite caravane s'enfonça dans les allées.

A ce moment, une tête noire et frisée, une tête de caniche, apparut à la fenêtre qui donnait sur le jardin.

« Ah ! voilà Miska et Paulette ! » s'écria le petit Antoine en se levant pour courir à une belle petite fille blonde portée dans les bras de sa bonne.

Ses yeux étaient encore gros de son somme de la journée ; mais elle avait le réveil gai, car elle envoya un baiser à son frère en riant aux éclats.

« Voyez-vous Paulette ? dit Mᶩᶫᵉ Jeanne ; elle ne se plaint pas de la vie. Elle a bien dormi, et maintenant elle jouit du beau soleil. Faisons comme elle ; j'ai envoyé au kiosque votre goûter et le jeu de croquet, nous avons le temps d'ici au dîner de faire une belle partie. »

Les enfants quittèrent la salle d'étude et prirent leurs chapeaux de paille pour aller dans le parc. Une petite voiture d'enfants attendait à la porte ; Antoine y monta et tendit les bras à Paulette, qu'on assit en face de lui. Il aurait bien pu aller à pied, mais il aimait la voiture et sa bonne Louise faisait tout ce qu'il voulait.

« Oh ! est-ce que les enfants viennent avec nous ? demanda Sylvie d'un ton fâché.

— Mais oui ; leur goûter y est avec le nôtre, répondit Mᶩᶫᵉ Jeanne. Encore une chaîne, Sylvie ; il faut bien s'occuper des petits enfants. Ils ne vous gêneront pas, d'ailleurs ; j'emmène Louise qui s'occupera d'eux.

— Ah ! c'est qu'ils courent après les boules, ils arrachent les arceaux, ils sont toujours dans votre chemin..., c'est absolument comme Miska.

— Louise les surveillera tous les trois, les enfants et la chienne ; ils sont obéissants, et d'ailleurs on ne peut pas les bannir du parc lorsque vous y êtes ; il faut être juste, Sylvie ! »

Sylvie soupira ; elle sentait qu'elle avait tort. Il n'entrait pas dans son caractère de faire des excuses à quiconque ; mais à un petit enfant ! Elle se rapprocha de la petite voiture et se baissa pour embrasser Paulette. Mais Paulette se détourna en criant.

« La méchante ! dit Sylvie.

— Elle devine peut-être que vous vouliez l'embrasser pour faire pénitence, répondit l'institutrice. Allons, en route, mes enfants ! Donnez-moi le bras, Sylvie, et ne faites pas cette minelà par un si beau temps. Gardez vos airs de révoltée pour les jours d'orage! »

Sylvie ne put s'empêcher de rire, et la petite caravane s'enfonça dans les allées du parc. Miska, la jolie caniche noire, courait en avant comme une folle, à la grande joie des enfants, qui la rappelaient à chaque instant pour la faire sauter par-dessus une baguette.

On peut apercevoir le clocher trapu de Belleville.

CHAPITRE II

Où le lecteur est renseigné sur la famille de Sylvie et sur les lieux qu'elle habite.

Le parc de Bois-Fleuri, par cette belle journée de mai, méritait bien son joli nom. Partout, au bord des allées sinueuses où la voiture d'enfant, poussée par Louise, précédait M{ue} Cherbez et ses élèves, les violettes embaumaient l'air, et, dans les taillis, les stellaires, les boutons d'or, les pâquerettes rosées, les véroniques d'azur brillaient à qui mieux mieux parmi l'herbe verte, pendant que les cytises, les marronniers, les aubépines et les lilas formaient berceau au-dessus de la tête des promeneurs. Les deux petits battaient des mains et poussaient des cris de joie; Marguerite s'arrêtait en extase devant une mésange ou un chardonneret qui voltigeait de branche en branche. Henriette marchait légèrement, comme soulevée par la joie de vivre; elle ne pouvait s'empêcher de répéter à chaque instant : « Quel beau temps! quel beau soleil! quelles jolies fleurs! quelle belle herbe! » Tout cela n'était pas bien spirituel et n'apprenait rien à personne; mais Henriette avait le bonheur communicatif. Sylvie, pendue au bras de l'institutrice, réfléchissait en silence, et la paix qui l'entourait pénétrait peu à peu en elle.

Au tournant d'une allée, Antoine eut envie d'une branche fleurie d'aubépine rose; Henriette s'arrêta pour la lui cueillir. Paulette tendit ses petites mains en criant : « A moi! à moi! » et Marguerite voulut aussi avoir sa part. Pendant la cueillette, Mlle Jeanne et Sylvie passèrent en avant; les enfants ne couraient aucun risque dans le parc, et l'institutrice n'était pas fâchée de se trouver seule avec son élève, dans le cas où celle-ci aurait quelque chose à lui dire.

Sylvie mourait d'envie de lui parler; mais elle était de ces personnes qui attendent toujours qu'on vienne à elles. Pourtant, quand elle vit que le kiosque n'était plus qu'à deux pas, elle se décida : les retardataires devaient avoir fini de cueillir des fleurs et ils n'oublieraient sûrement pas l'heure du goûter. Elle poussa un gros soupir, et, d'une voix câline :

« Est-ce que vous êtes fâchée contre moi, mademoiselle? Vous ne me parlez pas!

— Et vous, Sylvie, répliqua Mlle Cherbez en souriant et en la contrefaisant, est-ce que vous êtes fâchée contre moi? Vous ne me dites rien!

— Oh! moi, ce n'est pas la même chose... Je n'ai pas le droit d'être fâchée, moi!

— Vraiment!

— Oh! mademoiselle, voilà que vous raillez encore! Vous voulez me dire que je prends ce droit-là, et assez souvent, même..., mais personne ne s'en soucie. Au lieu que moi, voyez-vous, quand je vous sens fâchée contre moi, j'ai un chagrin, un chagrin mortel!

— Et en ce moment, me sentez-vous fâchée contre vous?

— Oh! non, pas quand vous me regardez avec ces yeux-là..., des yeux si doux, si caressants, des yeux qui disent que vous m'aimez..., oui, mais j'y vois aussi du chagrin, parce que vous ne pouvez pas me rendre bonne comme vous, et cela me fait plus de peine que toutes les réprimandes, que toutes les punitions... Vous me blâmez beaucoup, dites?

— Non, mon enfant, je vous plains.

— Vrai! Vous êtes si bonne! Vous comprenez que je ne suis pas toujours heureuse, n'est-ce pas? En général, les grandes personnes ne comprennent pas les enfants; elles croient qu'ils ne pensent à rien; elles se trompent... Et puis, d'ailleurs, je ne

suis plus une enfant, moi... J'ai des idées très sérieuses. Vous
riez?

— Non, ma petite, je ne ris pas; je vous crois. J'admets que
vous ayez plus d'idées et même plus de soucis qu'une autre,
parce que vous êtes très intelligente. Vous voyez, je vous le dis
sans craindre de gonfler votre vanité. Mais savez-vous que
l'intelligence aussi est une chaîne? qu'elle impose des devoirs?
Si vous étiez stupide, vous auriez droit à toute l'indulgence du
monde : que pourrait-on vous demander? Mais plus vous avez
d'intelligence, plus vous devez être sévère pour vous-même et
plus vous devez faire de bien : comprenez-vous cela? Je ne vous
parle pas comme à une enfant.

— Vous me flattez! murmura Sylvie confuse.

— Non, je dis ce que je pense. Donc, nous avons du bien à
faire, chacun selon notre capacité, et vous *devez* en faire beaucoup, parce que vous le *pourez*. Mais il faut d'abord exercer
votre jugement à acquérir du calme et de la justesse; et comment y parviendrez-vous, si vous conservez l'habitude de voir
toujours les choses par le mauvais côté et d'être toujours armée
en guerre? Croyez-moi, Sylvie, c'est un triste rôle dans le
monde que celui des révoltés!

— J'y penserai, mademoiselle, j'y penserai beaucoup..., vous
avez raison... Ah! si je pouvais vous ressembler! Vous êtes bien
heureuse, vous, vous êtes si calme! rien ne vous agite... Vous
ne vous êtes donc jamais révoltée, vous? »

Quelle question! Il fallait que Sylvie fût bien jeune pour
l'adresser à son institutrice. Certes, elle ne se rendit pas compte
des luttes, des déceptions, des efforts qui avaient amené l'âme
de Jeanne à cette sérénité résignée; mais elle la vit rougir et
pâlir, et sentit qu'elle avait dû lui faire de la peine. Et, comme
font les enfants, elle se jeta dans ses bras pour la consoler.

Un bruit de rires et de voix joyeuses annonça la petite voiture
ornée de fleurs comme un char de triomphe; Henriette et Marguerite s'étaient enguirlandées de cytise et de lilas, et elles
accouraient, les mains pleines, pour couronner Mademoiselle et
Sylvie, et décorer la salle du festin. Leur arrivée changea le
cours des idées de leur cousine, qui laissa de bonne grâce
piquer des grappes jaunes de cytise dans ses cheveux noirs, et
aida ensuite Henriette à arranger un beau bouquet dans une

grande potiche qu'on plaça au milieu de la table rustique. Puis on mangea gaîment les tartines, le pain d'épice et les oranges du goûter; on but l'eau limpide d'une petite fontaine voisine du kiosque, et l'on alla planter les arceaux de croquet. Louise emmena les deux petits jouer sur un tas de sable destiné aux allées, et le choc des boules se fit bientôt entendre, souvent couvert par le bruit des discussions : il n'y a pas de jeu qui en fasse naître davantage.

Pendant que nos gens sont ainsi occupés, il me semble, lecteur, que je vous dois bien quelques renseignements sur leurs personnes, leur famille, leur passé et l'endroit où ils demeurent. Cet endroit s'appelle Bois-Fleuri; c'est une propriété de pur agrément, située dans la partie la plus pittoresque du Limousin. Elle se compose d'abord d'un parc et d'une maison spacieuse, claire, gaie et commode, d'où l'on jouit de la plus jolie vue qu'on puisse imaginer. Devant la maison, le terrain descend en pente très douce, occupé par le parterre toujours soigné et garni des plus belles fleurs de la saison; après le parterre, le jardin potager, le verger, et au loin des prairies où se déroulent les clairs anneaux de la Tambille, une jolie rivière peu navigable à cause des rochers qui encombrent son lit et la forcent à chaque instant à de pittoresques cascades, mais plus réjouissante pour les yeux qu'un fleuve capable de porter des vaisseaux de haut bord. De la maison et de la terrasse, où ses habitants se réunissent les soirs d'été, c'est un plaisir de suivre du regard les détours de la Tambille, ici coulant à pleins bords dans une prairie d'émeraude, là disparaissant dans un petit bois, plus loin rencontrant des obstacles et rejaillissant en écume blanche. A droite, l'œil parcourt des champs cultivés, des blés qui ondulent au vent, des trèfles aux couleurs brillantes, du sarrasin qui semble une neige nouvellement tombée. A gauche, s'étendent de molles ondulations couronnées de taillis et de bouquets de bois; au loin, on remarque la tache sombre d'une forêt de chênes. Derrière la maison, le terrain se relève légèrement jusqu'à la grande route, et ce n'est que des greniers qu'on peut apercevoir les toits rouges et le clocher trapu de Belleville, un gros bourg qui n'est pas bien beau, mais où l'on peut se procurer toutes les choses nécessaires à la vie. Entre Belleville et la maison de Bois-Fleuri s'étend le parc où nous avons laissé les

enfants jouant au croquet; un parc qui a bien cent ans d'âge,
coupé d'allées sinueuses, plein d'ombre et de chants d'oiseaux,
un vrai paradis. Et Bois-Fleuri aussi est un paradis, s'il faut en
croire ses habitants.

Ah! ses habitants! Nous y arrivons. Nous avons déjà vu
Mlle Cherbez, l'institutrice, et Louise, la bonne des enfants;
nous avons vu Sylvie de Préjone et ses cousins et cousines :
Henriette, Raymond (nous n'avons pas vu celui-là, mais on a
parlé de lui), Marguerite, Antoine et Paulette. Ce sont les
enfants de M. et Mme de Robay, qui habitent Bois-Fleuri été
comme hiver et qui s'y trouvent parfaitement heureux. M. de
Robay a épousé, il y a quinze ans, Mlle Thérèse Charmeris, qui
lui a apporté en dot le domaine de Bois-Fleuri. Elle y avait
grandi, elle l'aimait, et elle a été profondément reconnaissante à son mari de ce qu'il a bien voulu s'y fixer. A vrai dire,
ce n'était pas un grand sacrifice qu'il lui faisait. M. de Robay,
dont la fortune était toute en capitaux, n'avait pas plus de
raisons pour vivre dans un endroit que dans un autre, et il
trouvait à Bois-Fleuri tout ce qui pouvait lui plaire. Il aimait
la campagne; il s'intéressa aux travaux de son fermier, car le
domaine comprenait une ferme qui alimentait la maison d'habitation. Il aimait les études historiques : il découvrit avec ravis-
sement que la bibliothèque municipale de Puymont, la grande
ville la plus proche, contenait des trésors en fait de livres
anciens, de vieilles chroniques, de paperasses vénérables apportées jadis de tous les châteaux détruits dans la province. Il avait
là du bonheur pour toute sa vie.

Il se fit bientôt un ami du bibliothécaire, qui lui livra avec
joie tous les secrets de son royaume. Et, deux ou trois fois par
semaine, M. de Robay s'en allait prendre à la gare de Belleville
le train qui le déposait à Puymont une heure après; un autre
train le ramenait chez lui pour le dîner, chargé de documents
qui lui fournissaient de l'occupation à domicile. Le soir, quelle
joie de lire à sa femme, pendant qu'elle brodait, une charte
inconnue de tous les savants de France et découverte par lui
dans les archives d'une vieille abbaye ou d'une ville qui n'existait plus! Mme de Robay était intelligente et sut prendre intérêt
aux travaux qui passionnaient son mari. Elle lui procura des
relations; on se visite à deux ou trois lieues entre voisins de

campagne, et Belleville possédait un notaire, un médecin, un percepteur, un curé et un certain nombre de propriétaires, sans compter quelques jeunes gens, un ingénieur, un garde général chargé de surveiller la forêt de chênes qu'on voyait de la terrasse de Bois-Fleuri, et des contrôleurs de diverses administrations, tous fort ennuyés de leur exil dans un bourg et prêts à accueillir les invitations avec enthousiasme. Il se forma ainsi autour de la famille de Robay une petite société très unie, très gaie, simple et de bon ton, où la prétention et la malveillance étaient inconnues, et où l'on s'amusait de grand cœur. Ne pouvait-on pas dire que Bois-Fleuri était un vrai paradis?

Depuis six mois, M. de Robay avait pris l'habitude d'écourter ses visites à la bibliothèque municipale de Puymont. Quand il venait à la ville, il partageait désormais son temps entre ses chers travaux et le parloir du lycée. Là il n'attendait pas longtemps un petit bonhomme de douze à treize ans, leste et vigoureux, aux longs pieds sortant d'un pantalon toujours trop court, aux cheveux blonds coupés ras, qui connaissait ses jours et ses heures et se tenait prêt à accourir à l'appel de son nom, en criant d'une voix retentissante : « Papa, bonjour, papa; j'ai de bonnes notes, papa! J'aurai une sortie d'honneur dimanche, papa! » Ce jeune homme était Raymond de Robay, écolier un peu turbulent, mais bon garçon, laborieux et pénétré du désir de faire honneur à sa famille. Il avait fallu le mettre au lycée de bonne heure, le pauvre petit; mais c'est le sort des garçons dont les parents n'habitent pas une grande ville. Du reste, il ne se trouvait pas bien malheureux; il voyait son père plusieurs fois par semaine, et sa mère, depuis qu'il était au lycée, avait souvent affaire avec les fournisseurs, la couturière, la modiste — et même le pâtissier, qui avait toujours sa dernière visite avant celle qu'elle faisait à Raymond. Il sortait presque tous les dimanches; il n'était jamais puni pour le travail et payait seulement par-ci par-là d'une retenue quelque diablerie d'écolier — on n'est pas parfait, et, quand on est premier en gymnastique, on peut bien être tenté de fourrer de la gymnastique partout; — et, enfin, il recevait des *semaines* assez copieuses pour lui permettre de payer des bâtons de sucre aux camarades trop peu favorisés des dons de Plutus pour s'offrir eux-mêmes des friandises. Si tout cela ne constitue pas le bonheur pour un écolier, je me demande ce que c'est, alors!

M. et Mme de Robay avaient tous deux perdu leurs parents; il manquait à leurs enfants les caresses d'une grand'mère et les gâteries d'un grand-père. Mme de Robay était fille unique et il ne lui restait plus aucune famille. M. de Robay avait eu une sœur d'une autre mère que lui, qui s'était mariée avec le capitaine de Préjonc et l'avait suivi dans des garnisons lointaines; son frère ne l'avait plus revue. Ils s'écrivaient pour se souhaiter leur fête, pour s'annoncer les événements importants de leur vie; Mme de Préjonc avait la première annoncé la naissance de sa fille, et, six mois après, elle avait accepté d'être par procuration la marraine d'Henriette; puis Raymond était né et Marguerite quatre ans après; puis, au bout de trois ans, le petit Antoine vint au monde.

Il se passa encore près de trois années, après lesquelles Mme de Préjonc écrivit à son frère une lettre débordante de joie : M. de Préjonc passait dans le régiment cantonné à Puymont; ils allaient enfin se revoir, vivre les uns près des autres!

La joie de Mme de Préjonc fut partagée : on prépara des chambres pour l'oncle et la tante; on leur chercha un appartement à Puymont; on fit mille projets charmants de jeux, d'études et d'amitié pour le temps où la petite cousine serait là..., et toutes ces espérances finirent par une catastrophe! Au moment où l'on comptait à Bois-Fleuri les jours qui séparaient de la réunion désirée, M. de Robay reçut de sa sœur une lettre désespérée : la petite Sylvie venait d'échapper à une angine qui avait menacé sa vie; mais, si l'enfant était sauvée, son père, en la soignant, avait gagné son mal, et il était mort en quelques jours.

M. de Robay partit aussitôt, envoyant devant lui une dépêche qui disait : « J'arrive; nous vous adoptons; compte sur nous. » Mais, si la dépêche arriva à temps pour rassurer la pauvre mère sur le sort de sa fille et lui apporter ainsi une dernière consolation, elle ne put la faire vivre jusqu'à l'arrivée de son frère. Le mal qui avait emporté son mari l'emporta deux jours après lui, et M. de Robay ne trouva plus que des funérailles à conduire et une orpheline à recueillir.

Il la recueillit, il l'adopta, il fut pour elle un père aussi

tendre que le père et la mère qu'elle venait de perdre, et quand
Sylvie arriva à Bois-Fleuri, elle y trouva tant de caresses, tant
de douces paroles, tant de bras petits et grands ouverts pour
la recevoir, qu'elle pleura de joie après avoir pleuré de sa
douleur pendant toute la route. Dans la maison de ces parents
qu'elle n'avait jamais vus, elle se sentit tout de suite chez
elle.

Il fut abordé par deux femmes.

CHAPITRE III

Questions d'argent et autres. — Arrangements intérieurs. — Mlle Jeanne Cherbez. Études de caractères.

Mme de Robay, comme son mari, adopta de tout son cœur l'orpheline, sans se demander s'ils ne s'imposaient pas une charge. Ou plutôt, cette charge, ils l'acceptèrent sans qu'il leur vint un instant à la pensée de s'y soustraire : c'était un enfant de plus, voilà tout.

Ils en avaient pourtant déjà cinq, car la petite Paulette naissait précisément au moment où Sylvie vint habiter Bois-Fleuri; et Sylvie était loin d'apporter avec elle de quoi payer sa dépense dans la maison, surtout quand elle aurait grandi et serait devenue une jeune fille à mener dans le monde avec sa cousine Henriette. M. de Robay, fils d'une mère richement dotée, marié à l'héritière de Bois-Fleuri, jouissait d'une large aisance, et l'avenir de ses enfants ne l'inquiétait pas; mais sa sœur, à qui sa mère n'avait laissé que très peu de chose, n'avait eu que la dot exigée pour épouser un officier; et encore cette dot avait-elle été fort diminuée par suite de maladies, de pertes, de déplacements et de diverses autres circonstances.

M. de Préjonc ne possédait aucune fortune. Sylvie n'apportait dans la maison de son oncle et tuteur que quinze mille francs qui restaient de la dot de sa mère et le produit de la vente du mobilier. Cette situation fit le sujet d'une conversation entre M. et Mme de Robay, le soir même de l'arrivée de Sylvie, quand l'orpheline fut endormie dans la jolie chambre rose qu'on lui avait préparée auprès de celle de ses cousines.

« Il faut absolument que nous fassions des économies pour cette petite! dit Mme de Robay à son mari.

— Je pense, répondit-il, qu'en ne touchant pas à son argent et en y ajoutant toujours les intérêts, il serait fort augmenté quand elle sera en âge de se marier...

— Oui, c'est la première chose à faire; mais il faudra tâcher d'y ajouter du nôtre, pour qu'il y ait égalité entre elle et nos filles, quand elles auront vingt ans; sans cela, elle pourrait avoir des sujets de chagrin, la pauvre petite! et nous ne la prenons pas pour qu'elle soit malheureuse, n'est-ce pas? Ici, nous vivons largement, nous ne regardons pas à la dépense; rien de mieux, puisque nous le pouvons; mais Sylvie prendra nécessairement les mêmes habitudes que nos enfants, et, puisque c'est nous qui lui aurons donné ces habitudes-là, nous devons nous arranger de façon qu'elle ne soit pas obligée d'y renoncer quand elle aura quitté notre maison; cela ne te semble-t-il pas juste, dis?

— Comme tu es bonne! car, enfin, sa mère n'était pas ta sœur, à toi; tu l'avais à peine vue, et il y a longtemps...

— C'est ta nièce, c'est la mienne...; je me trompe, c'est notre fille, à présent. Est-ce que tout n'est pas commun entre nous? »

M. de Robay serra la main de sa femme.

« Alors faisons des économies, reprit-il. Quelles économies? C'est au ministre de l'intérieur de les indiquer; moi, j'obéirai. Ah! je pourrais aller moins souvent à Puymont..., et puis je trouve que mon tailleur est bien cher; j'en changerai... »

Mme de Robay rit gaîment.

« Les belles économies! Non, non, laisse ton tailleur tranquille et va à Puymont tant que tu voudras. Mais il y a une grosse dépense dans une famille nombreuse, c'est l'éducation des enfants. Jusqu'à présent, j'ai conduit Henriette et Raymond, deux fois par semaine, à un cours, et je les ai fait travailler

moi-même le reste du temps; j'ai aussi appris à lire à Marguerite. Mais cela ne pourra pas durer longtemps; je n'ai pas
l'habitude d'enseigner, et puis je n'ai pas poussé mes études
aussi loin qu'on les pousse aujourd'hui...

— Oh! quelle modestie! Tu es très instruite, ma chère amie,
très instruite, je t'assure...

— Oui, à ma manière; mais il y a des sujets sur lesquels je
ne passerais pas d'examens. Enfin, je me sens incapable de
mener jusqu'au bout l'éducation de mes filles; et les garçons!
De plus, les voyages à Puymont, avec des enfants, à jour fixe
et quelque temps qu'il fasse, ont leurs inconvénients. Je pense
donc qu'il serait économique de prendre une institutrice qui les
élèverait tous. »

M. de Robay prit un air soucieux.

« Une institutrice..., il y en a tant qui sont pétries de défauts...
Si on était sûr de bien tomber...; mais c'est une affaire de
chance...

— Sans doute, et il ne faudrait pas prendre la première venue;
mais on peut chercher, s'informer... Il ne manque pas de jeunes
filles instruites et distinguées que des revers de fortune obligent
à gagner leur vie, et qui sont aussi inquiètes de la maison où
elles se placeront que nous pouvons l'être au sujet de la personne que nous admettrons dans notre intérieur. En principe,
veux-tu décider que nous prenons une institutrice? Nous verrons après.

— En principe, c'est voté! Gare à l'application, maintenant.

— Bon, je m'en occuperai dès que je pourrai aller à Puymont. Je vais aussi écrire de différents côtés; nous trouverons,
sois tranquille. Quant à Raymond...

— Je vais repasser mon rudiment pour lui commencer le
latin, et il entrera au lycée au mois d'octobre; car tu ne songes
plus, sans doute, à lui donner un précepteur, puisque nous
aurons une institutrice?

— Les deux seraient certainement de trop, » répondit Mme de
Robay. Mais elle resta un peu soucieuse. L'éducation de Raymond! c'était là en effet le point faible de la combinaison. Elle
avait toujours compté mettre l'enfant au lycée, dans la crainte
que l'éducation donnée dans la famille ne réussît pas à en faire
un homme; mais il était délicat et elle aurait bien voulu le

garder deux ans encore, avec un précepteur qui lui aurait fait faire les premières classes de latin. Elle connaissait son mari : comme tous les hommes, même très instruits, qui n'ont pas l'habitude d'enseigner, il ne savait pas descendre aux éléments, expliquer vingt fois des choses qui lui paraissaient toutes simples, varier ses démonstrations jusqu'à ce qu'on l'eût compris. Il avait déjà essayé d'apprendre un peu de latin à son fils; mais Raymond, comme beaucoup d'enfants, avait tout à la fois la tête légère et l'esprit lourd : il ne comprenait pas tout de suite, il oubliait facilement, et M. de Robay avait vite fait de se fâcher et de le renvoyer. Il s'ensuivait des scènes de larmes; l'enfant prenait le latin en grippe et redoutait les leçons de son père. Aussi Mᵐᵉ de Robay n'avait pas été fâchée de les voir interrompre par la rougeole, et elle n'avait point parlé de les reprendre après la guérison.

Pour le moment, c'était de l'institutrice qu'il fallait s'occuper, et Mᵐᵉ de Robay écrivit à plusieurs amies pour qu'on lui trouvât la perfection qu'elle rêvait.

Personne ne la lui avait encore trouvée, lorsque M. de Robay reçut une missive de la préfecture de Puymont, qui le convoquait pour examiner les aspirantes au brevet de l'enseignement primaire. Comme il arrive dans beaucoup de villes de province, il entrait dans la commission d'examen non seulement des professeurs, mais plusieurs hommes instruits de la ville ou des environs. M. de Robay partit pour Puymont en disant à sa femme : « Tu vas voir que c'est moi qui te dénicherai ton oiseau rare. »

Il se montra, à cette session-là, beaucoup plus exigeant qu'à l'ordinaire. Sans le vouloir peut-être, il interrogeait les aspirantes en songeant à ce qu'il demanderait à l'institutrice de ses enfants; et il mit des notes médiocres à de pauvres filles qui récitaient les matières de l'examen comme des perroquets, mais qui lui semblaient vulgaires ou privées d'intelligence.

Parmi les copies qui lui passèrent par les mains, il en remarqua une, lisible et élégante sans ressembler à un modèle d'écriture. Les pensées exprimées étaient élevées, les phrases bien construites, simplement et clairement : on eût dit la conversation d'une femme distinguée, habituée à réfléchir avant de parler et sachant dire beaucoup en peu de mots. « Tiens, se dit-il, en voici une qui tranche sur les autres, *Jeanne Cherbez...* Je retiendrai ce nom-là. » Et quand vint l'examen oral, il se plut à interroger Jeanne Cherbez, et il trouva que ses réponses ressemblaient à son style. Elle parlait comme une femme instruite qui a beaucoup lu, et lu avec intelligence; si elle hésitait parfois sur une date, on voyait cependant que l'époque lui était parfaitement connue, et qu'en tout elle possédait plus encore l'esprit que la lettre des choses. Ce n'était plus une toute jeune fille, elle avait dépassé vingt-cinq ans; elle était en deuil et avait l'air triste.

Après la lecture du français, on lui passa un livre latin. « Très bien, mademoiselle, vous lisez comme si vous compreniez! » ne put s'empêcher de lui dire M. de Robay. Elle rougit et répondit d'une voix timide : « C'est que j'ai suivi jusqu'en quatrième les études de mon frère, monsieur; et l'an dernier je me suis remise au latin pour aider un enfant infirme qui ne pouvait pas aller au lycée. » M. de Robay lui donna les plus hautes notes possibles, pour contre-balancer celles de certains examinateurs qui ne la trouvaient pas assez solide sur les éléments; elle fut reçue.

En sortant de l'hôtel de ville, M. de Robay fut abordé par deux femmes, dont la plus âgée le remercia chaleureusement de l'appui qu'il avait donné à sa fille. Sa fille, c'était Mlle Jeanne Cherbez.

M. de Robay les fit causer : leur histoire était courte et banale, sans en être moins triste. Mme Cherbez venait de perdre son mari, fonctionnaire dont les appointements faisaient vivre toute la famille; elle se trouvait réduite à une très petite pension, et sa fille avait résolu de chercher une place d'institutrice. Mais il fallait d'abord conquérir le brevet; elle avait travaillé à la hâte pour rapprendre les éléments un peu oubliés des sciences exigées. Elle sentait bien que son succès était dû à la bienveillance de M. de Robay; et les deux femmes exprimaient leur reconnaissance avec une émotion, une simplicité et une dignité qui le touchèrent. Il prit leur adresse et promit de s'occuper prochainement de Mlle Jeanne.

« Quelle charmante jeune fille! pensait-il en s'en retournant à Bois-Fleuri. Je suis sûr qu'elle s'entendrait à merveille avec Thérèse... et les enfants raffoleraient d'elle... Je n'ai pas osé

l'engager tout de suite; un mari ne doit rien faire d'important
sans consulter sa femme...; mais je serais fâché qu'elle nous
échappât. J'ai bien examiné toutes les autres, il n'y en a pas
une qui la vaille. Et la mère! quelle distinction! on voit que
sa fille a été à bonne école. Et elle sait le latin! je n'aurai plus
besoin de me fâcher contre Raymond... Cela me faisait autant
de peine qu'à lui, mais c'était plus fort que moi. Et Antoine,
elle s'occupera aussi de lui plus tard! Je crois que Thérèse
va être contente! »

Thérèse fut très contente; mais, en femme prudente et
avisée, elle écrivit à Mme Cherbez que, ne pouvant pour le
moment aller la trouver, elle la priait de venir passer une
journée à Bois-Fleuri avec sa fille qu'elle avait besoin de
voir : il s'agissait d'une place qui pourrait peut-être lui convenir.

Elles vinrent toutes deux; elles passèrent la journée à Bois-
Fleuri, où Jeanne fit sans effort la conquête de Mme de Robay
et des enfants, comme elle avait fait celle de M. de Robay. Les
conventions furent bientôt faites. Le soir, quand la voiture de
M. de Robay eut ramené les deux femmes à la gare de Belleville, chargées d'un panier de beaux fruits et d'un énorme bouquet de toutes les fleurs de la saison, Mme Cherbez dit à sa
fille : « Si quelque chose pouvait me consoler de me séparer
de toi, ce serait de te laisser dans cette maison. »

Jeanne serra tendrement la main de sa mère. Elle était heureuse, la pauvre Jeanne; elle avait fait provision de courage
pour aller vivre chez des étrangers, et, dans la première maison
qui s'ouvrait à elle, elle se trouvait comme en famille! Elle
serait bien payée; elle pourrait être mise simplement, dépenser
peu pour sa toilette et faire des économies qui lui permettraient
un jour d'aller retrouver sa mère. Celle-ci se retirerait à la
campagne, dans un bourg à soixante lieues de là, où elle avait
des parents. Jeanne vint donc avec confiance s'asseoir au foyer
de la famille de Robay.

Elle eut pourtant quelquefois de mauvais moments à passer.
Henriette était douce et tranquille, pleine de bon sens et nullement méchante; mais elle était souvent engourdie et difficile
à émouvoir. Raymond avait bien de la peine à se réconcilier
avec le latin contre lequel il s'était buté, et Marguerite avait

des colères folles dès qu'on la contrariait. De plus, le petit
Antoine se prit, dès les premiers jours, d'une tendresse si passionnée pour l'institutrice, qu'il ne voulait plus la quitter et
entravait toutes les leçons, au grand désespoir de sa bonne
Louise, qui l'avait élevé et l'aimait avec une jalousie féroce.
Il fallut à Mlle Cherbez bien du tact et bien de la dignité pour
arriver à désarmer Louise et à se faire respecter par elle. Elle
y parvint pourtant ; car, six mois après l'arrivée de l'institutrice,
Louise, entièrement convertie, disait à qui voulait l'entendre
« qu'il y avait dans le monde un grand nombre de personnes
qui étaient bonnes, mais qu'il n'y en avait qu'une qui fût parfaite, et que c'était *Mademoiselle* ».

Le savetier de la place de l'Église avait douze enfants.

CHAPITRE IV

Trois années. — Sylvie n'est point un ange de paix. — Révoltée. — La Chatte blanche. — Marguerite.

Depuis trois années, Jeanne Cherbez faisait donc partie de la famille. Elle s'était, dès le premier jour, appliquée à donner plus qu'on ne lui demandait, étudiant à ses heures de liberté pour pouvoir conduire ses élèves le plus loin possible. Grâce à son latin, Raymond avait pu rester à Bois-Fleuri jusqu'à douze ans, et, depuis six mois qu'il était au collège, il occupait dans sa classe un rang honorable, dû aux leçons de Jeanne. Marguerite ne se mettait presque plus en colère; Antoine, à six ans, lisait couramment et commençait à écrire; et les deux aînées, Sylvie et Henriette, étaient déjà sérieusement instruites. Ce n'est pas qu'elles sussent par cœur plus de formules que les autres jeunes filles de quatorze ans, mais elles avaient l'habitude d'exercer leur jugement. M¹¹ᵉ Jeanne causait beaucoup avec elles, guettant leurs opinions pour les redresser quand elles étaient fausses et les excitant à exprimer librement leur pensée; elles étaient donc très développées pour leur âge et savaient quantité de choses qui ne se trouvent point dans les livres. Mais elles ne se ressemblaient pas. Henriette, douée d'un calme bon sens, prenait facilement son parti des ennuis qu'elle rencontrait en ce monde; elle s'en dédommageait par quelques mots malicieux décochés à l'adresse des gens et des choses, toujours avec une grande tranquillité. Ce penchant à la moquerie exaspérait Sylvie, qui prenait tout au tragique. Henriette aimait la toilette, les amusements, et rêvait d'avance des bals où elle irait quand elle aurait dix-huit ans. Elle trouvait très heureux que sa cousine eût six mois de plus qu'elle. « Parce que, disait-elle, cela me

fera gagner six mois : on ne pourra pas me laisser à la maison quand on la mènera dans le monde. »

Sylvie n'y pensait guère, au monde, ni à la toilette non plus. A ses yeux, tout cela constituait une série d'esclavages, et Sylvie passait sa vie à revendiquer sa liberté. Elle était malheureusement disposée à voir le côté fâcheux de toute chose. Encore si elle eût pris son parti de malheurs auxquels elle ne pouvait rien! Mais non; c'étaient de sa part des révoltes continuelles. Pourquoi la grêle avait-elle haché les fleurs des cerisiers? Pourquoi y avait-il des navires perdus en mer et des mineurs enterrés

dans leur mine, comme son oncle l'avait lu dans le journal? Pourquoi les gros animaux mangeaient-ils les petits? Pourquoi le maire de Belleville, un riche propriétaire, avait-il perdu son fils unique, pendant que le pauvre savetier de la place de l'Église conservait douze enfants qui criaient la faim? Dans l'histoire, son étude préférée, elle se passionnait pour tel ou tel personnage à qui elle trouvait de la grandeur, et souvent cette grandeur n'était que de la singularité; elle admirait tous les révoltés, sans examiner si leur cause était juste. Ces belles théories, Sylvie ne les mettait d'ailleurs que trop souvent en pratique. Elle ne pouvait souffrir aucun joug, et, quoique celui qu'on lui imposait fût bien léger, elle essayait souvent de le secouer, du moins en paroles, discutant à perte de vue sur toute obligation dont la nécessité ne lui était pas bien démontrée. Cela impatien-

tait son oncle, qui la réduisait au silence par quelque mot un
peu sec; alors elle baissait la tête et rongeait son frein, murmurant en elle-même que c'était bien peu généreux à lui de
lui faire sentir qu'elle n'était qu'une étrangère dans sa maison.
Elle aurait mieux fait de comprendre qu'il était peu délicat de
sa part, à elle, de reconnaître ses bienfaits en apportant le
trouble chez lui.

A son arrivée à Bois-Fleuri, Sylvie, alors âgée de onze ans,
avait commencé par jouir sans arrière-pensée du bien-être qui
l'entourait, des grands espaces, du beau jardin, du parc, des
gerbes de fleurs, des corbeilles de fruits, de la vie plantureuse
de la campagne. Cela ne ressemblait guère au petit appartement
de ses parents, à l'économie de tous les jours, aux promenades
écourtées, à l'assiette de cerises ou de fraises qui faisait tout
le dessert, aux petits bouquets que Mme de Préjonc achetait au
marché pour parer le salon une fois par semaine..., et Sylvie,
comme tous les enfants, sensible aux impressions matérielles,
s'était un peu laissé distraire de son chagrin par ces nouveautés
séduisantes. Mais bientôt elle avait réfléchi. « Nous n'étions
pas riches, s'était-elle dit; mon oncle est riche, lui, on le voit
bien, et maman le disait, d'ailleurs... Je ne dois guère avoir
d'argent à moi; alors mon oncle m'élève et je suis ici comme
une mendiante... »

Le jour où elle avait fait cette belle découverte, Sylvie,
humiliée et désolée, s'était montrée d'une tranquillité inaccou-
tumée, n'osant pas courir dans le parc et n'essayant pas de
grimper aux arbres : elle craignait de salir ou de déchirer la
robe qu'elle devait, pensait-elle, aux bienfaits de son oncle et
de sa tante. A table, elle mangea du bout des dents et refusa
le dessert. On la crut malade, on s'inquiéta; pressée de questions, Sylvie finit par déclarer « qu'elle voulait être à leur
charge le moins possible ». M. de Robay la traita de petite
sotte; Mme de Robay l'attira dans ses bras, couvrit son visage
de baisers, et Sylvie sentit tomber sur son front une larme qui
eut raison de cette première révolte. Cette larme lui gagna le
cœur : à partir de ce jour, elle aima sa tante, qui n'était pourtant qu'une étrangère pour elle, bien plus que son oncle, le
propre frère de sa mère, qui était venu la chercher dans sa
triste maison de deuil. Il ne l'avait pas comprise; elle en garda

contre lui un fond de rancune dont elle oublia bientôt l'origine, mais qui n'en subsista pas moins et ne se dissipa jamais entièrement.

Quelques jours après, Mlle Cherbez vint habiter Bois-Fleuri. Celle-là, Sylvie l'aima tout de suite : elle travaillait pour gagner sa vie, elle était en quelque sorte dans une situation dépendante, et la petite fille ne se sentait pas humiliée auprès d'elle.

L'institutrice put donc prendre une grande influence sur l'esprit de Sylvie. Heureusement, car l'enfant ne se soumettait de bonne grâce à personne autre. M. de Robay était bon, généreux, mais un peu autoritaire; il n'aimait pas que l'ordre de sa maison fût troublé et détestait les discussions. Quand il était obligé d'en avoir une avec Sylvie, au lieu de la trancher nettement comme il eût fait avec ses enfants, il essayait d'y mettre des formes : il s'était aperçu qu'on n'obtenait rien d'elle en la heurtant de front. Il louvoyait donc, cherchait des biais; comme ce n'était pas dans son caractère, il le faisait maladroitement et semblait manquer de sincérité, ce qui révoltait sa nièce. Arrivée à quatorze ans, elle le jugeait mal : elle le croyait faux et dur, quand il n'était que maladroit par excès de délicatesse, se croyant obligé envers elle à d'autant plus de ménagements qu'elle avait plus besoin de lui. Il y avait pourtant bien des circonstances où il devait exiger qu'elle obéît, qu'elle comprît ou non pourquoi; dans ce cas-là, il parlait net et ne souffrait pas de réponse; et Sylvie se soumettait en frémissant, parce qu'elle ne pouvait pas faire autrement. Elle eût cédé plus volontiers à sa tante qu'elle aimait; seulement elle lui reprochait de n'avoir pas de volonté et ne faisait pas grand cas d'elle. Sylvie trouvait dépourvues de volonté toutes les personnes de caractère conciliant qui se pliaient volontiers aux désirs de leur entourage. Mme de Robay, très douce, cherchait sans cesse à complaire à ses enfants et surtout à son mari, à qui elle eût voulu épargner toute contrariété; et Sylvie n'était pas loin de voir de la bassesse dans cet effacement continuel de ses propres désirs.

On peut croire que Sylvie n'était pas heureuse. Elle avait d'abord le grand, très grand malheur d'être orpheline : celui-là était réel; mais avec une âme plus juste elle aurait pu se réjouir d'avoir retrouvé une famille où elle était aimée. Son vrai mal-

Mme de Préjone achetait des petits bouquets.

heur, c'était l'inquiétude constante de son esprit et sa tendance
à se hérisser toujours, comme un dogue en colère, contre la
main qui s'avançait vers elle, fût-ce pour la caresser. C'était
son premier mouvement ; souvent il ne durait pas ; ses propres
réflexions, un regard ou un mot de son institutrice suffisaient
pour la remettre dans une meilleure voie ; mais à la première
occasion le porc-épic se remontrait. C'était un des surnoms que
ses cousins lui avaient donnés ; elle en avait beaucoup, car les
enfants n'ont pas coutume d'user de ménagements entre eux.
Celui qui avait prévalu, c'était *Révoltée*, qui ne lui déplaisait
point trop ; dans son idée, il lui donnait un faux air de Titan
qui ne manquait pas de grandeur.

Elle était pourtant assez bien avec Raymond, plus vif qu'Henriette et plus prompt à lui donner la réplique dans toutes sortes
de jeux, et elle supportait mieux ses railleries que celles de sa
sœur. Que Raymond l'appelât Junon, princesse outragée, héris-
son, révoltée ; qu'il lui proposât d'aller vivre dans les bois pour
ne plus se lever ni manger à des heures fixes, ne plus mettre
de gants et ne plus coudre de lingerie fine — ce genre d'ouvrage était un des cauchemars de Sylvie — elle acceptait la
bataille à coups de langue, ne se fâchait que pour le principe
et riait en lui répondant. Mais qu'Henriette sortît de sa
placidité pour lui lancer quelque parole ironique, si juste qu'elle
ne trouvait rien à y répondre, cela, elle ne pouvait le souffrir.
« De quoi te mêles-tu, avec tes airs tranquilles ? lui criait-elle
d'un ton de colère dédaigneuse. Rendors-toi, Minette, et fais
ronron ; les chattes bien élevées doivent toujours faire patte
de velours. » Elle avait baptisé sa cousine « Chatte blanche »
et le surnom avait fait fortune ; car Henriette, blanche et douce,
avec ses mouvements moelleux, ses manières un peu engour-
dies, sa figure ronde, ses longs yeux qu'elle entr'ouvrait plus
souvent qu'elle ne les ouvrait, ressemblait à une jolie chatte
angora qui aime à dormir en rond sur un coussin de velours.
Mais la chatte sortait quelquefois ses griffes : gare à Sylvie dans
ces moments-là.

Des petits, Sylvie ne pensait pas grand'chose, sinon qu'ils
étaient encombrants ; aussi avaient-ils un peu peur d'elle. Marguerite, d'âge intermédiaire, trop grande pour la craindre et
trop jeune pour mesurer la portée de ses paroles, lui disait sou-

vent ses vérités, sans s'inquiéter de la blesser. Alors Sylvie s'emportait, furieuse; puis elle pleurait comme vigne coupée, s'apitoyant sur son malheureux sort d'orpheline obligée de subir les insultes d'une petite fille. Mlle Cherbez prenait bien de la peine à rétablir la paix, à consoler Sylvie, à lui expliquer que Marguerite n'avait pas eu de mauvaises intentions, à faire comprendre à Marguerite que c'était bien mal de tourmenter cette pauvre Sylvie qui n'avait pas de maman pour l'aimer. D'ordinaire Marguerite, repentante, convenait de ses torts, pleurait plus fort que sa cousine et venait implorer d'elle son pardon. Mais elle l'implorait d'une manière qui ne satisfaisait guère la susceptible Sylvie. Celle-ci pardonnait pour établir sa supériorité; mais pourquoi donc cette petite s'avisait-elle de la plaindre, de l'appeler « sa pauvre Sylvie? » Avait-elle l'intention de l'humilier?

Elle n'était pourtant pas méchante, la *pauvre* Sylvie, et Mlle Cherbez avait raison de la présenter à sa petite cousine comme plus à plaindre qu'à blâmer. Quelle triste chose, dans une âme d'enfant, que ces réflexions amères, ces rancunes continuelles, cette défiance irritée! Mais enfin, si la jeune fille souffrait, elle faisait aussi souffrir les autres, ce qui est bien pis; et M. et Mme de Robay, en se chargeant d'elle avec tant de désintéressement, n'avaient certainement pas compté trouver cette adoption si lourde.

En grandissant, pourtant, Sylvie apprit à mettre un peu moins de violence dans l'expression de son mécontentement. Cela lui devint, du reste, plus facile après le départ de Raymond pour le lycée : tous les combats finissent faute de combattants, et, quoiqu'il usât contre elle d'armes courtoises, Raymond était son principal adversaire. Avec Henriette, il n'y avait pas lieu à la grande guerre : il fallait se borner aux petites escarmouches; il était difficile de s'emporter et de crier très fort en face d'un adversaire qui parlait toujours si tranquillement. Obligée d'écouter les raisons opposées aux siennes, Sylvie apprit peu à peu à en faire un certain cas. Quelquefois même, car elle n'était pas têtue à la façon des ânes, il lui arriva d'y reconnaître une certaine justesse et de s'avouer à elle-même qu'elle avait tort. C'était déjà un progrès : on n'attendait pas la perfection du premier coup. Sylvie, à quatorze ans, était entrée dans

la voie de l'amélioration : c'est tout ce qu'on pouvait raisonna-
blement lui demander, car on sait bien que les défauts, grands
ou petits, ne se corrigent pas du premier coup. On pouvait
désormais ranger Sylvie dans la catégorie de l'eau qui dort, des
volcans qui se reposent et des fauves apprivoisés : ils vous laissent
un répit plus ou moins long, mais il ne faut pas s'y fier, et on
peut toujours, avec eux, s'attendre à de fâcheux réveils.

M⠀ᵉ Jeanne donna elle-même un coup de peigne à ses cheveux.

CHAPITRE V

Fin d'une partie de croquet. — Un dîner accidenté. — Manière d'ouvrir les paquets,
propre à exercer la patience. — La devise de Sylvie.

Mˡˡᵉ Cherbez tira sa montre.

« Six heures, mes enfants! tâchons de finir bientôt la partie. Il faut que vous ayez le temps de vous habiller pour le dîner, et vous savez que votre père n'aime pas à attendre.

— Oui, mademoiselle, répondit Henriette. Tenez, je vais au poteau! »

Et donnant un grand coup de maillet à sa boule, elle l'envoya dans la direction du poteau final.

« Es-tu folle, Henriette! s'écria Sylvie. Si tu touches le poteau, je resterai seule contre deux et nous aurons perdu! Tu n'en fais jamais d'autres!

— Bah! puisqu'il faut finir! On joue pour s'amuser, on ne joue pas pour gagner.

— Beau raisonnement! Moi, si je ne devais ni gagner ni perdre, je trouverais que ce n'est pas la peine de jouer. Tiens, vois-tu ce qui va arriver? Mademoiselle vise ta boule, elle va l'envoyer au poteau, et nous sommes perdues! »

Mlle Cherbez visait en effet la boule d'Henriette, mais elle la manqua, et la sienne la dépassa de beaucoup.

« Allons, dit Henriette à sa cousine, es-tu consolée? »

Le front de Sylvie s'était rembruni.

« Eh bien, qu'avez-vous, ma fille? lui dit l'institutrice en passant doucement le bout de ses doigts sur ce front blanc, pour en effacer les plis qui s'y creusaient. Des rides à votre âge! c'est très laid! et des rides au cœur, ce n'est pas beau non plus. Qu'est-ce qui vous prend?

— Je n'aime pas qu'on me fasse de grâce, répondit Sylvie d'un ton fâché. Je ne suis pas si mauvaise joueuse qu'on croie me faire plaisir en m'empêchant de perdre!

— Ah! c'est ma maladresse qui vous donne ces idées-là? Je vous assure que j'avais la ferme intention de croquer la boule d'Henriette et de la mettre hors de combat; mais, quand je l'aurais manquée exprès, à qui devriez-vous vous en prendre, après l'algarade que vous avez faite à votre cousine? »

Sylvie baissa la tête : elle ne pouvait s'empêcher de trouver l'observation juste.

« Vous avez toujours raison, mademoiselle... Je ne suis pas fâchée, je vous assure... Ah! c'est à moi de jouer! Je vais vous chasser bien loin... Là, vous ne reviendrez pas d'un seul coup, à présent! A toi, Marguerite! »

La boule de Marguerite n'était pas éloignée de celle d'Henriette; elle la visa, l'atteignit, lui fit toucher le poteau et s'en alla ensuite au-devant de Mlle Cherbez pour l'aider à revenir. La fin de la partie n'était plus douteuse : Sylvie, seule contre deux, fut renvoyée au nord et au midi par ses adversaires, qui touchèrent triomphalement le poteau.

« Partie gagnée! » cria Marguerite en sautant de joie. Sylvie se mordit les lèvres pour ne rien dire, mais elle haussa les épaules en regardant Henriette et remit d'un air de mauvaise humeur les arceaux dans la boîte de croquet.

On marcha vite pour gagner la maison; la cloche du dîner

sonnait à sept heures et M. de Robay n'aimait pas qu'on se fît
attendre. Comme il tenait aussi qu'on vînt s'asseoir à table avec
des vêtements en bon ordre, il avait souvent des observations
à faire à Sylvie, qui protestait à sa manière contre les chaînes
sociales en se mettant en retard, et qui trouvait bien suffisant
de se laver les mains, sans prendre la peine de changer de robe
et de chaussure et de se recoiffer pour dîner. Ce jour-là, en particulier, comme elle était un peu contrariée d'avoir perdu la
partie de croquet par la faute d'Henriette, elle serait bien venue
à table avec sa chevelure en désordre, parsemée de brindilles
et de fleurs tombées des arbres, si M. de Robay, que le tilbury
était allé chercher à la gare de Belleville, n'eût mis pied à terre
devant le perron juste au moment où la troupe des enfants y
arrivait, revenant du kiosque.

« Comme vous êtes en retard aujourd'hui, mes enfants! leur
dit-il d'un ton contrarié. Dépêchez-vous; vous ne serez pas
prêtes quand la cloche sonnera.

— Oh! si, papa, tu vas voir! » répondit Marguerite, qui se
hâta d'entrer et monta l'escalier en courant. Les autres la sui-
virent, avec Sylvie en queue, qui grommelait : « La belle affaire,
quand on ne dînerait qu'à sept heures cinq minutes. Oh! les
esclavages! »

Grâce à M^de Jeanne, qui donna elle-même un coup de peigne
à ses cheveux pendant que Louise, agenouillée, enlevait la
poussière de ses souliers, elle put, au son de la cloche, descendre dans une tenue à peu près convenable. Henriette et
Marguerite étaient déjà en bas, en robes fraîches et en pantoufles
coquettes. Quant aux deux petits, ils dînaient à part et se cou-
chaient de bonne heure. C'était l'ordre établi par M. de Robay;
comme on avait très souvent, à l'improviste, des étrangers à
dîner, on n'admettait les enfants à table qu'à sept ans, âge où
on les supposait capables de se bien tenir et de ne pas occuper
d'eux.

M. de Robay était tout joyeux : il avait découvert des documents importants pour l'histoire de la commune de Puymont
qu'il avait entrepris d'écrire, et il se mit à expliquer à sa femme
comment ces documents jetaient un nouveau jour sur les rapports de l'évêque de la ville avec les créateurs de la commune.
Sylvie écoutait, les yeux étincelants, comme si cette histoire se

fût passée la veille. Ces luttes pour la liberté la passionnaient.

« Et puis, mon oncle, demanda-t-elle haletante, ont-ils réussi à établir leur commune? »

M. de Robay se tourna vers elle en souriant.

« Ah! voilà ma révoltée qui lève la tête; mais c'est de la révolte pour le bon motif, cette fois! Oui, ma belle, ils ont réussi, après beaucoup de luttes, de patience, de malheurs, de hauts et de bas... C'est admirable, le courage qu'ils ont montré... et leurs femmes aussi... Tu verras, j'ai noté à ton intention les traits d'héroïsme des femmes. Tu aurais dû vivre en ce temps-là, toi!

— J'aurais bien voulu! s'écria Sylvie.

— Moi, j'aime mieux la paix, dit Henriette.

— La paix! oui, à présent que tous ces braves gens ont souffert pour nous gagner la liberté; mais, si tu avais eu, comme eux, des maîtres pour t'empêcher toute la journée de faire ce que tu voulais...

— Eh bien, je ne l'aurais pas fait, voilà tout! Je ne tiens pas tant que toi à faire ma volonté. On est toujours gêné par quelque chose, n'est-ce pas? un peu plus ou un peu moins!...

— Quelle platitude! » murmura Sylvie en haussant les épaules. Un serrement de main de Mlle Cherbez, assise auprès d'elle, l'arrêta en si beau chemin; elle ne continua pas à exprimer son indignation. M. de Robay ne l'avait pas entendue.

« A propos, dit-il en fouillant dans sa poche, j'ai là quelque chose pour vous que Raymond m'a remis et que j'allais oublier. Jeudi dernier, en promenade, les lycéens ont rencontré un marchand qui vendait de jolies boîtes, et Raymond en a acheté trois auxquelles il a ajouté des ornements de sa façon, des devises, m'a-t-il dit; je n'ai pas développé le paquet. Nous verrons cela au dessert. »

Il posa sur la table un petit paquet oblong, enveloppé de papier et attaché par une ficelle rouge. Si les regards de Sylvie et de Marguerite eussent été capables de dénouer la ficelle, le paquet ne fût pas resté longtemps intact. Seule, Henriette continua de manger paisiblement. Il n'y avait qu'à attendre : elle savait que M. de Robay aimait à ouvrir les enveloppes et à exercer la patience des enfants en le faisant avec une sage lenteur; alors à quoi bon se troubler?

Quand il eut mangé son fromage, il s'arma d'une pointe de canif pour dénouer la ficelle, en prenant bien garde de ne pas la couper; puis il en fit soigneusement un rouleau qu'il mit dans sa poche en disant :

« Ce sont mes petits profits.

— Dépêche-toi donc, papa ! cria Marguerite.

— Là, là, nous avons le temps ! » répondit M. de Robay en riant sous cape. Il défit lentement l'enveloppe de papier qui en cachait une seconde; il étala la première sur la table, en la lissant avec l'ongle de son pouce pour en effacer les plis; après quoi il la plia en deux, en quatre, en huit, et l'envoya rejoindre la ficelle. Miska, pensant probablement qu'il y avait par là quelque friandise, se dressa tout à coup sur ses pattes de derrière, et l'on vit apparaître son museau noir au-dessus de la nappe blanche, tout contre le coude de M. de Robay.

« Miska, à bas ! s'écria Sylvie, inquiète du sort du paquet dont son oncle enlevait la seconde enveloppe.

— Ça ne se mange pas, elle n'y fera pas de tort, répondit tranquillement M. de Robay. Là! voilà les trois boîtes, les noms sont écrits dessus : Marguerite..., Henriette..., Sylvie... Des boîtes à épingles, à ce qu'il paraît. »

Les trois fillettes avaient tendu la main et chacune avait reçu le paquet qui portait son nom. Marguerite, la première, développa sa boîte, roula en boule le papier qui l'enveloppait et le jeta dans un coin.

« Oh! la jolie boîte ! Du citronnier avec une marguerite peinte dessus... Et Raymond a écrit en lettres bleues : *Fille du printemps.* Vois, maman, comme c'est joli ! Et la devise? papa a parlé de devises. Où est-elle, la devise?

— La devise, c'est ce que tu viens de lire, ma petite : *Fille du printemps.* Tu sais bien que les marguerites fleurissent au printemps.

— Ah! oui. Et moi?

— Eh bien, toi aussi, tu fleuris au printemps; le printemps, c'est la jeunesse; tu peux bien garder cette devise-là jusqu'à ce que ta boîte soit cassée. »

Marguerite rougit : elle cassait beaucoup, et, si le sort de sa jeunesse était lié à celui de la boîte, elle était menacée d'avoir des cheveux blancs de bien bonne heure.

« Et vous deux, qu'est-ce que vous avez? demanda M. de
Robay à Henriette et à Sylvie.

— Ce polisson de Raymond! » répondit Henriette en riant et
rougissant à la fois, un peu piquée, c'était visible, mais tâchant
de surmonter son dépit. Et elle tendit sa boîte à son père.

La boîte était pareille à celle de sa sœur; seulement, au lieu
d'une marguerite, l'artiste y avait peint un chat blanc couché en
rond sur un coussin bleu, et au-dessous ces mots: *Je dors, mais
gare à ma griffe!*

« Il me payera cela, dit Henriette. Je... je lui dirai d'abord
que son chat est très mal dessiné...

— Le fait est qu'il se tire mieux des fleurs que des animaux,
répliqua Mᵐᵉ de Robay. Et Sylvie? qu'y a-t-il sur la boîte de
Sylvie?

— Ce n'est pas la peine d'y regarder, répondit Sylvie, rouge
comme une pivoine, en cherchant à dissimuler sa boîte sous sa
serviette.

— Pourquoi? dit M. de Robay. Il n'y a pas de secrets dans les
plaisanteries de ton cousin, et tu n'as aucune raison pour nous
cacher cette boîte. Tu as bien vu celles de Marguerite et d'Henriette.

— Mais je ne veux pas montrer la mienne, moi!... Miska!
maudite bête!... »

Cette apostrophe à la chienne était amenée par une espièglerie
de Marguerite. La petite fille était très curieuse; elle avait envie
de voir la boîte de Sylvie, mais comment la lui prendre? Elle
avait glissé sur la table, contre la main de sa cousine, un bonbon en chocolat, friandise favorite de Miska; puis, appelant la
chienne, elle le lui avait montré en lui faisant signe de le prendre.
Miska était fort obéissante, surtout quand il s'agissait de satisfaire sa gourmandise. Comme le bonbon était un peu loin sur la
table, elle sauta; ce choc inattendu repoussa la main de Sylvie,
qui lâcha la boîte. La boîte tomba et Marguerite s'en empara
lestement.

« Là! je la tiens! cria la petite fille en se sauvant à l'autre bout
de la salle à manger. Non, non, tu ne m'attraperas pas, dit-elle
en fuyant devant Sylvie qui la poursuivait. *Ar-mée... en...*

— *Armée en guerre!* s'écria Henriette; il avait toujours dit
que c'était la devise de Sylvie. Et qu'est-ce qu'il y a dessus?

M^{le} Cherbez.

— Une branche de houx, qui pique, avec des grains rouges... Tiens, papa ! »

Elle jeta la boîte à son père, qui la posa sur la table.

« C'est à Sylvie que je l'avais demandée, dit-il d'un ton sévère ; mais elle a tenu à justifier sa devise. En vérité, Sylvie, pour une plaisanterie, ce n'est pas la peine de se mettre dans un pareil état. »

En effet, Sylvie paraissait hors d'elle-même. Le visage enflammé, les yeux étincelants, elle tremblait de tout son corps, appuyée contre le poêle. Henriette eut pitié d'elle.

« Allons, reviens, lui dit-elle à voix basse en se retournant pour la tirer par sa robe. C'est demain jour de sortie, nous allons combiner un bon tour à jouer à ce vilain Raymond. Voyons, qu'est-ce que nous pourrions bien lui faire ?

— Laisse-moi tranquille ! répondit Sylvie en se dégageant avec violence. Est-ce que tu es capable de te venger, toi ? cela te fatiguerait trop ! Va dormir et fais ronron, Minette ! »

Elle tourna les talons et se dirigea vers la porte.

« Reprends donc ta boîte ! lui cria la petite Marguerite. Tiens, je vais la donner à Miska. Porte, Miska ! »

La chienne obéit, et Sylvie la vit se dresser debout devant elle, tenant la boîte dans sa gueule noire. Elle la repoussa du pied.

« Voilà que vous dressez vos chiens à m'insulter ! » dit-elle frémissante de colère, sans entendre la douce voix de sa tante qui disait : « Sylvie ! Sylvie ! » et sans voir les regards suppliants de son institutrice.

« Assez ! reprit M. de Robay d'un ton d'autorité. Vous abusez de l'indulgence qu'on a ici pour vous. Faites-moi le plaisir de vous rasseoir à votre place, et qu'il ne soit plus question de rien. Une autre fois, si l'on vous adresse des vérités blessantes, tâchez d'en faire votre profit, cela vaudra mieux que de vous emporter contre des enfants et contre des chiens.

— Des vérités ! s'écria Sylvie exaspérée. Eh bien, oui, c'est ma devise, je la prends, je l'adopte : *Armée en guerre !* toujours, contre toutes les injures, contre toutes les injustices, contre toutes les insultes ! Ah ! on écrit de gros livres à la louange des révoltés d'autrefois qui ont fait des communes..., et moi, on veut me traiter comme une esclave, et l'on me raille, et l'on veut que

j'obéisse parce que je suis orpheline et seule au monde! Où est
la justice là dedans? »

Sylvie s'exaltait au son de sa propre voix; en finissant sa
tirade, elle en était arrivée à se convaincre qu'elle était en
effet soumise à une tyrannie insupportable, si bien que, attendrie par son infortune imméritée, elle fondit en larmes. Mais
elle avait sa fierté et ne voulait pas pleurer devant témoins:
dès qu'elle sentit les larmes la gagner, elle s'élança vers la
porte; ses sanglots n'éclatèrent que dans le vestibule.

« Cours après elle, Henriette, » dit Mᵐᵉ de Robay.

Mais M. de Robay retint sa fille.

« Laissez-la se calmer toute seule; elle est vraiment insupportable, et, à l'âge qu'elle a, cela commence à devenir sérieux.
A quatorze ans, on n'a plus le droit de conserver des défauts
d'enfant. Il n'y a qu'à ne pas s'occuper d'elle : cela lui laissera
le loisir de réfléchir. »

Mᵐᵉ de Robay se tut; pour elle, son mari avait toujours raison,
et elle ne se permettait jamais de discuter une de ses volontés.
C'était un des griefs de Sylvie contre sa tante; quand elle serait
mariée, elle, les choses ne se passeraient pas comme cela!
Comme beaucoup de petites filles et même de jeunes filles,
Sylvie disait beaucoup de bêtises à propos de son futur et très
lointain mariage.

Mˡˡᵉ Cherbez ne dit rien; mais, de la place où elle était assise,
elle suivit des yeux la jeune révoltée qui traversait le jardin et
s'éloignait dans la direction du parc. Elle quitta la table dès
qu'elle put le faire sans affectation et se mit à la recherche de
Sylvie.

C'était Sylvie.

CHAPITRE VI

Dans le parc. — Confidences nocturnes. — En prenant le thé.

En traversant le vestibule, Jeanne eut soin de décrocher d'un portemanteau une écharpe de laine qui s'y trouvait en compagnie des chapeaux de jardin. La nuit était tombée pendant le dîner, et les nuits d'avril ne sont pas chaudes : l'imprudente rebelle courait risque de gagner un bon rhume à sa promenade. L'institutrice marcha vite jusqu'à l'endroit où elle avait vu Sylvie s'enfoncer dans la grande allée du parc; mais elle arriva bientôt à un carrefour, sorte d'étoile formée par plusieurs chemins qui se croisaient. Lequel avait pris la fugitive?

Jeanne s'arrêta, cherchant à percer du regard les ténèbres de la nuit; mais il n'y avait point de lune, et « cette obscure clarté qui tombe des étoiles » ne lui fit voir que des masses confuses d'arbres et d'arbrisseaux, et de petites allées noires qui semblaient autant de gouffres sans fond. Jeanne écouta, espérant entendre au loin les pas de Sylvie; mais rien ne tranchait sur ces bruits vagues qui donnent encore une certaine vie au silence des bois et l'empêchent d'être sinistre. Par instants un oiseau

qui remuait en dormant faisait craquer une brindille morte, ou
une feuille desséchée, chassée par la poussée des jeunes feuilles,
se détachait et tombait en frôlant les rameaux ; ou bien un léger
souffle de vent passait sur le parc, et Jeanne l'entendait caresser
la cime des arbres au-dessus de sa tête, flotter et s'en aller se
perdre dans le lointain. Elle n'osait appeler Sylvie : il y avait
beaucoup de chances pour que la jeune fille, à l'appel de son
nom, s'enfuît comme une biche effarouchée ; et elle allait au
hasard entrer dans le premier sentier venu, lorsqu'une faible
plainte parvint à son oreille... C'était par là..., à gauche...
L'institutrice s'avança à petits pas, craignant qu'un bruit de
feuilles froissées ne révélât sa présence... Encore un gémisse-
ment..., un autre... A mesure qu'elle approchait, elle entendait
plus distinctement des sanglots... Enfin, dans une clairière, au
pied d'un chêne entouré d'un talus gazonné, elle aperçut une
masse blanchâtre : c'était Sylvie.

Mlle Cherbez aurait pu se dispenser de prendre des précautions : Sylvie pleurait de si bon cœur qu'elle ne pouvait rien
entendre de ce qui se passait autour d'elle. Elle tressaillit de
surprise et presque de peur, quand elle se sentit tout à coup
entourée de deux bras caressants, qu'un baiser effleura son
front et qu'une douce voix lui murmura à l'oreille : « Enfant !
pauvre enfant ! à qui confiez-vous vos chagrins ? pourquoi
n'êtes-vous pas venue à moi ? »

La voix était si douce et la caresse si tendre, que la pauvre
révoltée sentit se fondre toutes ses rancunes. Elle se redressa
d'un mouvement nerveux, et, se jetant dans les bras de Jeanne,
elle fut reprise d'une nouvelle crise de pleurs et de sanglots
qui la secouaient de la tête aux pieds. Elle se serrait contre
l'institutrice et balbutiait : « Je suis si malheureuse... Vous
êtes bonne, vous..., rien que vous !... Ah ! les méchants ! les
méchants ! »

Jeanne la laissa épuiser ses larmes, sans lui parler ; elle se
borna à l'envelopper de l'écharpe qu'elle avait apportée et à la
caresser tout doucement. Quand Sylvie ne pleura plus et que
les marques de son grand désespoir se bornèrent à quelques
sanglots isolés qui ressemblaient à une sorte de hoquet,
Mlle Cherbez la serra plus étroitement contre sa poitrine et lui
dit :

« Je voudrais que Raymond fût ici pour voir le résultat de ce qu'il a cru être une bonne espièglerie. Il en serait consterné; car vous savez bien, mon enfant, qu'il est incapable de vouloir vous faire de la peine.

— Oh! fit Sylvie d'un ton sceptique.

— Sûrement, vous le savez, ma chérie. C'est votre compagnon habituel, Raymond, et, s'il vous taquine quelquefois, vous le lui rendez bien. Rappelez-vous que, dès que vous cessez de rire, il arrête ses plaisanteries. Vous verrez son chagrin, quand il saura qu'il vous a fait pleurer...

— Ne le lui dites pas, au moins! s'écria Sylvie. J'ai ma fierté, moi! je ne veux pleurer devant personne... Je me suis sauvée parce que j'étouffais..., personne ne s'est inquiété de moi, d'ailleurs..., il n'y a que vous... Oh! vous..., aussi je vous aime! je n'ai pas honte de vous montrer mon chagrin...

— Tant mieux! vous allez me le montrer, en effet, et à nous deux nous tâcherons d'en venir à bout. Nous disons donc qu'un gamin d'écolier — car Raymond, qui n'a que dix-huit mois de moins que vous, n'est qu'un gamin, tandis que vous êtes déjà une jeune fille — nous disons donc que cet écolier, s'appuyant sur ce que sa cousine regimbe toujours contre quelqu'un ou quelque chose, lui a fabriqué une devise. Cette devise, il vous l'a dite vingt fois sans que vous vous soyez fâchée, elle semblait même vous flatter. Un beau jour, il la grave sur une boîte qu'il vous offre : il a même passé pas mal de temps à ce beau travail. Et voilà que vous vous trouvez offensée, que vous vous emportez! Pouvait-il s'y attendre?

— Ce n'est pas cela! Raymond..., je le méprise, Raymond! Mais *lui!* pourquoi a-t-il voulu me forcer à la montrer, quand je ne voulais pas?

— Ah! c'est votre oncle! Mais, ma chère enfant, il me semble qu'un père de famille a bien le droit de savoir ce qui se passe chez lui.

— Je ne suis pas sa fille, moi! et puis il y a un âge où l'on a droit à sa liberté..., vous venez de dire que je suis une jeune fille... Il pouvait bien me demander, mais exiger!... Et puis les autres! Ma tante qui ne me protège pas..., Henriette qui prend des airs patelins pour m'amadouer..., Marguerite qui me vole, en trahison, encore! et jusqu'à leur chien... Tous aplatis, tous

4

prosternés devant leur seigneur et maître! et moi, seule contre tous!... Oh! ma pauvre maman qui me disait, le jour même où elle est morte : « Mon frère et Thérèse sont si bons! » Si elle voyait tout cela!

— Si elle le voit, Sylvie, reprit Mlle Cherbez d'un ton sérieux et triste, elle s'afflige de penser que sa fille a été accueillie dans une maison de paix et qu'elle y a apporté le trouble..., qu'elle y donne à des enfants plus jeunes qu'elle l'exemple de la rébellion contre l'autorité paternelle..., qu'elle se plaint de tout et n'a de courage pour rien supporter... Mais songez donc, ma pauvre petite, que, si chacun criait bien haut toutes les fois qu'une épine le blesse, le monde ne serait qu'un concert de lamentations à nous rendre tous sourds! Est-ce que vous croyez par hasard qu'il y a beaucoup de gens parfaitement heureux?

— Oh! dit Sylvie d'un ton dédaigneux, il y a Henriette, toujours bien! rien ne la remue!

— Il me semble pourtant que vous la tourmentez assez souvent : elle n'est peut-être pas parfaitement heureuse, dans ces moments-là. Et à l'heure qu'il est, je vous assure qu'elle est fort triste, et que M. et Mme de Robay ne sont pas gais; moi-même...

— Oh! vous, mademoiselle, vous êtes une sainte! Il vous arriverait tous les malheurs du monde que vous ne penseriez pas à vous plaindre, tandis que vous avez toujours de la pitié en provision pour les plus petits ennuis du prochain. Aussi, comme vous devriez être heureuse, s'il y avait de la justice!

— Mais je suis heureuse, murmura Jeanne.

— Vous! Je ne peux pas le croire. Vous avez été une belle demoiselle, riche, avec de belles toilettes, vous alliez au bal, et vous aviez sûrement beaucoup de succès : vous êtes si jolie! et tout le monde vous aimait : vous êtes si bonne! Vous aviez un père et une mère, des amis, une maison à vous : et voilà qu'aujourd'hui vous vivez chez des étrangers, et vous faites leur volonté! Heureuse! ah! si c'était moi!

— Sylvie, dit Mlle Cherbez en appuyant sur le bras de la jeune fille une main qui tremblait, ne vous laissez jamais aller, pour plaider une cause, à réveiller des chagrins endormis..., endormis à grand'peine... C'est vrai, j'ai perdu tout ce que vous dites..., plus encore..., je puis vous le dire, ce n'est pas un secret, quoique je n'en parle jamais... Quand mon père est mort, j'allais

me marier. Mon fiancé n'était pas riche, mais nous aurions vécu
de ce qu'il gagnait et d'une rente que devait me faire mon père.
Mais sa mère, ruinée par la faillite de son banquier, est retombée
entièrement à sa charge : nous n'avions plus rien ni l'un ni
l'autre, il a fallu renoncer à nos projets... J'en conviens, Sylvie
après toutes ces pertes, je me suis trouvée malheureuse; mais
contre qui pouvais-je me révolter? Dieu sait ce qu'il fait, n'est-ce
pas, et il est le maître! J'ai accepté ma nouvelle destinée; et je
serais bien difficile, si je ne me trouvais pas heureuse ici... »

Sylvie baissait la tête avec confusion... Elle était désolée
d'avoir réveillé de si tristes souvenirs; elle s'avouait que son
institutrice était bien plus à plaindre qu'elle. Mais, tout en
cherchant comment s'excuser d'avoir parlé étourdiment, elle se
sentait très fière des confidences de Jeanne. « Elle n'aurait pas
dit cela à Henriette! » pensait-elle. Et c'était vrai : Mlle Cherbez
ne le lui aurait pas dit, parce que cela ne lui aurait fait aucune
impression. Henriette était de ces personnes qui ont la résigna-
tion facile, et qui prennent le temps et les événements comme ils
viennent. Sylvie finit par dire, en poussant un gros soupir :
« C'est égal, je ne pourrai jamais comprendre qu'il y ait de la
justice dans les choses de ce monde!

— Nous n'en sommes pas juges, mon enfant, et puis nous n'y
pouvons rien, répliqua l'institutrice en se levant. Rentrons : il
fait froid ici.

— C'est vrai, il fait froid : je ne le sentais pas... Oh! d'où
vient cette écharpe de laine? je suis sûre que je ne l'avais pas en
sortant... C'est vous qui m'en avez enveloppée? et vous n'avez
rien pris pour vous! Vous êtes glacée : vous serez malade, et à
cause de moi! Pourquoi êtes-vous venue?

— Ne faut-il pas que le pasteur aille à la recherche de la
brebis égarée? Allons, ma brebis, courons pour nous réchauffer :
un, deux, trois! »

Les mains enlacées, elles prirent leur course dans l'allée
sombre. Un rossignol se mit à chanter : Jeanne et Sylvie ralen-
tirent leur course pour l'écouter.

« Que c'est beau et que vous êtes bonne! murmura Sylvie
tout émue en serrant la main de son institutrice. Si j'entendais
tous les jours le rossignol avec vous, je crois que cela m'aiderait
à devenir bonne, moi aussi...

— Eh bien, nous en avons encore pour plus d'un mois à l'entendre, répondit Jeanne en souriant ; vous avez le temps de vous perfectionner. Et, pour commencer..., Raymond sort demain soir..., mais peut-être qu'on l'aura prévenu et qu'il ne vous parlera de rien...

— J'espère bien que non ! s'écria Sylvie avec impétuosité. Me ménager..., me faire des grâces !... Je ne veux pas de cela. Je lui en parlerai la première !

— Très bien ! vous tournerez la chose en plaisanterie, et il sera peut-être un peu penaud quand il vous verra rire. »

Elles étaient arrivées dans la cour. Le front de Sylvie se rembrunit quand elle vit de la lumière dans le salon : l'idée que son oncle et sa tante étaient là et qu'il fallait aller leur dire bonsoir ne lui souriait nullement, comme on peut le croire. Mais il y avait des manteaux étrangers pendus dans le vestibule, et Victoire, la femme de chambre, que Mlle Cherbez questionna, lui apprit que les enfants étaient déjà montés, parce qu'il était arrivé des visites.

« Alors nous n'avons qu'à monter aussi, ma petite, dit l'institutrice à Sylvie, qui reprit sa sérénité.

— Comme mademoiselle est pâle ! dit Victoire en regardant Jeanne. Est-ce que mademoiselle est malade ?

— Non..., j'ai peut-être eu un peu froid pendant notre promenade ; mais dans la maison je serai vite réchauffée.

— Je vais porter une tasse de thé bouillant à mademoiselle, il n'y a rien de meilleur contre les refroidissements, dit Victoire avec empressement, car Jeanne s'était fait aimer des domestiques comme des maîtres.

— Merci, ma bonne Victoire ; apportez-en deux dans ma chambre, cela nous sauvera peut-être d'un bon rhume... Mais j'y pense : apportez-en même trois, et envoyez-nous Mlle Henriette, si elle n'est pas encore couchée : nous ferons un petit souper de demoiselles. »

Jeanne ne voulait pas faire recommencer les scènes d'attendrissement ; mais elle désirait égayer un peu Sylvie, et de plus elle tenait à prévenir Henriette de la meilleure conduite à tenir envers Raymond. Henriette était une bonne fille : elle vit bien aux yeux rougis de Sylvie et à ses joues marbrées que sa gaîté actuelle n'était pas de vieille date : elle eut pitié de sa cousine, et elle lui prodigua les témoignages d'amitié. Elle trouvait que Raymond serait bien attrapé si on ne lui parlait de rien du tout; mais ce n'était pas possible à cause de Marguerite, qui était trop fière d'être comparée à une fleur pour consentir à se taire. Le plus simple était d'accepter ses devises en riant; personne n'y penserait bientôt plus.

Justin ramena le docteur.

CHAPITRE VII

Du danger des conférences nocturnes sous les arbres d'un parc. — Remords fructueux.
La fête de Sylvie. — Style épistolaire.

Le lendemain, M. de Robay, appelé pour affaires à la ville, dut partir par le premier train, avant que les enfants fussent descendus : Mme de Robay reçut, comme tous les matins, le bonjour de Sylvie et l'embrassa sans lui parler de sa fugue de la veille. Mme de Robay était une mère très douce, et, si son mari se montrait raide parfois, c'était un peu pour rétablir l'équilibre et contre-balancer les inconvénients de sa faiblesse. Les enfants ne redoutaient guère d'être grondés par elle ; surtout Sylvie, pour qui elle eût craint de se montrer sévère, se disant toujours : « Pauvre petite, elle est orpheline ! elle a droit à plus de tendresse et de gâteries que les autres ! » Avec ce beau raisonnement, elle la gâtait en effet ; peine perdue avec une enfant à qui l'énergie seule inspirait du respect.

La journée s'écoula donc paisiblement ; les enfants prirent leurs leçons sans remarquer que Mlle Cherbez parlait avec effort. La récréation se passa dans le parc, comme de coutume, mais l'institutrice ne prit point part aux jeux. Elle avait essayé de jouer à cache-cache avec la petite Paulette ; mais elle s'était arrêtée presque tout de suite et s'était assise, haletante.

« Vous êtes fatiguée, mademoiselle ? lui dit Henriette.

— Un peu, répondit-elle, en souriant pour rassurer son élève ; et puis, je voudrais avancer mon ouvrage : vous savez, c'est pour la fête de ma mère, et je n'ai plus beaucoup de temps. »

Elle prit son crochet et se mit à travailler activement à un couvre-pied de laine. Mais, dès qu'elle vit les enfants bien absorbés par leurs jeux, son ardeur se ralentit : l'ouvrage si pressé n'avança pas beaucoup ce jour-là. A six heures, elle se leva péniblement et donna le signal du retour : elle se sentait lourde et avait de la peine à marcher. Du kiosque à la maison le terrain montait ; Jeanne s'arrêta plusieurs fois : la respiration lui manquait.

« Qu'avez-vous donc, mademoiselle ? lui demanda Sylvie, qui la vit arrêtée à quelques pas en arrière : vous avez l'air malade !

— Malade, non, mais très essoufflée. Ne vous inquiétez pas de moi et allez en avant, je rejoindrai toujours. Louise m'aidera à m'habiller si je suis en retard.

— Mais vous ne pouvez pas marcher ! Bien sûr, nous n'allons pas vous laisser là : vous n'auriez qu'à vous trouver mal ! Prenez mon bras, appuyez-vous bien : là ! nous irons tout doucement... Henriette, viens te mettre de l'autre côté : Mademoiselle a besoin qu'on l'aide à marcher

— Je voyais bien qu'elle était fatiguée, » répondit Henriette en venant prendre l'autre bras de Jeanne. L'institutrice les remercia tendrement. Elle avait réellement besoin de leur appui ; le trajet dura longtemps, car elle se traînait. Arrivée dans le vestibule, elle s'affaissa sur une banquette et ferma les yeux.

« Mademoiselle ! mademoiselle ! » s'écrièrent les fillettes effrayées.

Jeanne eut encore la force de murmurer : « N'ayez pas peur, mes enfants..., ce n'est rien..., » et elle perdit tout à fait connaissance. Sylvie et Henriette se trouvaient seules avec elle : Louise, arrivée la première, était montée pour s'occuper de Marguerite et des petits.

« Je la soutiens, dit Sylvie à sa cousine ; toi, cours chercher

ma tante, Victoire, tout le monde... Ah! mon oncle! quel
bonheur! Venez vite : Mademoiselle se trouve mal! »

M. de Robay, qui venait de descendre de son tilbury et qui
ouvrait en ce moment la porte du vestibule, fut aussi embarrassé
qu'effrayé : il n'avait pas l'expérience des évanouissements, sa
femme étant d'une excellente santé. Il ne trouva rien autre à
faire que d'étendre l'institutrice sur la banquette et de lui frapper
dans les mains en appelant au secours.

« Thérèse! Thérèse! Cherche ta mère, Raymond!... Il va
falloir la coucher; va dire qu'on prépare son lit!... Justin n'a
pas eu le temps de dételer : dis-lui de repartir tout de suite pour
Belleville et de nous ramener le docteur... Elle ne revient point...
Henriette, sais-tu s'il y a des sels dans la maison? Va chercher
du vinaigre... »

Avant qu'Henriette eût eu le temps de s'ébranler, Sylvie,
rapide comme un coup de vent, avait gravi l'escalier, pris un
flacon de sels sur la toilette de sa tante, et était revenue dans le
vestibule.

« Ah! c'est bien! dit M. de Robay en voyant Jeanne, un peu
ranimée par les sels, entr'ouvrir les yeux et faire un mouvement.
Tu es une bonne fille, toi! »

Cet éloge toucha tellement Sylvie, qui se rappela tout à coup
qu'elle n'était pas encore réconciliée avec son oncle (elle l'avait
oublié dans son émotion), qu'elle fit une chose inouïe pour elle,
une chose qu'elle n'avait jamais faite spontanément. Elle dit à
demi-voix, d'un ton soumis : « Pardon, mon oncle! »

M. de Robay n'en croyait pas ses oreilles. Mais, comme on se
contente de peu avec les gens qui ont l'habitude de ne rien
donner du tout, il sut un gré infini à Sylvie de sa démarche.

« Allons, c'est fini, n'en parlons plus, dit-il à sa nièce en car-
ressant ses cheveux; tu serais une si bonne fille si tu voulais! »

Peut-être en aurait-il dit plus long, trop long même; mais
Mme de Robay arriva d'un côté, Victoire de l'autre, puis Louise
avec les enfants, aussi encombrants que terrifiés. On fit reprendre
connaissance à Jeanne, on la soutint pour monter l'escalier, et
elle était couchée quand Justin ramena le docteur.

« Eh bien? dit à celui-ci, lorsqu'il redescendit, M. de Robay,
qui ne s'apercevait pas que son dîner était en retard de près
d'une heure.

— Eh bien, nous l'en tirerons, j'espère ; mais il faut traiter cela vigoureusement. Un grand vésicatoire dans le dos d'abord ; votre domestique le rapportera, avec une potion à prendre d'heure en heure. Je reviendrai demain matin, et nous verrons.

— Mais qu'est-ce que c'est donc que cette maladie subite ? Jamais elle n'a rien !

— Une fluxion de poitrine, causée par un refroidissement, je pense. »

Sylvie, qui écoutait, sentit comme un poids qui lui tombait sur le cœur. Un refroidissement ! oui, la veille, Jeanne était sortie de la salle à manger chaude, pour venir la chercher dans le parc ; et elle s'y était attardée à la consoler, sans prendre garde au froid qui la pénétrait peu à peu. Et cette écharpe qu'elle avait eu la précaution de prendre pour envelopper Sylvie, au lieu de s'en servir pour elle ! c'était un remords de plus pour la pauvre révoltée.

Le docteur expliquait que Mlle Cherbez avait dû se sentir malade dès la nuit, et que le mal aurait pu être enrayé si elle fût restée au lit le matin et qu'on l'eût envoyé chercher ; mais elle avait lutté jusqu'au bout de ses forces : la maladie était bien caractérisée maintenant.

Sylvie avait la mort dans l'âme. Elle voulut absolument aider sa tante à soigner Jeanne, et, quand on l'eut forcée à se mettre au lit, Mme de Robay, qui n'avait laissé à personne la tâche de veiller cette première nuit, vit bien souvent apparaître un fantôme blanc aux pieds nus, qui entr'ouvrait sans bruit la porte pour venir offrir ses services et s'informer de la malade. C'était Sylvie, que l'inquiétude réveillait sans cesse.

A quatre heures, Mme de Robay lui fit le grand honneur d'accepter son secours au lieu d'aller réveiller Louise. Et le lendemain, Henriette fut ébahie d'apprendre que sa cousine avait aidé à panser un vésicatoire.

« Comment as-tu osé ? s'écria-t-elle. Moi, je n'aurais jamais le courage de toucher à cela !

— Il faut pourtant bien que quelqu'un y touche, » répondit Sylvie avec orgueil. Et pendant toute la maladie de son institutrice, elle ne bougea de sa chambre que quand on la renvoyait de force. Pour une fille qui d'habitude disait carrément sa façon

Il fut aussi embarrassé qu'effrayé.

de penser et qui se vantait de ne rien entendre à la diplomatie,
elle sut trouver des détours incroyables, déployer un talent d'in-
sinuation inusité, pour arriver à son but, de soigner Jeanne et
de la servir. Que de fois, pendant la nuit, la malade reçut sa
cuillerée de potion de la main de Sylvie, pendant que Victoire,
Louise ou la cuisinière, dont c'était le tour de
veille, dormait profondément dans un fauteuil !
La jeune fille, amenée là par l'inquiétude, se
gardait bien de réveiller la garde ; elle s'enveloppait dans un peignoir, s'asseyait près du lit
et attendait l'heure fixée par le médecin : elle
éprouvait une certaine jouissance à sentir le
froid et la fatigue, et triomphait de la confusion
de la dormeuse qui la trouvait là en ouvrant les
yeux. Lorsque Jeanne fut convalescente, Sylvie vint toute la
journée s'installer dans sa chambre ; elle y étudiait, elle lui
faisait la lecture, elle écrivait pour elle à Mme Cherbez — et ce
n'était pas un petit sacrifice pour Sylvie d'écrire une lettre,
et une lettre à une étrangère. C'était une Sylvie transformée :
gaie, douce, docile, obéissante, ingénieuse à distraire sa malade.
Elle ne songeait plus à trouver le monde mal fait, ni à se
plaindre des entraves apportées à sa liberté : elle s'en était,
d'elle-même, imposé bien d'autres !

Est-ce à dire qu'elle fût à tout jamais changée, convertie,
corrigée sans danger de rechute? Hélas ! non : la vertu serait
trop facile s'il suffisait d'une seule leçon pour nous apprendre le
devoir et détruire la longue habitude du mal. Sylvie devait
encore bien des fois justifier la devise que lui avait donnée le
malicieux Raymond ; mais elle comprit la niaiserie de ses petites
révoltes de tous les jours : ce fut toujours autant de gagné. Et
puis, le souvenir de ses remords, du malheur qui avait failli
arriver par sa faute, de la crainte terrible qui lui avait tenu le
cœur serré pendant tant de jours au chevet de son institutrice,
lui revint aux heures de tentation et l'aida à surmonter son penchant, comme le souvenir de sa conduite pendant la maladie de
Jeanne survécut à sa sagesse et disposa sa famille à plus d'indulgence pour elle. De cette façon, une paix relative put régner
dans la maison, longtemps après que Jeanne Cherbez eut repris
sa place à table et dans la salle d'étude.

Tout n'était pas or, pourtant, dans les acquisitions morales de Sylvie pendant ces jours d'épreuve. Fière d'être traitée en personne utile, sérieuse, sur qui on pouvait compter pour des choses oubliées ou mal faites par des domestiques, elle conçut une très haute idée d'elle-même et s'attribua plus d'importance qu'elle n'en avait ; et elle traita en petite fille Henriette qui n'avait que six mois de moins qu'elle. Henriette s'était pourtant rendue utile à sa manière : elle s'était chargée des petits, qu'elle avait fait travailler et qui lui obéissaient très bien. Mlle Cherbez constata leurs progrès avec un grand plaisir et en remercia chaudement sa suppléante. Même elle eut une surprise à laquelle elle ne s'attendait pas, lorsque Mlle Paulette, âgée de trois ans, vint étaler l'alphabet sur ses genoux et lui montra toutes les lettres l'une après l'autre, en les nommant sans se tromper. C'était l'œuvre d'Henriette, qui reçut avec une joie modeste les compliments de son institutrice. Sylvie, fort mécontente de se voir éclipsée à son tour, commença une phrase critique sur les instincts bas d'Henriette, qui se plaisait à faire la maîtresse d'école. Heureusement, elle s'aperçut à temps qu'elle allait blesser Jeanne, et elle s'arrêta.

Quelque temps après, c'était le jour de sa fête. On la lui souhaitait toujours, comme celle de tous les enfants de la maison : des cadeaux, un goûter où l'on invitait les enfants du voisinage ; des jeux, de la danse. Cette fois-là, elle reçut un cadeau de plus : une boîte à son adresse, arrivée par le chemin de fer. M. de Robay ne contesta pas son droit à enlever elle-même les ficelles, mais il s'amusa à la taquiner en retardant l'opération le plus qu'il put, sous prétexte de lui aider. Sylvie ne se fâcha pas : au fond, si elle était pressée d'ouvrir la boîte, elle n'était pas sans inquiétude sur ce qu'elle allait y trouver : quelque nouvelle mystification, peut-être ?

Nullement : c'était un cadeau très sérieux : un fort joli sac à ouvrage, d'une invention nouvelle et originale. Et en même temps Jeanne, qui revenait de recevoir une lettre de sa mère, remit à Sylvie un petit billet où Mme Cherbez la priait gracieusement d'accepter ce travail qu'elle avait fait avec tant de plaisir pour la chère petite garde-malade de sa fille.

Pauvre Sylvie ! Pendant que le sac passait de main en main et que chacun l'admirait en détail, elle se sauva dans sa chambre

et se mit à pleurer. Fallait-il que ce sac vint lui gâter le jour de
sa fête ! La reconnaissance de Mme Cherbez ! oui vraiment ! Si elle
savait !...

L'esprit de Sylvie passa en cinq minutes par une foule de
résolutions plus absurdes les unes que les autres. Se renfermer
dans sa chambre et ne pas sortir de la journée..., ne pas recevoir
les invités, ne pas paraître au goûter, faire dire qu'elle était
malade... Renvoyer à Mme Cherbez ce cadeau dont elle ne
se sentait pas digne... Se taire, et écrire une lettre de remerciments comme si elle n'avait rien à se reprocher... Oh ! cela,
c'était plus impossible que tout le reste. Il y avait encore autre
chose à faire : oui, si dur que ce fût, elle le ferait !

Sylvie poussa un gros soupir, enfonça ses doigts dans sa chevelure et s'assit à sa table. Elle tira de sa boîte une enveloppe et
une feuille de papier, trempa sa plume dans l'encre et écrivit
résolument :

« Madame,

« J'ai reçu votre bel ouvrage, mais je n'oserai pas y toucher
avant que vous m'ayez pardonné, si vous me pardonnez jamais.
Vous me remerciez d'avoir soigné Mademoiselle ; si vous saviez
la vérité, madame, vous me p   riez en horreur ! C'est moi qui
suis cause de son mal ; elle . . gné en venant le soir me chercher au fond du parc où je n.   ais sauvée, après m'être fâchée
et avoir dit de mauvaises paroles à tout le monde. Elle y est
restée longtemps à me consoler, et c'est pour cela qu'elle a
manqué mourir. Vous voyez bien, madame, que je ne serais
qu'une hypocrite si j'acceptais vos remerciments et votre cadeau,
et, si je ne l'avais pas soignée de tout mon cœur, je serais un vrai
monstre. »

Sylvie leva sa plume en l'air et s'arrêta pour chercher une
formule. Ces maudites formules, c'est plus difficile à trouver
que tout le reste d'une lettre, n'est-ce pas ?

« Voilà, se dit-elle enfin, j'y suis : Veuillez agréer, madame,
avec mon profond respect, l'expression de mon repentir... Non,
cela ne finit pas bien, c'est sec... De mon sincère repentir..., c'est
mieux... De mon repentir le plus sincère... Non, elle croirait
que j'en ai quelquefois qui ne le sont pas... Ah ! j'ai trouvé :
l'expression d'un repentir qui ne finira qu'avec ma vie. »

Elle signa « Sylvie de Préjonc », plia la lettre, la glissa dans l'enveloppe, mit l'adresse et descendit à pas de loup. Son oncle emportait ordinairement les lettres pour les jeter à la poste ; mais ce jour-là, jour de fête, il restait toute la journée à Bois-Fleuri, et Justin devait emporter la correspondance pour l'heure du courrier. Sylvie regarda sa petite pendule.

« Oh ! oh ! se dit-elle, il faut que je me dépêche, il doit être en train de faire sa tournée pour recueillir les lettres. Je ne veux la lui donner qu'en bas, de peur qu'on ne me demande à la voir... »

Sylvie descendit vivement. Justin avait fini sa tournée, et les lettres qu'il emportait étaient posées sur la banquette du vestibule, pendant qu'il écoutait une commission que lui donnait Louise du fond de l'office : il s'agissait de quelques gâteaux qui manquaient. Sylvie glissa sa lettre parmi les autres et courut retrouver sa famille.

Pauvre Sylvie ! malgré le mystère qu'elle y avait mis, ce n'était pas mal ce qu'elle avait fait. Pourtant le secret lui parut si lourd qu'elle ne put le porter jusqu'au soir, et qu'elle profita de la première occasion pour le confesser à son institutrice. Jeanne l'embrassa tendrement.

« Comme ma mère va vous aimer, ma chérie ! lui dit-elle. Acceptez son cadeau sans crainte : votre pardon est tout accordé ! »

On visita le potager.

CHAPITRE VIII

Voisins de campagne. — Où Mme Michon entre en scène. — Le chapeau d'Onésime.
A lundi!

« Il y a du monde au salon, et madame demande ces demoiselles, dit Victoire en entrant dans la salle d'étude où les élèves étaient en train de ranger leurs livres pour la récréation.

— Qui ça, Victoire? demanda Sylvie qui voulait toujours tout savoir.

— Je ne sais pas, mademoiselle; c'est-à-dire j'ai bien rencontré ces figures-là, mais je ne pourrais pas mettre un nom dessus. Ce n'est pas de la paroisse, toujours, car je connais toutes ces dames qui vont à la messe à Belleville.

— C'est une dame, alors?

— Une dame, pas jeune, avec un grand monsieur, qui a peut-être bien vingt ans, et une jeune demoiselle, à peu près comme Mlle Henriette.

— De nouveaux voisins... *La Chevrière* était en vente, peut-être qu'elle est vendue...

— Sylvie, vous feriez bien mieux de vous dépêcher, ma mignonne, que de demander des choses que vous êtes sûre d'ap-

5

prendre tout à l'heure, interrompit Mlle Cherbez. Vous voyez qu'Henriette est prête.

— Moi aussi, mademoiselle, moi aussi! me voilà!

— Non, vous êtes tout ébouriffée; donnez-vous un coup de peigne, et mettez un ruban frais... À la bonne heure : secouez votre robe maintenant, et que mes élèves me fassent honneur. »

Les trois fillettes entrèrent dans le salon; Antoine les précédait, donnant la main à Paulette.

« Voici mes enfants, madame, dit Mme de Robay à sa visiteuse, puisque vous avez bien voulu demander à les connaître tous : Paulette et Antoine, mes deux petits; Marguerite, qui a huit ans et demi, et Henriette, qui aura quatorze ans le mois prochain. L'aînée est ma nièce, Sylvie de Préjonc, fille d'une sœur de M. de Robay; elle vit avec nous depuis qu'elle a perdu ses parents, et nous l'appelons notre fille aînée.

— Une grande et belle fille, dit la visiteuse; je suis sûre qu'elle soulèverait un sac de blé! »

Le grand jeune homme assis en face de sa mère devint cramoisi et s'agita sur sa chaise comme si elle eût été rembourrée d'épines; la fillette baissa la tête et rougit, elle aussi, jusqu'aux oreilles. Mais la dame n'était nullement embarrassée : elle ne voyait rien que de très naturel dans sa manière d'exprimer son admiration; elle attira à elle Antoine et Paulette, les caressa, prit la petite fille sur ses genoux, et les invita à venir, avec leur maman, la voir au Moulin-Vert, où ils s'amuseraient à pêcher de jolis petits poissons dans la rivière, et où ils donneraient à manger aux beaux canards blancs et aux grandes poules de Cochinchine. Il fut aussi question d'un poulain, d'un âne, d'une chèvre apprivoisée et d'un bateau où l'on ferait une promenade. Les deux petits écoutaient bouche béante : à chaque nouvelle merveille, Paulette battait des mains et Antoine regardait la dame avec un sourire discret. Enfin, Mme de Robay fit un signe à Louise, qui attendait debout à la porte du salon.

« Allez-vous-en, mes chéris, fit-elle; il ne faut pas abuser de la bonté de Mme Michon. Je vous mènerai chez elle si vous êtes bien sages. Sylvie, Henriette, Mlle Michon est en vacances, profitez-en pour faire connaissance avec elle; vous vous retrouverez avec plaisir quand elle sortira de pension. »

Les jeunes filles s'assirent près de Mlle Coralie Michon et essayèrent de causer avec elle. Ce n'était pas très facile; la pensionnaire était timide, embarrassée, se trouvant sur un terrain tout nouveau pour elle. Avec ses compagnes habituelles, elle eût bavardé comme une pie; avec des inconnues, élevées chez elles par une institutrice, elle ne trouvait rien à dire. Les enfants élevés dans leur famille ont toujours une avance de deux ou trois ans sur les pensionnaires de leur âge : comme on remue beaucoup plus d'idées autour d'elles, il leur en entre toujours quelques-unes dans la tête, tandis que les pensionnaires ne voient rien hors de leurs études, de leurs jeux, de leurs amitiés et de leurs querelles. Henriette et Sylvie étaient tout aussi embarrassées que Coralie, qui leur faisait l'effet d'une petite fille. Ce fut Marguerite qui réussit à la dégeler, en lui demandant des détails sur sa vie à la pension. Et pendant qu'elle écoutait avec grand intérêt le récit d'une fête donnée par les élèves de la pension Ratibois à leur maîtresse pour son jour de naissance, fête où l'on avait joué des charades et chanté des chœurs, répétés en grand secret, avec la connivence de la maîtresse de piano, les deux autres prêtaient l'oreille à la conversation des grandes personnes.

« Oui, madame, disait Mme Michon, je me suis décidée à faire quelques visites dans mon voisinage. Je n'avais vu personne depuis la mort de mon pauvre mari : je n'avais guère le cœur à la joie, vous comprenez, et l'idée de parader en société me faisait mal. Et puis, j'étais trop occupée, voyez-vous : c'est lourd, pour une femme seule, un bien comme le nôtre. On n'a pas idée du mal que cela donne, un moulin : les achats de blé, la comptabilité, le travail à surveiller, les ouvriers qui ne sont pas toujours raisonnables... Mon mari s'entendait fort bien à tout, lui! il faisait des spéculations, oh! très honnêtes! mais qui lui rapportaient. Moi, je n'ai pas voulu m'y risquer : quand on ne s'y connaît pas! j'aurais eu peur de compromettre le bien de mes enfants. Je me suis bornée à mener le moulin de mon mieux et à surveiller les cultures et la laiterie... Nous faisons le meilleur beurre du pays, madame! A Puymont, quand on a dit : du beurre du Moulin-Vert, on a tout dit! »

Le fils de Mme Michon paraissait de plus en plus mal à son aise. Évidemment, il se demandait en quoi les spéculations de défunt son père et le beurre du Moulin-Vert pouvaient intéresser Mme de Robay, et il ne trouvait pas à ces questions de réponse satisfaisante. Mme de Robay eut pitié de lui, et, répondant à l'éloge du beurre par un hochement de tête approbatif, elle se tourna vers le jeune homme et lui demanda dans quelle classe il était au lycée, et ce qu'il comptait faire quand il aurait terminé ses études.

Le malheureux sursauta d'un air ahuri, et une nouvelle couche de rouge s'étendit sur son visage. La critique est aisée et l'art est difficile. Il avait assez de tact pour trouver déplacé le bavardage de sa mère ; mais parler lui-même, parler en personne à une dame, lui qui n'avait pour interlocuteurs ordinaires que des professeurs ou des écoliers, c'était bien une autre affaire.

Pour mettre le comble à son embarras, un petit rire contenu appela son attention du côté des jeunes filles... Qu'avait-elle donc, cette petite blonde, avec ses yeux malins et ses dents de souris ? Bien sûr, elle se moquait de lui ! Il ne faut donc pas s'étonner si, dans la réponse qu'il balbutia, Mme de Robay ne put saisir qu'à grand'peine les mots « mathématiques, baccalauréat et moulin ».

Heureusement Mme Michon vint au secours de son fils.

« Oui, madame, reprit-elle, j'ai observé de point en point les dernières recommandations de mon mari. Quand il s'est senti mourir, le pauvre cher homme ! il avait attrapé un chaud et froid, et il ne s'est pas soigné à temps : il était si fort ! Il croyait toujours qu'il n'y avait pas de danger... Enfin il m'a expliqué tout ce que j'aurais à faire, pour le moulin et le reste : il comptait sur moi et il avait bien raison. Et puis il m'a dit : « Tu iras bien comme cela jusqu'à ce qu'Onésime puisse te remplacer. Mais je veux qu'il soit instruit ; moi, j'avais un peu d'instruction, ça m'a servi, il en aura encore davantage, cela sera encore mieux. Tu vas donc le mettre au lycée pour faire ses classes — le petit avait sept ans, il savait lire, il savait un peu écrire, et ses chiffres, et c'était tout. — Il faut qu'il soit bachelier ès lettres, parce que la littérature, cela l'empêchera de s'ennuyer ; il faut aussi qu'il soit bachelier ès sciences, parce que les sciences, on en met partout maintenant, et qu'un homme doit les connaître. Les maîtres du lycée te diront ce qu'il faut faire pour cela. Quand ce sera fini, tu le retireras du lycée et tu le mettras au moulin : alors tu pourras te reposer... »

— Et vous avez bien gagné votre repos, certainement, dit Mᵐᵉ de Robay.

— Gagné? oui, j'ai travaillé dur. Mais il ne faut pas croire que je vais me reposer : je m'ennuierais, d'abord! Et puis, est-ce qu'un homme peut s'occuper de l'intérieur de la maison, des servantes, du linge, des provisions, de la vacherie, des volailles, des conserves, des fruits et des légumes à faire vendre? Il me restera encore de l'ouvrage, allez! Lui, il mènera le moulin et fera les affaires du dehors...

— Vous avez donc vos deux baccalauréats, monsieur? reprit Mᵐᵉ de Robay, essayant encore de faire parler Onésime Michon : c'est très beau, cela! »

Onésime fit un grand effort.

« Oh! c'est tout simple, madame; il y en a bien d'autres... Édouard d'Hervieux les a eus du premier coup, avec éloge... »

Les jeunes filles rirent sous cape, se demandant ce que c'était qu'Édouard d'Hervieux. Mais Onésime ne jugea pas à propos de les renseigner; il pensait, sans doute, que tout le monde le connaissait.

Il continua :

« J'aurais voulu finir l'année dernière, pour aller plus tôt aider maman : c'est un peu fatigant pour une femme, ce métier-là..., mais j'avais échoué à la version, et je n'ai pas pu me représenter au mois de novembre, parce que j'avais la rougeole. Enfin, je n'ai pu être bachelier ès lettres que l'an dernier et bachelier ès sciences que cette année. »

Ce fut au tour de Marguerite de rire sous cape dans son coin, à l'idée de ce grand et gros garçon qui avait eu la rougeole. La rougeole lui paraissait une maladie d'enfant. Le visage d'Onésime s'empourpra de nouveau. Pour se donner une contenance, il tourna dans ses mains son chapeau qu'il avait posé sur ses genoux : le chapeau lui échappa et roula sur le parquet jusqu'aux pieds de Sylvie. D'un bond, il fut sur ses pieds, courant après son couvre-chef; mais il glissa, fit un faux pas et s'étala tout de son long. Sylvie se baissa pour ramasser le pauvre chapeau et le lui présenta, avec une révérence narquoise, dès qu'il se fut relevé. Les fillettes se mordirent les lèvres pour ne pas éclater; Coralie était furieuse. Mᵐᵉ Michon fit entendre un gros rire.

« Ah! ah! excusez, madame, il n'est pas encore habitué aux parquets cirés...; au lycée, on ne fait pas de luxe, et chez nous... ma foi, pour ce que j'ai de temps à passer dans mon salon, je trouve que ce n'est pas la peine... Onésime fera cirer s'il veut : aussi bien le salon que sa chambre à coucher et son cabinet de travail..., car je lui ai fait arranger un joli logement. Mon pauvre mari disait toujours : « Pour qu'un homme reste chez lui, il faut qu'il s'y trouve bien. » Je m'en suis souvenue, et je tâche de donner à Onésime un intérieur agréable... Je lui ai commandé deux belles bibliothèques en palissandre; il y mettra ses prix d'abord, et puis il achètera les livres qu'il voudra... Son professeur de rhétorique lui en a déjà fait une liste...

— Vous aimez la lecture, monsieur? reprit Mme de Robay; c'est le meilleur goût qu'on puisse avoir, quand on vit à la campagne. Je regrette que M. de Robay ne soit pas ici; mais, quand vous reviendrez nous voir, il se fera un plaisir de vous montrer ses livres et de vous prêter ceux qui vous plairont. »

Onésime remercia avec effusion; on sentait qu'il éprouvait une profonde reconnaissance envers Mme de Robay, qui lui tendait si charitablement la perche. Elle le questionna sur les études qu'il préférait, lui parla des travaux de son mari, et s'aperçut à ses réponses qu'il était beaucoup plus intelligent que sa gaucherie ne l'aurait fait supposer. Elle proposa de visiter le parc et les jardins. Les jeunes filles se levèrent avec empressement : elles ne savaient plus que dire à Mlle Coralie.

On visita la volière, le potager, le verger; Mme Michon loua tout, offrit des espèces qu'elle possédait et qui manquaient à Mme de Robay, et elle accepta avec de grands remerciements du plant et des graines.

« Nous n'avons guère de fleurs au Moulin-Vert, dit-elle; je n'ai pas le temps de m'occuper de jardinage. Mais Onésime m'a déjà demandé un parterre. Je lui ai laissé prendre le terrain qu'il a voulu, et il va le faire tracer...

— Ah! vous aimez les fleurs, monsieur?

— Beaucoup, madame..., et puis, quand ma sœur sortira de pension, dans trois ou quatre ans, je pense qu'elle sera bien aise de trouver un jardin en plein rapport; je m'y prends d'avance pour le préparer.

— C'est d'un bon frère, dit Mme de Robay en souriant. Et vous avez quitté le lycée avant la distribution des prix? car elle n'aura lieu qu'après-demain.

—Je l'ai ramené au Moulin-Vert dès qu'il a été bachelier, interrompit Mme Michon, puisqu'il n'avait plus rien à apprendre au lycée! Mais, continua-t-elle sans prendre garde à la confusion d'Onésime, nous ne manquerons pas la distribution des prix, il n'y a pas de risque! c'est ma joie, à moi, de le voir monter sur l'estrade, où il est couronné par le maire ou le préfet, l'évêque ou le général, au son de la musique! Et comme c'est la dernière fois que j'aurai cette joie-là, je n'entends pas m'en priver. Ni vous non plus, n'est-ce pas? car vous avez un petit garçon au lycée?

—Oui, un écolier assez tapageur, mais un bon garçon qui travaille bien tout de même; et j'espère qu'il aura quelques nominations.

—Eh bien, voulez-vous une chose? Lundi, après les prix, venez tous nous voir au Moulin-Vert : nous fêterons nos enfants ensemble! C'est entre Belleville et Morchamp, plus près de Morchamp, à une petite heure de chemin de la gare de Belleville, avec de bons chevaux; le moulin est sur la Tambille, et on a bâti la maison un peu plus haut, pour éviter l'humidité. Le pays est très joli, et nous tâcherons d'amuser un peu vos enfants. »

La moqueuse Henriette donna un coup de coude à Sylvie, en étouffant un éclat de rire, et Marguerite ouvrit des yeux tout ronds : Mme Michon leur paraissait d'un sans-façon bien extraordinaire.

« Est-ce que maman va accepter? ce serait drôle! murmura Henriette à l'oreille de sa cousine.

—Cela nous ferait voir du nouveau! » lui répondit tout bas Sylvie.

Mme de Robay hésitait. Elle comptait bien rendre un jour la visite de la meunière, qui passait pour une femme de bien, la justice et l'honnêteté en personne; mais accepter si vite une invitation familière!... Onésime devina sa pensée, et déjà intimidé par les rires et les chuchotements des jeunes filles, il balbutia en rougissant plus que jamais : « Maman, il ne faut pas insister; M. de Robay ne nous connaît pas encore...

—Il sera enchanté de faire votre connaissance, repartit vivement Mme de Robay, subitement décidée par la crainte de faire de la peine à ce grand enfant timide. Vous pouvez compter sur nous, madame. »

La visite prit bientôt fin, et Mme Michon, remontée dans sa voiture, après des saluts réitérés, indiqua à son domestique une maison de campagne distante d'une petite demi-lieue : elle continuait sa tournée.

On rejoignit la famille Michon.

CHAPITRE IX

La jeunesse est inconsidérée. — Sages paroles d'une mère de famille. — La vieille
maison. — Distribution des prix. — Au Moulin-Vert.

À peine les roues de la voiture eurent-elles cessé de faire crier
le sable de l'allée que, sans se demander si sa voix flûtée ne
pouvait s'entendre au loin, Henriette s'écria en frappant ses
petites mains potelées l'une contre l'autre :

« Oh! maman, tu as accepté l'invitation de ces gens-là! ils sont
si ridicules!

— Mais non, mon enfant; d'honnêtes gens sans prétentions
ne peuvent pas être ridicules, et j'aurais été bien fâchée de
blesser Mme Michon. J'ai entendu parler d'elle; son mari, avec
ses spéculations qu'elle admire, était en train de se ruiner quand
il est mort. Elle a travaillé comme un homme, depuis douze ans,
pour remettre le bien de ses enfants en bon état; elle est sincère
et loyale, elle n'a jamais fait de tort à personne, et, si elle est
sans pitié pour les paresseux, elle ne refuse jamais de venir en
aide aux pauvres qui cherchent à gagner leur vie. Si tu ne
trouves pas qu'elle ait droit au respect, tu es bien difficile!

— Oui, maman, le respect de ses fariniers, je veux bien...;
mais le tien, toi qui es si distinguée !

— Elle m'a paru fort distinguée de sentiments et son fils
aussi, je t'assure, répliqua en riant Mme de Robay.

— Oh! les sentiments, les sentiments..., ça ne suffit pas...
Elle dit tout ce qui lui passe par la tête, elle n'arrête pas :
tic tac, tic tac, c'est comme la roue de son moulin... Son pauvre
mari..., le lycée..., les sacs de blé...

— Le beurre du Moulin-Vert, ajouta Sylvie.

— Et les deux baccalauréats, reprit Henriette.

— Et les bibliothèques de palissandre !

— Onésime fera cirer s'il veut.

— Il achètera des livres de c't'hauteur-là, » dit la maligne
pièce en mettant ses deux mains l'une au-dessus de l'autre,
à trente centimètres de distance environ.

A cette antique plaisanterie, les deux moqueuses éclatèrent
de rire et Marguerite fit chorus.

« Vous n'êtes que de petites sottes, reprit Mme de Robay. Je
suis sûre que votre père verra les choses tout autrement, et
qu'il aidera de tout son pouvoir M. Michon à devenir un homme
instruit, qui prendra de l'influence dans le pays et y fera beaucoup de bien.

— Et il s'appelle Michon, encore !

— Et comme il est habillé : une redingote toute neuve et
luisante; je parie qu'il ne s'en est guère fallu qu'il ne vînt
en habit.

— Et ses souliers vernis : de vrais miroirs !

— Et son chapeau donc ! si glissant qu'il n'a pu tenir en
place.

— Et Mme Michon ! c'est bien heureux qu'elle ait gardé son
deuil, sans quoi nous l'aurions vue avec du rouge, du bleu, du
jaune et du vert... Mais en avait-elle, du jais, en avait-elle !
j'en fermais les yeux. »

Mme de Robay laissait dire ses enfants; elle aimait mieux voir
clairement ce qui se passait dans leurs jeunes têtes, que de
les entendre chuchoter mystérieusement dans les coins, et
répondre : « Rien, maman ! » à la question de rigueur : « Que
dites-vous donc là ? »

« Je comprends, mes petites, reprit-elle, que Mme Michon vous ait un peu étonnées; elle ne ressemble pas aux personnes que vous avez l'habitude de voir ici, et il est bien sûr qu'elle n'a pas l'usage du monde. Mais ce n'est pas un crime, cela; et, quand vous serez d'âge à ce qu'on vous mène dans les bals et les soirées de Puymont, vous y verrez bien des personnes qui ne sont pas plus distinguées qu'elle et qui n'ont peut-être pas ses qualités. Pour moi, je désire qu'elle soit bien accueillie dans sa tournée de visites; rien qu'à voir des personnes autres que les employés de son moulin, elle prendra peu à peu l'habitude de certaines façons de parler et d'agir, et observera tout naturellement certaines petites conventions de société..., des chaînes, n'est-ce pas, Sylvie?...

—Oh! ma tante, il y a chaîne et chaîne...; on n'est pas esclave pour savoir marcher, s'asseoir, se lever, saluer..., et ce malheureux ours ne sait rien de tout cela. Mon Dieu! qu'il était drôle dans sa redingote neuve! et ses gants, ç'avait dû être un fameux travail pour les boutonner!

—Même que le bouton du gant gauche avait sauté, ajouta Henriette.

—Il était gêné dans des vêtements dont il n'a pas l'habitude, répliqua Mme de Robay. Peut-être que lundi il aura très bon air avec sa tunique...

—Et ses lauriers de papier... Enfin, ce sera peut-être drôle, le Moulin-Vert... Je suis sûre qu'on nous servira une collation genre *Noces de Gamache;* quand on manque d'usage!

— Henriette, dit sévèrement Mme de Robay, on ne se fait pas contre les gens un grief de leur générosité, quand on est toute disposée à en profiter; et je voudrais bien savoir qui est-ce qui mangera le plus des bonnes choses qu'ils pourront nous offrir? »

Henriette rougit; elle prolongeait en effet un peu trop tard l'âge de la gourmandise, et on la plaisantait souvent à ce sujet.

« Je crois, mes enfants, reprit Mme de Robay, que, lorsque vous connaîtrez mieux Mme Michon, l'envie vous passera de vous moquer d'elle; mais, en attendant, ayez soin de ne pas vous permettre la moindre raillerie que ses enfants puissent entendre; ce serait une mauvaise action, injuste et lâche. Vous le comprenez, n'est-ce pas? »

Mme de Robay ne prenait pas souvent son ton sévère; mais,

quand elle le prenait, il ne fallait pas répliquer. Marguerite
se le tint pour dit; les deux autres étaient assez âgées pour
entendre raison, et se ranger d'elles-mêmes à l'avis qui leur
était donné.

Le jour des prix arriva, et dès le matin tout fut en l'air à
Bois-Fleuri. Il fallait s'habiller, ne pas manquer le premier
train qui passait à Belleville à sept heures; c'était déjà difficile
avec Marguerite qui sautait de joie entre les mains de Louise,
Henriette qui n'en finissait pas de parer sa petite personne,
et Sylvie qui se trouvait toujours gênée et éprouvait, au dernier
moment, le besoin de faire desserrer un cordon ou une agrafe
qui lui imposait « une torture abominable ». Enfin on se trouva
à la gare au moment où le train paraissait, et une heure après
on débarquait à Puymont. La cuisinière, qu'on avait emmenée,
se hâta de préparer le déjeuner; car Mme de Robay possédait
dans la vieille ville une vieille maison assez laide, mais grande
et commode, où l'on avait laissé seulement quelques meubles
pour pouvoir l'habiter quand on avait besoin de faire un petit
séjour à Puymont. Les jours de distribution de prix, on y
déjeunait toujours, vu l'heure matinale à laquelle il fallait
partir de Bois-Fleuri.

« Que cette salle à manger est lugubre! s'écria tout à coup
Sylvie, qui mangeait vite et avait tout le loisir de réfléchir pendant que les autres achevaient leur repas. Je crois, continua-
t-elle, que j'aurais le spleen si je vivais ici seulement huit
jours!

— Tu te vantes, ma chère, répliqua M. de Robay d'un ton
goguenard. Le spleen ne se gagne pas si vite que cela; j'ai
connu des Anglais qui m'ont renseigné là-dessus. Et qu'est-ce
que tu lui trouves de si lugubre, à cette salle à manger? Les
rognons sautés étaient excellents, et voici des haricots verts
d'une finesse!... cela donne du mérite à une salle à manger,
vois-tu!

— Mais ce grand mur, haut, gris, sombre, avec des X en
fer pour l'empêcher de crouler... Quand je le regarde, il me
semble que je manque d'air et qu'il va se rapprocher jusqu'à
ce qu'il m'étouffe.

— Il restera à sa place, dit Henriette en riant; n'aie pas
peur. Mais le fait est que les rues sont bien étroites dans

ce quartier-ci, et que ce n'est pas gai. La maison entière est
sombre, sombre !

— Mes parents y demeuraient, dit Mme de Robay, avant
d'hériter de Bois-Fleuri, qui appartenait à un grand-oncle de
ma mère. J'ai été élevée ici, et la maison ne me semblait pas
triste. Le grand mur était tout aussi gris qu'à présent ; mais
il y avait, faisant angle avec lui, un autre mur qui fermait la
cour du côté où l'on a bâti une maison. Ce mur-là était tout
revêtu de lierre, et le lierre était plein de nids d'oiseaux. Ai-je
passé des heures à les regarder, à leur émietter du pain, à surveiller les chats qui les guettaient des gouttières d'alentour !
Si l'un d'eux faisait mine de s'avancer, je criais ; le chat se
sauvait, les moineaux aussi, car ils ne pouvaient pas se douter
de mes bonnes intentions. N'importe, j'étais contente de leur
avoir sauvé la vie ; seulement, j'aurais désiré un peu de reconnaissance de leur part. C'est si difficile de faire le bien pour
lui-même ! »

On rit de cette réflexion faite par Mme de Robay, la femme
la moins égoïste qui fût au monde ; et l'on quitta la table pour
se rendre au lycée. Une fois dans la rue, Sylvie se retourna,
regarda la maison dont elle venait de sortir, et dit à Henriette
d'un ton convaincu :

« C'est égal, elle est horriblement triste, cette maison-là !

— Bien sûr ; j'aime mieux être à Bois-Fleuri, répondit Henriette : mais ce sera tout de même amusant d'y venir en hiver
pour aller au bal, quand nous aurons dix-huit ans... Je ne sais
pas si maman nous habillera toutes les deux pareilles, comme
à présent... Moi, je voudrais toujours avoir des robes roses ; et
toi ? J'espère bien que nous donnerons des soirées ; les salons
sont assez grands, et une fois les rideaux fermés on ne verra
plus le vilain mur... »

Sylvie haussa les épaules ; elle trouvait à Henriette des goûts
bien frivoles.

Vous n'attendez pas, sans doute, que je vous raconte la distribution des prix ? Il y faisait très chaud ; le public était nom-
breux et enthousiaste ; il y eut plusieurs discours, et la musique
du régiment joua ses plus beaux airs en l'honneur des lauréats.
Beaucoup de dames s'étaient mises en grande toilette. Mme de
Robay portait une robe de foulard d'un gris très doux et était

coiffée d'un chapeau de paille orné d'avoines et de bleuets.
Sylvie, Henriette et Marguerite avaient des robes de léger lai-
nage blanc et des chapeaux dits paillassons relevés de côté, avec
une touffe de pâquerettes. Raymond eut deux prix et trois
accessits; sa mère était rayonnante de joie.

A la sortie, on rejoignit la famille Michon. Mme Michon,
chargée de beaucoup de jais, était très rouge parce qu'elle avait
grand chaud. Coralie portait simplement l'uniforme de la pension Ratibois : robe de mousseline de laine fond blanc couverte
de petits vermicelles lilas, chapeau de paille à rubans lilas et
vert-pomme; mais, pour se dédommager, elle avait mis un
collier d'argent, des boucles d'oreilles de turquoises et plusieurs
porte-bonheur. Onésime, grand et dégingandé, avec les épaules
un peu voûtées par l'étude, semblait plus à l'aise dans sa
tunique que dans sa redingote; mais il n'avait pas beaucoup
meilleure tournure. Il rougit tout à coup en s'apercevant qu'il
avait gardé, enfilées à son bras, toutes ses couronnes de papier
vert, et s'empressa de les glisser sous sa tunique. Ses livres
faillirent lui échapper plusieurs fois pendant cette opération.

Il reprit un peu d'aplomb en arrivant à la gare de Belleville : il se sentait déjà là sur son terrain. Les voitures attendaient leurs maîtres; le break de Bois-Fleuri venait d'amener

Mlle Cherbez avec Antoine, Paulette et leur
bonne Louise. Le reste de la famille y monta,
moins Raymond, à qui Onésime offrit une place
à côté de lui sur le siège de son panier, lui
promettant de le laisser conduire : plaisir délicieux que le jeune garçon n'eut garde de refuser.

Le Moulin-Vert était construit sur la Tambille, qui profitait à cet endroit-là de ce que
son cours n'était pas obstrué par des roches
pour se dépêcher de couler d'un mouvement uniforme qui
faisait tourner les roues du moulin. Tic tac, tic tac tac, tic tac,
tic tac tac : ce bruit monotone faisait une basse continue au
murmure de la rivière, à la chanson du vent dans les grands
peupliers, au ramage des oiseaux, au caquetage des canards
et des poules, dominé parfois par la voix sonore et gaie d'un
garçon meunier qui chantait en travaillant. Le moulin était

vieux et n'en était que plus joli; il mirait dans les eaux claires de la Tambille la robe de lierre qui lui avait valu son nom, et dont le tissu sombre faisait ressortir en clair et en gai la façade qu'on avait dû rebâtir quelques années auparavant en agrandissant le moulin. La maison d'habitation ne se trouvait pas là : elle était située à une centaine de mètres, au milieu de terrains en pente, doucement inclinés vers le levant depuis la grande route jusqu'à la rivière. C'était une maison carrée, solide, bâtie en pierre avec un toit de tuiles vernissées; elle régnait sur tout un royaume de légumes égayés de quelques fleurs par-ci, par-là. A quelque distance on apercevait, derrière la double haie d'un chemin creux, le toit rouge de l'étable aux vaches. Un peu au-dessous du moulin, la Tambille s'élargissait  et formait comme un petit lac limpide; deux canots fraîchement repeints en blanc avec le bordage vert, étaient amarrés au bord, sous des saules qui trempaient leur chevelure dans l'eau.

« Voilà le Moulin-Vert! » dit Mᵐᵉ Michon avec un geste circulaire, empreint d'un orgueil légitime ; geste qui désignait non seulement le moulin, mais tout le paysage qui l'entourait. « On ne peut pas dire, n'est-ce pas, que ce ne soit pas un domaine en bon état! Vous verrez cela, je vous le ferai visiter tout à l'heure en grand détail; le plus pressé, maintenant, est de se rafraîchir. On a toute la poussière de la route dans le gosier! »

Onésime sauta à bas de son panier et jeta les rênes de son cheval à un robuste garçon, qui s'était avancé en voyant arriver les voyageurs.

Une fois à terre, il demeura perplexe, se balançant d'un pied sur l'autre et ne sachant quelle détermination prendre. Il n'avait pas besoin d'aider sa mère à descendre, ni Raymond non plus; mais il sentait que c'était son devoir de maître de maison d'aller offrir la main aux dames de Bois-Fleuri, et même à Coralie, qu'elles avaient prise avec elles. Il rassembla tout son courage, fit deux pas vers le break, rougissant d'avance de son audace..., et s'arrêta à la tête des chevaux qu'il maintint pour le cas où ils auraient eu envie de s'emporter. Pendant qu'il hésitait, M. de Robay l'avait tiré d'embarras en mettant pied à terre le premier et en aidant les voyageuses à descendre.

« Quel galant chevalier! » murmura Henriette à l'oreille de Sylvie.

Elle pressait ses hôtes de manger.

CHAPITRE X

La forme manque, mais le fond ne manque pas. — La tournée du propriétaire. — Flâ-
nerie. — Incident qui pourrait tourner au tragique. — Le magasin de Mme Michon.

Avant donc de proposer à ses hôtes la « tournée du 'propriétaire », Mme Michon les conduisit dans la salle à manger. Là,
sur une grande table couverte d'une nappe éclatante de blan-
cheur, s'étalait une vaisselle de faïence à fleurs, une vraie vaisselle de campagne ; mais cette vaisselle contenait un vrai repas
de Gamache, comme l'avait prévu Henriette ; Mme Michon avait
dû passer toute sa journée de la veille à le préparer. Des mon-
tagnes de pâtisseries de ménage, une dinde en galantine trônant
au milieu de sa gelée ; des poulets froids, des salades « fraîches
comme la rosée », des radis pareils aux joues de Mme Michon,
accompagnés du fameux beurre du Moulin-Vert ; des pêches
roses et dorées, veloutées, admirables ; tous les fruits de la
saison, toutes les crèmes et toutes les confitures imaginables :
c'était beau et effrayant.

A vrai dire, la mise en scène laissait un peu à désirer ; le
linge, blanchi sur le pré, avait dû être filé par les servantes de
la maison et tissé par des tisserands de village ; il n'était ni fin
ni uni. Les verres et les carafes étaient en verre très clair, mais

6

assez grossier; les meubles étaient trop neufs pour avoir le
mérite de l'antiquité, mais ils se contentaient d'être solides,
sans la moindre prétention à l'élégance; il n'y avait de fleurs
nulle part, et les cadres pendus sur les murs, dont le papier
représentait des pampres criards tout à fait passés de mode,
contenaient des chromolithographies. Le parquet n'était pas
ciré et sentait le bois fraîchement lavé. Les enfants ouvraient
de grands yeux étonnés. Mᵐᵉ Michon s'agitait au milieu de tout
cela avec une aisance parfaite : évidemment, ce degré d'élégance lui suffisait. Onésime, lui non plus, ne semblait pas en
demander davantage; après tout, c'était encore mieux que le
lycée. Seule, Coralie rougissait quand elle saisissait au passage
un regard moqueur d'Henriette ou de Sylvie; à sa pension, elle
avait dû entendre parler de beaux mobiliers et d'installations
confortables; et puis la tournée de visites qu'elle venait de faire
lui avait donné à réfléchir.

En dépit de la faïence à fleurs et du gros linge, les friandises
de Mᵐᵉ Michon eurent du succès. Elle pressait bien un peu trop
ses hôtes de manger et de boire : ce vin était le dernier que son
« pauvre mari » eût mis en bouteille; sa vieille Gothon, la cuisinière, n'avait pas sa pareille pour cette crème; ces confitures étaient de sa façon, ainsi que ces cerises à l'eau-de-vie;
ce raisin précoce était aussi doux que du Thomery; ces pêches
avaient une renommée dans tout le pays, etc., etc. Mais les
enfants lui pardonnaient volontiers ses instances exagérées : on
était vraiment bien reçu au Moulin-Vert.

La collation finie, on visita la maison. Le salon, dont on
ouvrit pour la circonstance les volets toujours fermés — de peur
que le soleil ne mangeât la couleur des rideaux, — offrait ce
singulier coup d'œil d'un salon du temps de Louis-Philippe
conservé absolument neuf. Les fauteuils et le canapé, rangés
symétriquement le long des murs, gardaient l'éclat de l'acajou
nouvellement verni; un beau velours rouge les recouvrait, et les
rideaux des fenêtres, en reps du même rouge, étaient dépassés
par des rideaux de mousseline brodée. Il y avait un piano dans
un coin, avec un tabouret à vis, et dans un autre coin un guéridon à pied triangulaire, à dessus de marbre gris, et sur le
guéridon un plateau chargé d'un thé en porcelaine à ornements bleu et or. Sur le châssis qui fermait la cheminée, était

représentée la place de la Concorde avec ses fontaines et son obélisque, et sur deux petits bouts de tapis, étalés devant la cheminée et devant le canapé, on admirait, si l'on pouvait, la girafe et le lion de l'Atlas. Il y avait encore une pendule dorée sous un globe de verre, deux vases de porcelaine décorée garnis de la plante desséchée appelée « monnaie du pape » et deux pastels dans des cadres dorés. L'un représentait une châtelaine lâchant un pigeon blanc; l'autre une bergère selon Watteau mettant un collier rose à son agneau favori.

« C'est mon ouvrage, dit Mme Michon avec orgueil; j'ai appris au couvent, quand je faisais mon éducation, à peindre de toutes sortes de manières. Seulement, une fois mariée..., j'ai eu d'autres chats à fouetter... Michon n'aurait pas aimé me voir assise pendant des heures à mettre de la couleur sur du papier blanc; il disait que si l'on veut des images il ne manque pas de gens qui en vendent. J'ai continué le piano un peu plus longtemps : je lui jouais des polkas, le soir, et puis les airs des chansons à la mode. Ça l'amusait et il chantait : il avait une belle voix, il aurait pu être chantre à l'église... Depuis qu'il est mort, le piano ne sert plus qu'à Coralie quand elle vient en vacances. »

On sortit du salon, qui sentait le renfermé et où il régnait une fraîcheur de cave. Les chambres à coucher n'étaient pas plus élégantes que des cellules de moines : de bons lits, à la vérité, mais des chaises de paille, des armoires, des tables et des commodes en vieux poirier ciré, comme on en a dans les campagnes, et aucune espèce d'ornements.

« Hein? murmura Henriette à l'oreille de Sylvie, tu dois être contente; les chaînes de la vie sociale ne sont pas gênantes ici, et l'on ne craint pas de rien gâter, puisqu'il n'y a rien! »

Sylvie haussa les épaules et pensa : « La simplicité est bonne, mais pas trop n'en faut. »

A la vacherie, à la laiterie, au moulin, il n'y eut qu'à louer. Mme Michon parlait de tout cela clairement, expliquait les améliorations qu'elle avait faites, celles qu'elle comptait faire encore, et M. de Robay, qui ne laissait jamais perdre une occasion de s'instruire, en apprit long ce jour-là sur la question des farines.

« Voilà, dit-elle en montrant le potager qui s'étendait devant la maison, où nous allons mettre le jardin.

« — Comment, dit Mme de Robay, vous allez donc sacrifier ces carrés de beaux légumes qui font venir l'eau à la bouche?

— Oh! que non point! Je vais mettre une prairie en culture, celle qui est là, vous voyez? la plus proche; j'ai déjà acheté un autre pré, pour que mes vaches ne manquent pas d'herbe. Mes légumes pousseront très bien dans leur nouveau potager, et, pour ce qui est des poiriers en quenouilles, ma foi! ce qui est bon est beau, et on s'arrangera de façon à les laisser au milieu des fleurs : ils font si peu d'ombre! »

La tournée du propriétaire est certainement intéressante, pourvu qu'elle ne soit pas trop longue. Celle de Mme Michon se prolongea assez pour occasionner une certaine dispersion parmi ses auditeurs. Sylvie, la première, lâcha pied, et, laissant les autres admirer les différentes espèces d'arbres du verger, elle s'en retourna au bord de la rivière pour y chercher un peu de fraîcheur. Elle s'étendit tout de son long dans l'herbe, parallèlement au cours de la Tambille, regarda quelque temps en l'air les légers flocons blancs qui passaient lentement sur le ciel bleu; puis, éblouie par l'éclat de cette journée d'été, elle finit par fermer les yeux..., elle ne dormait pas précisément, puisqu'elle entendait couler la rivière et souffler le vent, mais on n'aurait pas pu dire non plus qu'elle fût bien éveillée.

Pendant ce temps-là, Louise, qui avait rencontré parmi les domestiques du Moulin-Vert une fille de son village, avait persuadé aux deux petits de venir voir la belle chatte rousse qui élevait quatre chatons dans la cuisine. Avant que Louise eût fini de demander des nouvelles de la vieille Suzon et du bonhomme Mathieu, de la mort du métayer Frizard et de la noce à Jean-Claude, Antoine et Paulette, rassasiés du plaisir de jouer avec les petits chats, étaient sortis de la cuisine pour flâner dans la cour. Ils en avaient trouvé la porte ouverte — la porte du chemin qui menait au moulin — et la main dans la main, Antoine disant à la petite fille : « Nous allons bien nous amuser, ma Paulette; nous verrons les jolis canards et les petits poissons dans la rivière », ils descendirent le sentier à grands pas. Les voilà dans la prairie. « Oh! dit Antoine, qui est-ce qui est dans l'herbe là-bas? C'est Sylvie. Ne fais pas de bruit, ma Paulette, nous allons bien l'attraper. »

Ils s'approchent, ils sont tout près de Sylvie, elle entend

leurs rires étouffés. « Sont-ils insupportables, ces enfants! se dit-elle; ils n'auraient qu'à tomber dans la rivière! Louise les surveille bien mal. »

Oui, Louise les surveille bien mal; mais, puisque Sylvie est là, elle devrait bien ouvrir les yeux et s'occuper d'eux : un accident est si vite arrivé...

Oui, un accident est vite arrivé. Les deux petits ont combiné un bon tour : Paulette restera où elle est, tout près de sa grande cousine qui dort; Antoine passera de l'autre côté, entre Sylvie et la rivière; il donnera un signal et tous deux ensemble se jetteront sur elle. Quelle peur elle aura!

Elle a grand'peur, en effet; une peur qui la fait tressaillir et bondir sur ses deux pieds, quand elle entend auprès de son oreille le bruit que fait la chute d'un corps dans l'eau... Elle regarde, effarée; Paulette est là, aussi muette d'épouvante qu'elle-même; mais Antoine n'y est plus, et la rivière se ride de cercles concentriques qui vont s'élargissant...

« Antoine! » crie Sylvie avec désespoir en regardant la Tambille, où rien n'apparaît, et Paulette éclate en appels désolés.

Sylvie a la tête perdue : elle se sent coupable, car ce malheur, elle aurait pu l'empêcher; et quoiqu'elle ne sache pas nager, elle est sur le point de se jeter à l'eau pour périr avec l'enfant si elle ne peut pas le sauver, quand une voix sonore retentit au bout du champ : « On y va! courage! » et Onésime arrive comme une trombe, jette un seul regard à la rivière, se débarrasse de sa tunique et s'élance à l'endroit où Antoine est tombé. Avant que Louise, effarée, qui cherchait les enfants confiés à sa garde, ait rejoint Paulette et Sylvie, Onésime a reparu, ramenant Antoine; il le tend à Sylvie, qui le couche sur l'herbe, et les voilà qui s'évertuent à le faire revenir.

« J'ai étudié cela, moi, mademoiselle, les secours à donner aux noyés : frottez-le ferme, comme cela..., non, déshabillez-le pendant que je le frotte... Ah! le voilà qui ouvre les yeux..., qui remue les lèvres... Vous, courez demander une couverture de laine à votre payse; on ne peut pas laisser ce petit dans du linge mouillé... »

Louise obéit et part en courant. Antoine revient tout à fait à lui, sa peur est passée, il rit. La couverture arrivée, Onésime l'y roule et l'emporte.

« Comment va-t-on faire? demande Sylvie. Votre mère ne doit pas avoir de vêtements à sa taille!

— Oh! que si; elle a de tout, ma mère. Mais est-ce heureux que je sois venu dans la cour faire seller le poney pour votre cousin, qui avait envie de le monter! La bonne d'enfants sortait de la cuisine, appelant : « Antoine! Paulette! » La porte de la cour était ouverte, ils avaient dû s'en aller par là ; nous avons pris le même chemin, et, en arrivant au bout du pré qui longe la rivière, je vous ai vue de loin couchée dans l'herbe et les enfants auprès de vous. Tout à coup le petit a glissé, il est tombé à l'eau; vous vous êtes dressée sur vos pieds, et moi, j'ai pris mes jambes à mon cou pour arriver plus vite. Vous avez dû avoir une belle peur! »

Tout en parlant, Onésime marchait vite, chargé d'Antoine roulé dans sa couverture et pareil à une grosse chrysalide. Louise portait les vêtements mouillés; Sylvie avait pris Paulette dans ses bras.

Ils arrivèrent à la maison. « Je vais chercher ma mère, dit Onésime, pour qu'elle donne de quoi habiller le petit; seulement, il faut d'abord que je fasse ma toilette, moi aussi; Mⁿᵉ de Robay aurait peur si elle me voyait mouillé. Nous lui raconterons l'accident quand elle aura sous les yeux le noyé bien vivant. »

Dix minutes après, Onésime revint en coutil gris, chargé d'un paquet de vêtements d'enfants, destinés à peu près à la taille d'Antoine. C'étaient des vêtements de paysan : grosses chemises de toile, blouses de cotonnade bleue, pantalons tombant jusque sur les souliers, de gros souliers à clous, bas tricotés en coton chiné, chapeaux de paille et casquettes. Louise choisit là dedans ce qui allait le mieux, et Sylvie remarqua avec étonnement que tout cela était neuf.

« Oh! croyez-vous que je vous aurais apporté du vieux! dit Onésime. J'ai demandé tout bas à maman la clef de son magasin; elle a cru que c'était pour un pauvre et elle me l'a donnée. Son magasin, c'est pour les pauvres, mais c'est neuf tout de même.

— Je ne comprends pas, dit Sylvie.

— Je vais vous expliquer. Maman déteste la fainéantise, et elle ne peut pas souffrir que ses servantes restent les bras ballants :

Onésime reparut ramenant Antoine.

alors elle achète des étoffes quand elle va à la ville; elle taille
des chemises, des blouses, des jupes, des camisoles, et, dès
qu'une servante a fini son ouvrage, elle lui met cela dans les
mains. En ne laissant jamais personne perdre son temps, elle a
de quoi habiller les pauvres du pays : les vrais pauvres, ceux qui
ne gagnent pas de quoi manger et ne peuvent pas s'acheter de
vêtements neufs, car elle ne donne pas aux mendiants.

— Et les souliers? ce ne sont pas vos servantes qui les
font? »

Onésime regarda Sylvie avec des yeux étonnés. L'idée lui
vint qu'elle se moquait de lui et il rougit comme un homard
mis dans l'eau bouillante. Mais Sylvie ne se moquait pas de lui;
ce n'était pas le moment, quand il venait de se jeter à l'eau si
bravement. Elle voulait plaisanter; seulement, Onésime ne
comprenait pas facilement la plaisanterie.

« Eh bien, les souliers..., reprit-il. D'abord, il n'y a pas
beaucoup de souliers, ce sont plutôt des sabots... Mais voilà, il
y a à Belleville un vieux bonhomme de cordonnier qui ne sait
faire que des souliers à l'ancienne mode; les paysans, qui devien-
nent farauds, n'en veulent plus, et alors maman l'occupe pour
qu'il ne meure pas de faim... »

Sylvie s'inclina et rougit à son tour; elle regrettait d'avoir
plaisanté là-dessus et se sentait prise d'un respect involontaire
pour Mme Michon.

Elle n'eut pas le temps de faire part de ses sentiments à
Onésime. Louise avait fini d'habiller Antoine, et le petit garçon,
pressé de se montrer dans son déguisement, entraîna toute son
escorte à la recherche de Mme de Robay.

Un élégant landau s'arrêtait devant les fenêtres.

CHAPITRE XI

Impressions du lendemain. — Des voisins très différents.

Le lendemain, à déjeuner, Sylvie raconta l'histoire du magasin de Mme Michon et du vieux cordonnier de Belleville. Naturellement, M. et Mme de Robay et Mlle Cherbez louèrent beaucoup la bienfaisance de la dame du Moulin-Vert ; mais Henriette mit la note critique, et penchant de côté sa petite tête blonde et fermant à demi les yeux :

« C'est admirable, dit-elle ; mais est-ce qu'elle ne pourrait pas changer un peu ses patrons ? Elle coupe tout cela sur des modèles d'avant la Révolution ; et puis c'est bien agréable pour les gens d'être chaussés de souliers dont personne ne veut !

— Le fait est, ajouta Sylvie, que la bienfaisance serait la même si elle donnait des chemises faites avec autre chose que de la toile à torchons ; Antoine en avait la peau toute rouge hier soir.

— Les petits paysans ne sont pas si délicats qu'Antoine, répliqua en souriant Mme de Robay ; et puis, même pour Antoine, mieux vaut une chemise de grosse toile que pas de chemise du tout.

— Sans doute, maman ; et j'admire beaucoup Mme Michon —
à ce mot *j'admire* Henriette fit entendre un petit rire sifflant ; —
mais il n'y aurait pas de mal, tout en faisant la charité, à sacrifier
un peu aux Grâces, comme dit papa. Par exemple, ne pas tailler
les pantalons pareils par devant et par derrière, et ne pas ramasser toute l'étoffe des blouses autour du cou... Il n'y a plus
que les vieux paysans qui s'habillent comme cela...

— Mme Michon, dit Mme de Robay, m'a expliqué qu'elle le
faisait exprès. Selon elle, c'est très mauvais pour les gens de la
campagne de donner dans les nouvelles modes : les filles devien-
nent coquettes, les garçons vaniteux ; les uns et les autres ne
songent plus qu'à aller se montrer dans les fêtes, les foires et
autres endroits de perdition où l'on dépense l'argent comme
l'eau...

— L'argent qu'on a tant de peine à gagner ! reprit Henriette
d'un ton emphatique. C'est sa phrase, elle l'a bien répétée vingt
fois hier.

— Elle dit même « le *bon* argent », ajouta Sylvie.

— Eh bien, elle en a le droit, répliqua M. de Robay ; elle s'est
donné assez de peine à gagner le sien. Vous en parlez à votre
aise, vous autres petites filles à qui le bien vient en dormant ;
mais je serais curieux de vous voir obligées de gagner votre vie ! »

On rit. Mais le front de Sylvie se rembrunit. « Mon oncle
n'avait pas besoin de me rappeler que je ne gagne pas le pain
que je mange chez lui, » pensa-t-elle. Elle s'enfonça dans son
humeur sombre et ne se mêla plus à la conversation.

Henriette continuait :

« Oui, papa, Mme Michon a toutes les vertus ; mais ce sont des
vertus bien mal mises. Que veux-tu ! on a beau l'estimer, elle
vous choque à chaque instant. C'est comme le grand Onésime :
excellent chien de Terre-Neuve, sans pareil pour repêcher les
petits garçons ; mais, pour le reste, il est assez nul...

— Nul ! comme tu y vas ! un premier prix de mathématiques !

— Ça n'entretient pas la conversation... Est-il empêtré ! est-il
gauche !

— Pas partout : il savait très bien trouver ses mots pour nous
expliquer le mécanisme du moulin.

— Oh ! sans doute, il est à son aise au milieu de ces grandes
roues, et il soulève ces gros sacs de blé comme si c'était un

bouquet..., mieux, même, car il était plus gêné quand il a eu
dans les mains le bouquet de roses et de lis que sa sœur avait
fait pour maman ; mais c'est égal, il est bien pour un meunier,
voilà tout !... C'est moi qui n'aimerais pas à vivre avec ces gens-
là !

— Dédaigneuse comme une vraie chatte, dit en riant M. de
Robay ; tu mérites toujours ton surnom. Heureusement que tu
es jeune ; le bon sens te viendra avec l'âge. »

Pendant cette discussion, Raymond complotait tout bas quelque chose avec Marguerite, et on les entendait chuchoter :
« Demande-le, toi ! — Non, toi ! — On ne te refusera pas, tu as
eu des prix. — Pas sûr ! mais toi, on fait tout ce que tu veux... »
Enfin les deux enfants, au moment où on se levait de table,
vinrent entourer Mlle Cherbez et lui présenter leur requête. Elle
sourit.

« Si vos parents y consentent, dit-elle, moi, je veux bien... ;
mais il faudra me promettre de travailler double les autres
jours...

— Oui, oui, c'est promis ! Maman, Mademoiselle veut bien...

— Si tu veux, rectifia Marguerite.

— Si tu veux et papa aussi... Nous voudrions avoir congé
aujourd'hui et aller à la ferme, parce que c'est le premier jour
des vacances.

— Allons, soit, répondit Mme de Robay. Allez vous préparer et
emmenez Antoine ; il n'y a pas de rivière à la ferme. Vous reviendrez par le parc, et je vous y enverrai Louise avec le goûter,
quand Paulette aura dormi. »

Les enfants sortirent.

« Je ne suis pas fâchée de les envoyer un peu loin, dit Mme de
Robay à son mari. J'ai appris ce matin que les Dupontois étaient
revenus à la Chevrière ; je ne sais s'ils l'ont louée ou achetée,
mais ils vont sûrement y passer l'automne. Ils ont commencé une
tournée de visites aux environs ; s'ils venaient ici aujourd'hui,
j'aime autant que Sylvie ne soit pas là. Elle s'était prise, l'an
passé, d'un bel engouement pour Mlle Clara, qui ne me plaît
guère... Il ne lui manquerait plus que cela, d'adopter tous les
ridicules de cette prétentieuse pécore, qui n'est ni fille ni
garçon.

— Tu as raison : je déteste ces femmes qui posent pour l'indé-

pendance, qui parlent de tout, qui réclament tous les droits et
ne veulent s'imposer aucune espèce de devoirs. J'espère que
Sylvie n'en viendra jamais là ; mais, si peu qu'elle ressemble à
ce portrait, ce sera toujours trop. J'aime mieux nos voisins les
meuniers, en dépit du manque de formes.

— A propos, qu'est-ce qu'elle te disait donc de ton banquier,
Mme Michon ?

— Oh ! rien qui soutienne l'examen, je t'assure. Elle a des
préjugés, la bonne Mme Michon ; et, comme elle n'a jamais sacrifié
au luxe, le moindre luxe lui paraît blâmable et ruineux. Elle
s'imagine que M. Largeot est en train de manger sa fortune et
celle de ses clients, parce qu'il a maison de ville et de campagne,
qu'il monte à cheval et que sa femme a une victoria. Il donne
des bals pour marier ses filles et il les mène dans le monde parce
que cela les amuse ; mais il peut se permettre tout cela, avec le
bien que son père lui a laissé. Et puis il fait beaucoup d'affaires ;
ses collègues le jalousent et les mauvaises langues se donnent
carrière. Mais il ne faut avoir aucune inquiétude.

— Oh ! je n'en ai pas ; seulement, j'ai été surprise des propos
de Mme Michon... Ah ! mon Dieu ! les voilà déjà ! »

Cette exclamation s'adressait à quatre personnes contenues
dans un élégant landau, qui s'arrêtait juste devant les fenêtres
du petit salon où M. de Robay dégustait paisiblement son café
et son cigare.

Un petit groom irréprochable sauta à terre et
vint sonner, pendant qu'un gros monsieur, assis
dans la voiture près d'un jeune garçon vêtu à l'anglaise, en face de deux dames en toilettes tapa-
geuses, saluait à tour de bras les maîtres de la
maison qu'il venait d'apercevoir.

« Chut donc, Dupontois ! lui dit la dame en
l'arrêtant ; ça ne se fait pas. S'ils ne voulaient pas
nous recevoir ?

— Justement ; c'est que je veux être reçu, moi ! J'ai chaud et
j'ai soif !

— Déjà ! Il n'y a pas plus d'une heure que nous sommes partis
de la Chevrière.

— Une heure de soleil et de poussière : ce qu'il y en a sur ces
routes !

— Papa a raison : j'aime à forcer les consignes, moi ! » dit en
prenant un air d'héroïne une demoiselle aux cheveux jaunes, qui
portait un lorgnon sans être myope. Elle devait souffrir énormé-
ment de la chaleur, car elle agitait sans discontinuer un grand
éventail ; et elle aimait sans doute ses aises, car elle avait posé
ses pieds chaussés de chevreau doré sur la banquette qui lui
faisait face, réduisant ainsi à un espace invraisemblable la place
occupée par son maigre frère.

Il n'y eut pas de consigne à forcer : Madame était visible, et,
au moment où la famille Dupontois pénétrait dans le vestibule,
les enfants y arrivaient, descendant de leur chambre d'étude avec
des ballons, des cordes et des raquettes.

La rencontre était faite, les précautions ne servaient plus à
rien. Il fallut renvoyer à Louise Marguerite et Antoine, qui
n'étaient pas d'âge à recevoir des visites, et garder au salon
Raymond pour le jeune Gaston, et Henriette et Sylvie pour
Mlle Clara.

M. Dupontois expliqua avec majesté, en respirant largement
après chacune de ses phrases, qu'il venait décidément de rentrer
dans la vie privée, ayant liquidé dé-fi-ni-ti-ve-ment son com-
merce de vins en gros ; et que le domaine de la Chevrière, qu'il
avait loué l'année précédente, s'étant trouvé à vendre, il venait
de l'acheter.

« Ces dames ne trouvent pas le mobilier assez élégant, ajouta-
t-il ; pourtant, il faudra s'en contenter pour cette année ; la saison est trop avancée pour une installation nouvelle. Mais j'ai dit
à ma femme : « Eudoxie, nous irons cet hiver passer trois mois
à Paris, et vous pourrez courir les magasins à votre aise et
acheter tout ce que vous voudrez, toi et ta fille. » Ces dames
ne trouvent à leur goût que ce qui vient de Paris... Ces portières-
là en viennent, sans doute ?

— Non, répondit Mme de Robay en souriant ; j'ai acheté l'étoffe
à Puymont et j'ai fait la broderie ici, avec l'aide de Mlle Cherbez
et de mes filles. »

Mme Dupontois honora l'institutrice d'un signe de tête empreint
d'une bienveillance hautaine ; puis elle reprit :

« Nous tâcherons de nous créer à la Chevrière une installation
convenable ; pour le moment, j'espère que vous voudrez bien
nous faire crédit...

— Sur notre bonne mine, interrompit Clara.

— Sur notre bonne volonté, ajouta son père avec un gros rire.

— Enfin, reprit Mme Dupontois, nous espérons que vous voudrez bien vous contenter de l'installation actuelle ; car je compte que nous nous verrons souvent, nous sommes proches voisins. Quatre kilomètres, qu'est-ce que cela pour des trotteurs comme les nôtres ? Ils nous ont amenés en un rien de temps... Nous avons commencé notre tournée par vous, pour être sûrs de vous trouver ; ce n'est aujourd'hui qu'une petite visite d'arrivée, mais nous vous en ferons de plus longues..., j'espère que nous passerons de bonnes journées ensemble... Clara raffole de votre ravissante Henriette et de votre délicieuse Sylvia...

— Henriette et Sylvie, dit Mme de Robay en insistant sur la suppression de l'*a* dont Mme Dupontois avait agrémenté le nom de sa nièce, sont certainement très flattées de la bonne opinion que mademoiselle veut bien avoir de deux petites filles ; mais elles ont à travailler et ne jouissent que de courtes récréations.

— Mais il y a des jours de fête, il y a des congés pour les jeunes filles comme pour les jeunes gens : il faut en profiter ! Ces demoiselles montent-elles à cheval ? Clara est une écuyère émérite : elle a été remarquée au Bois ce printemps, et Gaston est le meilleur élève de Razaud : vous connaissez Razaud ? Non ? c'est étonnant : Razaud est le professeur d'équitation de tout le high-life... Il disait l'autre jour à Gaston : « Monsieur Dupontois, j'ai plusieurs élèves qui me font honneur ; mais aucun ne vous égalera jamais, parce qu'ils n'ont pas commencé assez jeunes. » Gaston est entré au manège à six ans, madame, à six ans ! M. Raymond monte aussi, sans doute ? ils feront de bonnes parties ensemble... »

M. de Robay cherchait dans ce flux de paroles un joint pour déclarer à la dame que sa fille et sa nièce ne montaient pas à cheval et n'y monteraient pas, parce que ce n'était pas dans ses idées ; et que Raymond, qui passait toute l'année au lycée, avait seulement un peu monté à cheval aux dernières vacances et ne pouvait encore se lancer en rase campagne. Il n'y parvint que quand Mme Dupontois se trouva absolument obligée de reprendre haleine. Sa déclaration jeta un certain froid, et le jeune Dupontois, un gommeux de quinze ans qui paraissait empalé sur son siège, jeta à Raymond un regard de pitié. Il passait son

année au lycée, celui-là ! il s'y barbouillait d'encre, il y griffon-
nait des thèmes et des versions et peut-être des pensums ; il avait
des engelures en hiver et il étouffait l'été dans une tunique de
gros drap ! Pauvre diable ! il ne connaissait pas le bonheur d'être
mis à la mode de demain, de compter par douzaines ses épingles
de cravates, de porter un chapeau à haute forme, de chausser
des bottes et d'escorter une amazone au Bois,
et le bonheur encore plus grand de posséder un
professeur choisi, qui n'était pas bachelier, mais
qui ne le faisait travailler que juste autant qu'il
en avait envie. Ce serait drôle d'entreprendre son
éducation, à ce petit-là !

Cependant, tout en tenant tête à Mme Dupontois, Mme de Robay prêtait l'oreille à ce que
disaient les jeunes filles. Mlle Cherbez s'était
rapprochée d'elles et tâchait à chaque instant
de détourner la conversation des sujets trop parisiens où la
ramenait toujours la belle Clara ; mais elle n'obtenait guère
d'autre résultat que des regards impertinents qui signifiaient
d'une façon très claire : « De quoi vous mêlez-vous ? ce n'est
pas l'heure de la leçon ! »

Marguerite écoutait les discours de la jeune fille et s'en amusait comme de n'importe quel conte. Au fond, cela ne la touchait
guère. Mais Sylvie était en extase, cela se lisait dans ses yeux.
Impatientée, Mme de Robay l'appela.

« Sylvie, toi qui es ma fille aînée, va donc, je t'en prie, nous
faire porter des fruits, des gâteaux et quelques boissons fraîches
dans le kiosque ; nous irons t'y retrouver. Ces dames ont certainement soif. Tiens, prends mes clefs. »

Sylvie rougit de dépit. Pourquoi sa tante ne sonnait-elle pas
pour donner elle-même ses ordres aux domestiques ? Est-ce
qu'elle voulait humilier sa nièce en lui imposant un service de
femme de chambre ? S'il y avait de cela, il y avait encore autre
chose : c'était un prétexte pour la séparer de Clara, parce qu'on
savait que Clara lui plaisait. Toujours des entraves ! Oh ! quand
donc serait-elle libre ?

« Tu as entendu la tante ? » lui dit sèchement M. de Robay, qui
s'aperçut qu'elle restait tranquillement à sa place. Il avait de
fréquentes discussions avec sa nièce et supportait jusqu'à un

7

certain point qu'elle lui tint tête ; mais, quand sa femme avait
parlé, il ne souffrait pas de résistance.

Sylvie se leva en fronçant les sourcils et se rendit à l'office,
pendant que le reste de la société prenait le chemin du parc. En
toute autre occasion, elle aurait avec grand soin choisi les plus
beaux fruits et les aurait rangés elle-même dans les corbeilles ;
mais cette fois elle se contenta de donner les clefs à Victoire et
de lui désigner les objets qu'elle devrait apporter ; après quoi
elle prit sa course pour rejoindre les promeneurs.

Elle essaya de courir avec elles.

CHAPITRE XII

Conversation, ou plutôt monologue. — Cheveux et perruques. — Ouf!

Ils s'en allaient doucement sous les voûtes ombragées du parc. Raymond et Gaston marchaient en avant, côte à côte, embarrassés tous les deux, comme il arrive entre gens qui n'ont rien à se dire. Raymond, en sa qualité de maître de maison, se croyait obligé d'être aimable et questionnait l'autre sur ses études, — sur le domaine de la Chevrière, — sur sa vie à Paris, — sur ses camarades, — sur son précepteur, — sur ses amusements favoris, — et les réponses qu'il obtenait l'étonnaient très fort. Les parents venaient derrière, disant des banalités quelconques, et, enfin, Henriette suivait en causant avec la belle Clara. Mlle Cherbez les accompagnait.

« Ah! voilà enfin l'adorable Sylvie! s'écria Mlle Dupontois, qui se retourna en entendant derrière elle des pas précipités et s'arrêta pour attendre son admiratrice. Vous nous manquiez, ma chère belle; vous êtes si charmante, si originale; je vous aime à la folie! »

Ce disant, elle passa son bras autour de la taille de Sylvie, très flattée de cette familiarité.

« J'espère bien que nous allons nous voir très souvent, reprit-elle ; à la campagne, que peut-on faire, sinon des visites ? Je vous montrerai toutes mes toilettes : j'en ai apporté de délicieuses, des peignoirs blancs garnis de malines, des *matinées* en étamine à jours sur transparents roses, ciel, mauve, saule, citron, des merveilles. Et puis des robes pour la journée, pour le soir, pour l'intérieur, pour les visites..., j'ai fait tourner la tête à ma couturière avant de partir. Songez donc ! je n'ai pu passer que dix jours à Paris, en revenant des eaux d'Aix....

— Vous étiez malade, mademoiselle ? dit Jeanne d'un ton très poli, où un observateur sagace aurait pu démêler une toute petite pointe d'ironie.

— Moi ? je ne suis jamais malade ; mais on va aux eaux, cela fait bien. Nous ne connaissions pas encore Aix, nous y avons fait envoyer mon père par son médecin et naturellement nous l'avons suivi. Les hommes, vous savez, à un certain âge, cela a toujours quelque maladie qui demande les eaux ; avec la vie qu'ils mènent, les soupers, les vins fins...

— Aix est au milieu de sites superbes, n'est-il pas vrai, mademoiselle ? interrompit Jeanne, à qui il déplaisait d'entendre une fille parler de son père avec tant de désinvolture.

— Très beaux ; le casino est très fréquenté et on y entend les plus beaux talents de l'Europe... Nous avons eu la primeur d'une petite opérette qui fera fureur à Paris cet hiver. Je compte bien aller l'y revoir... J'ai fait de charmantes parties de campagne avec des sociétés très aimables ; les personnes âgées allaient en voiture et les jeunes gens à cheval : nous étions tout un groupe d'amazones... Je m'étais fait faire une amazone en drap blanc : c'était nouveau et j'ai eu un succès ! Comme c'est ennuyeux, ma chère, que M. de Robay ne vous permette pas de monter à cheval ! Sa fille, passe encore ; mais vous n'êtes que sa nièce...

— C'est absolument la même chose, mademoiselle, dit Mlle Cherbez, interrompant de nouveau Clara ; Sylvie, qui a perdu son père, en a retrouvé un dans son oncle. »

Le ton de Jeanne n'admettait pas de réplique. Clara rougit légèrement, pirouetta sur ses talons en entraînant Sylvie, et lui dit à demi-voix :

« C'est une empêcheuse de danser en rond, cette personne !

Raymond et Gaston marchaient en avant.

— Une empêcheuse?... répéta Sylvie qui ne connaissait pas cette façon de parler.

— Une gêneuse, ma chère; il faut toujours qu'elle vienne mettre son nez là où elle n'a que faire... Moi, je n'aurais pas supporté une institutrice de cette espèce-là.

J'en ai eu une qui voulait me faire de la morale, me permettre ceci, me défendre cela : elle avait même la prétention de me faire travailler. Oh! là là! la bonne farce! J'ai eu vite fait de la décourager : c'est très facile, avec ces personnes qui se disent consciencieuses. Une fois qu'on leur a bien démontré qu'elles perdent leur temps, elles s'en vont...

— Mais je ne voudrais pas du tout que Mlle Cherbez s'en allât! répliqua Sylvie. Il n'y a qu'elle qui me console de mes chagrins!

— Alors, je l'aimerai beaucoup. Elle ne pense pas ce qu'elle dit, n'est-ce pas? Ce sont des phrases qu'elle débite devant le monde? Pauvre petite! vous avez des chagrins! je m'en doutais... Votre oncle est raide, n'est-ce pas? Votre tante a l'air d'une bonne pâte, une de ces créatures passives qui sont à genoux devant leur seigneur et maître... Tous ces gens-là ne peuvent pas comprendre une nature exceptionnelle comme la vôtre... »

Sylvie ne pouvait s'empêcher d'être blessée de la façon dont Clara parlait des personnes qu'elle aimait et respectait, en dépit de ses rébellions; mais, à son âge, on est toujours flattée de s'entendre traiter de nature exceptionnelle, même quand c'est par une personne exceptionnellement ridicule et visiblement mal élevée. Bref, elle ne savait que dire et elle ne fut pas fâchée d'être rejointe par Henriette et Mlle Cherbez.

Clara, comme toutes les personnes qui parlent plus qu'elles n'écoutent, comprenait de travers la moitié de ce qu'elle entendait. De ce que Mlle Cherbez consolait Sylvie dans ses chagrins, elle avait conclu que l'institutrice jouait un jeu double pour satisfaire à la fois les enfants et les parents : elle ne se gêna donc pas devant elle et se remit à parler du bonheur de monter à cheval, des courses, du Grand Prix, du concours hippique, des toilettes afférentes à chaque circonstance de la vie parisienne. Elle parla aussi spectacles et nomma un grand nombre de théâtres où elle était allée et de pièces qu'elle avait vues.

« On ne vous joue pas cela à Puymont? demanda-t-elle. Oh! non; vous devez être très arriérés, par ici!

— Il y a à Puymont un petit théâtre où l'on joue peut-être ces pièces-là, répondit Mlle Cherbez; mais ce n'est pas celui où Mme de Robay mène ses filles.

— Ah! il y en a donc deux? Vous allez donc quelquefois au spectacle?

— Mais oui; nous couchons à Puymont où nous avons une maison, dit Henriette.

— Ah! c'est charmant! Et quelles pièces avez-vous vues?

— *Guillaume Tell*, *Lucie*; *le Pardon de Ploermel*...

— Ah! de la musique sérieuse... On ne vous joue pas l'opérette? c'est plus gai, plus dans le goût du jour...

— On nous joue aussi des comédies, interrompit Sylvie, qui rougissait de se trouver aussi horriblement démodée. Au printemps, il est venu de grands acteurs de Paris qui jouaient : *Par droit de conquête*, *la Joie fait peur*, *Mademoiselle de la Seiglière*... »

Clara éclata de rire.

« Vous êtes délicieusement rococo, ma chère petite, parole d'honneur! Vieux jeu, mon enfant, tout ce qu'il y a de plus vieux jeu! A Paris, on ne donne plus ces pièces-là; ou, quand on les donne, l'administration envoie ses billets au bureau des nourrices : elles les prennent tous pour y mener leurs bébés. Comment, vous n'avez jamais vu une pièce du Palais-Royal?

— Pardon, mademoiselle, fit observer Jeanne; je manque certainement d'expérience, n'ayant jamais habité Paris; mais je croyais que les jeunes filles n'allaient pas au Palais-Royal!

— Oh! chère mademoiselle, c'était vrai autrefois, ce que vous dites; mais nous avons changé tout cela. Après tout, est-ce que la gaîté n'est pas le lot de la jeunesse? et peut-on nous condamner à aller voir aux Français des enterrements de première classe, quand il y a à Paris tant de théâtres où l'on rit? J'ai vu des pièces étourdissantes; par exemple, dans *la Déesse et le Chiffonnier*, il y a...

— Pardon, je vois les domestiques qui entrent dans le kiosque avec les rafraîchissements; on aura besoin d'Henriette et de Sylvie pour les offrir. Dépêchons-nous; courez-vous bien, mademoiselle? »

Jeanne parlait ainsi d'un ton si aimable, que Clara n'osa pas se plaindre de ce qu'elle lui avait coupé la parole.

Elle laissa prendre sa main droite par Sylvie et sa main gauche par Henriette, et essaya de courir avec elles. Mais ses talons Louis XV et ses jupons serrés ne lui permettaient que de trottiner à petits pas précipités, qui manquaient absolument de grâce.

En entrant dans le kiosque, elle se jeta, essoufflée, sur un divan rustique et s'éventa à tour de bras, pendant que ses compagnes disposaient les fruits et les gâteaux dans les assiettes qu'elles rangeaient symétriquement sur la table, dont une corbeille de fleurs occupait le centre.

Des cruches de grès gris et bleu, à couvercles d'étain, contenaient les boissons.

« C'est charmant! s'écria Clara dès qu'elle eut repris haleine. Cela vous a un petit air campagne, avec ces cruches et ces assiettes à fleurs! J'adore les fêtes campagnardes; il y en a eu une cette année chez la duchesse de Peñuria, où l'on n'était reçu qu'en costume de paysan.

— C'est une idée qui ne nous viendrait jamais, dit Henriette avec un air moqueur; des paysans, nous en voyons assez par ici.

— Mais des paysans de tous les pays, c'était délicieux.

— Et quel costume aviez-vous? » demanda naïvement Sylvie.

Clara rougit : elle n'allait pas chez la duchesse de Peñuria et ne connaissait que par les journaux les détails de la fête. L'arrivée des parents lui sauva un mensonge devant lequel elle n'eût certes pas reculé, et l'on fit honneur à la collation de M⁽ᵐᵉ⁾ de Robay. Les enfants, qui jouaient aux environs, vinrent en prendre leur part.

Les enfants sont parfois très utiles pour ranimer une conversation languissante. M⁽ᵐᵉ⁾ Dupontois se saisit de Paulette, l'embrassa et lui fit cent questions, loua son esprit, sa taille, sa force, ses yeux, son teint; sa fille fit chorus.

« Quelle tête de chérubin! s'écria-t-elle; je n'ai jamais vu de cheveux si fins, si longs, d'un aussi joli blond. Quel dommage qu'ils ne doivent pas rester tels qu'ils sont là!

— Mais, mademoiselle, dit Marguerite, qui depuis quelques instants contemplait Clara d'un air étonné, vos cheveux sont encore bien plus blonds que ceux de Paulette..., ils sont même plus blonds que l'année dernière; c'est étonnant, cela! »

La réflexion de Marguerite jeta un froid dans l'assemblée, et Clara elle-même demeura interdite un moment.

Mais elle se remit vite, et, éclatant de rire :

« Adorable naïveté ! Cette enfant est à peindre ! elle ne sait pas que c'est la nuance à la mode !

— A la mode ! répéta Sylvie en ouvrant de grands yeux.

— Eh oui ! c'est l'affaire d'un peu d'eau oxygénée... Autrefois on ne portait pas ses cheveux, on changeait de perruque et on en avait de plusieurs couleurs, selon les toilettes : à présent, on se teint... Le roux Titien a fait fureur ; à présent, c'est ce blond-là — et elle indiquait la masse jaune qui chargeait sa tête. — Ça fait bien dans une loge à une *première*, on est lorgnée tout de suite... Mais il y en a tant qu'on finit par ne plus les regarder ; c'est vous qui seriez lorgnée, mon cœur, avec ces cheveux noirs et cette tête un peu sauvage : une vraie *Carmen*...

— Sylvie, mon enfant, offre donc de la bière à M. Dupontois ; elle est très fraîche, » interrompit M⁰ᵉ de Robay.

Sylvie se leva et alla faire l'office de Rébecca auprès du gros homme, qui renchérit sur les compliments de sa fille ; après quoi il ne tint qu'à Sylvie de se croire une tête fatale, une tête à caractère qui ne pouvait manquer d'être remarquée partout.

Pour le moment, elle avait tout simplement une tête de mauvaise humeur. Elle voyait que sa tante saisissait tous les prétextes pour l'éloigner de Clara ; elle n'osait pas résister devant des étrangers, mais ses sourcils se fronçaient et la colère rembrunissait encore son teint brun. Elle vint se rasseoir auprès de Mˡˡᵉ Dupontois, qui se mit à la questionner sur ses lectures et à lui citer une quantité de romans « dans le goût du jour » qu'on ne pouvait se dispenser de connaître quand on était un peu répandue dans le monde. Et puis ce fut un feu roulant de mots d'argot absolument incompréhensibles pour Sylvie, mais qu'elle écoutait bouche béante : argot de courses, argot d'atelier, argot des salons, etc. Devant de pareils discours, les gens d'âge et d'expérience haussent moralement les épaules et murmurent : « Que de sottises ! » mais la jeunesse naïve tombe de bonne foi dans l'admiration naturelle aux ignorants honnêtes pour les gens qui ont l'air de tout savoir. Et Sylvie buvait les paroles de Clara comme l'eau d'un puits de science.

Enfin M. Dupontois, ayant tiré de son gousset une grosse montre d'or, déclara qu'il fallait s'arracher d'une si aimable société.

On quitta le kiosque, on revint à la maison, on remit les voyageurs en voiture..., et, quand le bruit de leurs roues se fut perdu sur la route, toute la famille, sauf Sylvie, poussa un soupir de soulagement. Ouf!

« Voilà une journée! dit M. de Robay; moi qui comptais aller à Puymont voir les nouvelles acquisitions du bibliothécaire!

— Moi, dit la mère de famille, je voulais faire essayer par Claudine le gâteau que vous avez trouvé si bon chez Mᵐᵉ Michon; elle m'en a donné la recette. Mais il est trop tard maintenant : la pâte a besoin de lever plusieurs heures.

— J'aurais préféré aller à la ferme, quoique je ne raffole pas des bêtes, ajouta Henriette, qui trouvait que Mˡˡᵉ Clara ne s'était guère occupée d'elle; ç'aurait toujours été plus amusant que d'entendre dévider l'écheveau de cette demoiselle...

— Quelle tapette, n'est-ce pas? interrompit Raymond, qui s'était fort ennuyé avec le jeune Gaston Dupontois.

— Moi, je la trouve charmante, répliqua Sylvie d'un ton bref, et nous nous entendons admirablement. C'est peut-être pour cela qu'on la critique, d'ailleurs; il suffit qu'une personne soit aimable avec moi pour qu'on lui trouve mille défauts! »

Là-dessus, elle sortit avec fracas et se sauva dans sa chambre, afin de s'entretenir à son aise avec le souvenir de Clara.

Le fermier entra à ce moment.

CHAPITRE XIII

Après la visite de Clara. — Disputes. — Liberté, liberté chérie!
Talons Louis XV. — Accalmie.

La visite de Mlle Clara laissa dans la maison comme un ferment de discorde. Raymond, qui n'était pas encore à l'âge où les lycéens admirent les grandes demoiselles et qui ne pouvait prendre son parti d'avoir subi la société de Gaston au lieu d'aller à la ferme, se répandait en mots piquants sur le compte de l'élégante. Marguerite renchérissait, et Henriette, qui s'était trouvée reléguée au second plan, Clara s'occupant surtout de Sylvie, faisait chorus avec eux. Cela irritait beaucoup Sylvie : une de ses qualités, c'était la bravoure, ou, si l'on veut, un certain instinct de combativité qui la portait toujours à défendre les gens qu'on attaquait devant elle. A vrai dire, elle ne commençait pas toujours par se demander s'ils avaient tort ou raison : elle les jugeait opprimés, cela lui suffisait. Et ici il s'agissait d'une personne passée pour elle à l'état d'idole! Elle rugissait intérieurement, lorsque l'un ou l'autre des enfants affectait de se servir d'une expression empruntée à Clara, ou d'imiter sa prononciation dans tel ou tel mot; d'autant plus que les autres

éclataient de rire. Et Mlle Cherbez qui souriait! Enfin Sylvie n'y
tint plus.

« Je ne vous comprends pas, mademoiselle, s'écria-t-elle;
vous qui êtes toujours la justice même et qui n'aimez pas la
moquerie, vous les laissez dire, et on croirait même que vous les
approuvez! La Chatte blanche a sorti toutes ses griffes, faites-
les lui donc rentrer, au moins!

— Merci de la leçon, répondit Jeanne en riant tout à fait.
Mais calmez-vous, ma Sylvie : vous avez l'air d'un petit diable
déchaîné, vous n'êtes pas en état d'écouter la défense de
l'accusée...

— L'accusée? Personne ne la défend, c'est bien de quoi je me
plains! interrompit Sylvie.

— Non, non, vous vous méprenez, ce n'est pas ce que je veux
dire. L'accusée, c'est moi : accusée d'injustice et de méchanceté noire, rien que cela!

— Oh! mademoiselle, non, pas vous, vous n'avez rien dit.
Je voulais dire seulement aux autres — elle désigna les trois
enfants d'un geste dédaigneux — que ce n'est pas brave d'atta-
quer les absents... et ce n'est pas chrétien non plus...

— Ce qui n'est pas chrétien, c'est de s'amuser à exciter des
enfants à la révolte contre leurs parents, et c'est ce que faisait
l'autre jour cette demoiselle. Et quant à moi, si je ne peux souffrir qu'on se moque d'une difformité qui est un malheur, ou
même de ridicules qui ne diminuent en rien la valeur des gens,
comme le sans-façon de Mme Michon et la gaucherie de son fils,
je ne vois pas pourquoi on ne raillerait pas les prétentions d'une
poseuse qui passe sa vie à vouloir jeter de la poudre aux yeux
de tout le monde. C'est de bonne guerre, cela!

— Oui, dit Henriette, enchantée d'être approuvée, on peut
bien rire de ses cheveux jaunes, par exemple!

— Tu voudrais bien les avoir de ce blond-là, toi!

— Ma foi non, j'aime mieux les miens! — Henriette était
très fière de ses cheveux cendrés. — Et puis, une teinture!

— Tu n'en saurais rien si elle ne te l'avait pas dit.

— On le voit bien tout de même, dit la petite Marguerite : à
la racine, ils sont bien plus foncés; et puis il y a des mèches
bien plus jaunes que les autres.

— Je trouve qu'on a toujours tort de se teindre et de se

peindre, et qu'elle sera fanée de bonne heure si elle continue à
se farder les joues et à se noircir le bord des paupières comme
elle le fait, dit Mlle Cherbez. Mais sérieusement, Sylvie, est-ce
que vous trouvez joli d'avoir la peau plus foncée que les cheveux? Généralement, les blondes sont très blanches, et les
cheveux châtains accompagnent un teint un peu plus vif.
Mlle Dupontois avait les cheveux châtain clair il y a deux ans, à
ce qu'il me semble, et son teint allait bien avec ses cheveux.
A présent, sa chevelure blonde la fait presque paraître noire :
elle n'a pas gagné au change. »

C'était vrai, et Sylvie n'osa pas dire le contraire. Elle essaya
d'accuser le soleil et le grand air qui l'avaient brunie.

« Elle s'enveloppe pourtant d'assez de voiles, dit Raymond ;
six mètres de gaze autour de son chapeau !

— Et cette couche de poudre de riz ! ajouta Henriette.

— Est-ce que vous comprenez tous les mots qu'elle dit, mademoiselle? demanda Marguerite ; il y en a de si drôles !

— Non, Marguerite, pas tous ; et vous me ferez plaisir en ne
les répétant pas.

— Je crois bien ! reprit Raymond d'un air important. Il y en
a que je connais, moi, mademoiselle ; on les entend au lycée.
Pour les hommes, ça ne fait rien ; mais ce ne sont pas des mots
pour les jeunes filles.

— Oh ! ce marmot qui fait l'homme ! Tu crois peut-être que
je vais t'obéir, à toi ?

— A moi, non ; mais si papa t'entendait dire : « C'est d'un
chic épatant », ou : « Ça vous a un vrai relief ! » je crois qu'il
t'arrangerait bien !

— Je suis d'âge à savoir ce que j'ai à dire, répliqua Sylvie en
dressant très haut sa tête brune. Tout cela, c'est de la jalousie,
parce qu'*elle* ne s'est pas occupée de vous : elle vous a trouvés
trop jeunes !

— Pour ce que tu as de plus que nous ! Et, après tout, elle
n'est pas déjà si âgée, ta belle Clara !

— Elle a dix-huit ans..., et puis, la vie qu'elle mène, le monde
qu'elle voit, c'est ça qui vous mûrit ! Elle va dans les ateliers
des peintres, elle y rencontre des gens célèbres, elle cause avec
des journalistes... Ah ! en province, on nous maintient dans
l'enfance jusqu'à ce qu'on nous marie... »

Un éclat de rire général lui coupa la parole.

« Bon! voilà Sylvie qui parle de son mariage! Il est loin!

— Je ne me marierai pas, s'écria Sylvie rouge de colère; Clara non plus, d'ailleurs; elle ne veut pas se marier, parce que...

— Parce que personne ne veut d'elle, répliqua Raymond; je n'en voudrais pas, moi!

— Gamin! malappris!

— Allons, chut, Sylvie! dit Mlle Cherbez en enlaçant dans ses bras Sylvie, qui voulait s'élancer sur le jeune garçon, Raymond n'a pas encore l'âge de la courtoisie, mais il ne manque pas de bon sens en cette circonstance. Que feraient vos parents d'une bru pareille à Mlle Clara?

— Personne ne la comprend, mademoiselle, dit Sylvie prête à pleurer; je vous assure qu'elle a des qualités.

— Je l'espère; mais elle les cache et elle montre ses défauts : on ne peut la juger que sur ce qu'elle montre... »

Sylvie ne s'avouait pas vaincue, mais elle se renferma dans un silence hautain. Jeanne la laissa tranquille, comptant sur la réflexion pour amener la fin de cette fantaisie.

Elle avait compté sans les taquineries des autres enfants qui continuèrent, Henriette surtout, à se moquer du matin au soir de Mlle Dupontois. Cela exaspérait Sylvie, et, par esprit de contradiction, elle s'appliquait d'autant plus à imiter les façons et le langage de son idole. Mme de Robay lui fit plusieurs fois des observations très douces à la vérité, mais très nettes, sur l'emploi de tel ou tel mot, ou sur tel ou tel air de tête, ce qui fut loin de la calmer; mais M. de Robay mit un jour le comble à sa mauvaise humeur en lui disant tout à coup :

« Ah! çà, qu'est-ce que c'est que ces minauderies que je remarque depuis quelque temps? Tu ne peux plus t'asseoir tout simplement, marcher, parler et manger comme tout le monde, à présent! Il faut que tu fasses un crochet avec ton petit doigt, que tu ramasses tes lèvres comme pour dire « petite pomme », que tu laisses tomber tes paroles comme par grâce, que tu tiennes ta tête de côté comme pour faire admirer ton profil! Tâche de changer tout cela : je ne veux pas avoir chez moi la caricature d'une personne ridicule. »

Sylvie frémissait; il fut heureux que le fermier entrât à ce moment pour parler affaires à M. de Robay, car elle n'eût sûrement pas été maîtresse de ses paroles. Elle s'en alla ruminer son ressentiment dans un coin du parc. Son oncle, comme il la traitait! comme il lui faisait sentir durement qu'il était le maître! On appelait cela un bienfaiteur! Tout le monde lui parlait de son oncle qui était si bon pour elle! Oh! comme elle le quitterait de bon cœur quand elle serait grande... Elle venait d'avoir quinze ans; oui, on l'avait fêtée, on lui avait fait beaucoup de cadeaux... Des cadeaux! qu'est-ce que c'était que cela? il suffisait d'avoir de l'argent pour les payer..., elle s'en souciait bien des cadeaux! elle aimerait bien mieux un peu d'affection, d'égards, de complaisance... Mais non : elle n'avait pas le droit d'avoir son opinion sur rien... Quinze ans! c'était à vingt et un ans qu'on était majeure et libre... Encore six ans, comme c'était long!

Si l'on eût demandé à Sylvie ce qu'elle ferait, dans six ans, de cette liberté après laquelle elle soupirait, elle aurait été bien embarrassée de le dire. Elle n'y avait point réfléchi : elle serait libre : voilà! A quinze ans, et même beaucoup plus tard, on se grise de mots : il y a des gens qui s'en grisent toute leur vie.

Sylvie était donc toute pénétrée du désir d'être libre et elle répétait à demi-voix : « Liberté, liberté chérie », lorsqu'elle s'entendit appeler du côté de la maison. Elle se souvint qu'on devait déjeuner plus tôt ce jour-là, pour aller prendre à Belleville le train de Puymont; il s'agissait de questions de toilette. Il devait y avoir, à trois semaines de là, des fêtes pour le Comice agricole : concert, théâtre, expositions, courses, etc., et Mᵐᵉ de Robay trouvait les robes et les chapeaux de l'année un peu fanés pour la circonstance.

Sylvie prit sa course et eut à peine le temps de se laver les mains pour paraître à table : toute la famille y était déjà. On se hâta de déjeuner, on s'empila dans le break, et Justin eut ordre de ne pas laisser les chevaux s'amuser en route : il ne fallait pas manquer le train.

On arriva à Puymont sans accroc et on se mit à courir les magasins.

Le cordonnier était le premier sur la liste, dressée méthodiquement par rues, afin de ne pas perdre de temps. Pendant qu'on essayait des bottines à Antoine et à Paulette, et qu'on

8

cherchait pour Raymond des chaussures plus légères que ses souliers du lycée, Sylvie avisa une paire de très jolis souliers découverts, à talons Louis XV, en chevreau doré. Elle les prit et en mit un à son pied.

« Ma tante, dit-elle à Mme de Robay, me voilà chaussée tout de suite.

— Oh! non, mon enfant; tu n'as pas l'habitude de ces talons-là, tes pieds tourneraient. Et puis ce n'est pas solide, c'est une chaussure de salon; vous pourrez en avoir dans un an ou deux, quand on vous mènera dans quelques petites réunions.

— Eh bien, on les gardera; ils ne s'useront pas dans l'armoire!

— Mais vos pieds grandiront, et cela fera des chaussures perdues. Laisse cela, nous trouverons quelque chose de plus convenable.

— Toujours la même chose! murmura Sylvie entre ses dents; ce qui me plaît n'est jamais convenable! »

Elle finit cependant, tout en regrettant les jolis souliers mordorés qui lui rappelaient ceux de Clara, par s'accommoder de souliers Richelieu en chevreau glacé, ornés d'une élégante rosette; ils avaient de hauts talons qui la charmaient. Mais ils ne charmaient point Mme de Robay, qui redoutait les entorses, et elle donna l'ordre de les diminuer.

« Oh! pas les miens, ma tante! s'écria Sylvie. Je marche très droit, mes pieds ne tournent jamais, et puis je ne les mettrai pas pour courir dans le parc...

— Je le crois bien! répliqua Henriette en riant; tu aurais l'air d'un poulain à qui on a mis des entraves. Je croyais que tu n'aimais pas les chaînes et autres choses gênantes?

— Puisque cela ne me gêne pas! » dit Sylvie en haussant les épaules.

Mme de Robay était perplexe. Si Sylvie eût été sa fille, elle lui aurait nettement refusé les talons Louis XV; mais justement à cause de la position de la jeune fille chez elle et aussi à cause de son mauvais caractère, elle évitait le plus possible de la blesser. Après tout, il n'y avait pas grand inconvénient à la satisfaire; il était vrai qu'elle marchait bien, tandis qu'Henriette, beaucoup plus molle, posait souvent ses pieds de travers et usait toutes ses chaussures du même côté. Henriette, d'ailleurs, ne se souciait pas des hauts talons, on n'avait donc pas à craindre de réclamations de sa part. Mme de Robay accorda les talons à Sylvie.

Dans le magasin de nouveautés, chez la couturière, ce fut une autre histoire. Sylvie, qui ne s'était jamais occupée de sa toilette — on pouvait même dire qu'elle ne s'en occupait pas assez — montra une prédilection marquée pour les couleurs voyantes, les dessins bizarres, les façons compliquées ; évidemment elle cherchait à ressembler à Clara.

Grâce à la complicité des fournisseurs, toujours ardents à vanter « ce qui se fait de plus nouveau », les jeunes filles eurent des toilettes un peu moins simples qu'à l'ordinaire. Enfin, l'on entra chez la marchande de modes, qui coiffait toute la famille depuis longtemps.

« Ah ! madame, j'espérais bien avoir l'honneur de votre visite, dit-elle à Mme de Robay ; les chapeaux de ces demoiselles doivent être un peu défraîchis, ils ne seraient pas dignes des fêtes que nous allons avoir. J'ai justement là de charmants modèles que je réservais tout exprès pour vous...

— Il nous faut trois chapeaux pareils, quelque chose de frais et de joli, mais qui n'attire pas les yeux... Tenez, voilà une forme qui me plaît : essayez-la à mes filles...

— Oh ! le délicieux chapeau ! » s'écria Sylvie.

Et elle enleva lestement de son champignon un très grand chapeau qui avançait beaucoup sur le front et se relevait très haut sur le côté gauche, pendant que le côté droit s'abattait de manière à couvrir complètement l'oreille. Un grand nœud écarlate, dans lequel était nichée une perruche verte, formait l'ornement du chapeau.

« La dernière création de la saison ; je l'ai reçu de Paris la semaine dernière et ne l'ai pas encore mis en montre, » dit la modiste d'un air capable et triomphant.

Elle posa « la dernière création » sur la tête de Sylvie, fit bouffer ses cheveux crêpelés pour lui en ramener un peu sur la figure, passa ses doigts dans les coques de ruban, étala les ailes de la perruche, et, se reculant d'un pas :

« Voilà ; mademoiselle est charmante ainsi : on dirait que c'est fait pour elle !

— C'est certainement très joli, dit Mme de Robay pour être polie ; mais ce n'est pas notre affaire... J'aime mieux la forme

que je vous montrais; en l'ornant de coquelicots, par exemple,
ou de ces branches de sorbier... Le rouge ira bien avec les robes
que nous venons d'acheter. »

La modiste n'avait rien de mieux à faire que de se conformer
à l'avis de la mère de famille. La commande fut bientôt faite;
on laissait le choix aux jeunes filles entre le sorbier et les coquelicots.

« Cela m'est égal, dit Henriette; que Sylvie choisisse.

— Moi, je ne veux ni l'un ni l'autre; voilà le chapeau qu'il me
faut. »

Elle désignait « la dernière création ».

Mᵐᵉ de Robay, pressentant une scène, ne voulut pas se l'attirer sous les yeux moqueurs des jeunes ouvrières en modes. Elle
sortit du magasin en recommandant à la modiste de tenir les
chapeaux prêts pour le jour convenu et d'y mettre, des deux
fleurs, celle qui se placerait le mieux.

A peine dans la rue, Mᵐᵉ de Robay prit le bras de Sylvie, le
passa sous le sien, et, l'emmenant en avant :

« Ma chère petite, lui dit-elle, je ne discuterai pas ton goût
pour ce chapeau extraordinaire; tu es très libre de le trouver
joli. Mais je ne peux pas vous en coiffer, même pour vous faire
plaisir, et je doute qu'il se vende à Puymont. Il est possible que
quelque actrice des petits théâtres dont parlait l'autre jour
Mˡˡᵉ Dupontois en ait porté un pareil pour se faire remarquer,
mais je ne veux pas qu'on remarque mes filles. Ce que j'ai commandé est beaucoup plus joli, et, si j'ai choisi des ornements
rouges, c'est parce que cette couleur va bien à tes cheveux
noirs...

— L'autre chapeau m'allait encore mieux... Il n'y avait qu'à
me le laisser prendre : vos filles n'ont pas besoin d'être toujours
mises comme moi..., je ne suis pas leur sœur, après tout.

— Oh! Sylvie! Sylvie! dit tristement Mᵐᵉ de Robay, tu ne veux
donc pas te considérer comme ma fille? Est-ce que je t'ai jamais
fait sentir, moi, que je n'étais pas ta mère? »

Si M. de Robay eût été là, nul doute qu'il n'eût adressé à sa
nièce quelque parole sévère qui l'eût ancrée dans sa révolte;
mais le doux reproche de Mᵐᵉ de Robay alla au cœur de la jeune
rebelle. Par respect humain, elle n'avait pas voulu se mettre en
colère devant les passants; mais elle ne put contenir l'explosion

de tendresse qui gonfla sa poitrine et fit jaillir des larmes de ses yeux. Elle serra bien fort contre elle le bras de Mme de Robay.

« Oh! chère, chère tante! Maman! »

Sa tante ne lui en demanda pas davantage; elle ne lui fit point de sermon, jugeant qu'elle devait être occupée à se sermonner elle-même. Elle avait raison; à ce moment-là, il n'y avait pas le plus petit grain de révolte dans l'âme de Sylvie.

Comme l'humanité, dès son bas âge, est sujette à se tromper dans ses jugements! Quand on arriva à la gare, le petit Antoine, voyant les yeux rouges de Sylvie, tira Marguerite par la manche pour lui dire que « Sylvie pleurait parce que maman l'avait grondée ».

Les courses allaient commencer.

CHAPITRE XIV

Je ne le ferai plus! — Toujours révoltée. — Le Comice agricole. Les courses. — Encore Clara.

Il n'est vraiment pas prudent d'exiger des petits enfants, avant de leur pardonner un méfait quelconque, qu'ils disent : « Je ne le ferai plus! » car on peut être bien sûr qu'ils le feront encore : si l'on pouvait se corriger comme cela d'un seul coup, ce serait trop beau! Nous serions parfaits : vous, monsieur; vous, madame; et moi, et nos enfants, que nous ne serions plus obligés de gronder, et nos cuisinières, qui ne feraient plus danser l'anse du panier... Ceci est dit pour vous prévenir de n'avoir pas à vous étonner si l'esprit de révolte n'est pas endormi pour toujours dans le cœur de Sylvie, et si nous le verrons plus d'une fois relever la tête.

La première fois que cela arriva, ce fut un soir, le soir d'un jour où M. et Mme de Robay étaient partis en toilette de visites dans la victoria et n'avaient point dit où ils allaient. A dîner, Henriette, qui était très curieuse, questionna sa mère.

« Qui as-tu vu aujourd'hui, maman? Raconte-nous tes visites! Avez-vous eu bien chaud?

— Très chaud, tu peux le croire; et ce qui était encor' pire que la chaleur, c'était la quantité de poussière que nous avalions.

— Et pour ma part, ajouta M. de Robay en riant, je ne pouvais me défendre de mesurer l'amabilité de nos hôtes sur les boissons qu'ils nous servaient.

— La vieille Mme Charbonnaud, quel cidre mousseux!

— Les Caravel, quel punch réconfortant!

— Et les sirops de Mme Margeroud!

— Et la bière des Dupontois! Je les ai presque trouvés supportables aujourd'hui, à cause de leur bière... »

Sylvie bondit sur sa chaise.

« Vous êtes allés chez Mme Dupontois?

— Mais oui, répondit M. de Robay du ton le plus naturel du monde; ne lui devions-nous pas une visite?

— Et sans nous!

— Mais oui, sans vous : est-ce que les petites filles font des visites? On vous mène dans les maisons où il y a des enfants de votre âge; et ici ce n'était pas le cas. »

Sylvie se leva, furieuse.

« C'est trop fort! On savait bien que Mme Dupontois nous avait invitées, et que Clara m'avait demandé, à moi en particulier, de venir la voir très souvent; et l'on y va en cachette, sans me prévenir... Je suis sûre qu'elle m'a demandée : qu'avez-vous pu lui répondre? C'est toujours la même chose : les gens qui me montrent de l'amitié, on les prend tout de suite en grippe... et l'on me garde en prison!...

— Sylvie, vous vous oubliez une fois de plus, dit sévèrement M. de Robay.

— Oui, je suis une malheureuse prisonnière! On m'empêche de sortir..., on me prive de voir Clara!

— D'abord, je vous prierai de l'appeler Mlle Dupontois : votre connaissance n'est pas assez ancienne pour autoriser ces familiarités. Ensuite, je prendrai la peine de vous expliquer, puisque vous avez besoin qu'on vous l'explique, que nous ne vous avons pas prévenue, d'une part, parce que nous n'y étions pas obligés, et d'une autre, parce que nous ne voulions pas vous emmener, étant parfaitement décidés à ne tolérer aucune liaison entre vous et une personne dont la société vous est mauvaise sous tous les rapports. J'agis pour vous comme j'agirais pour une de mes filles : je ne peux pas mieux vous montrer mon affection, et je regrette que vous ne soyez pas docile comme une fille doit l'être. »

Tout cela était parfaitement juste; mais malheureusement M. de Robay gâtait la bonté de ses raisons par un ton d'ironie autoritaire qui exaspéra Sylvie. Elle frappa sur la table un coup qui fit danser verres et carafes, et grinçant des dents : « Comme c'est généreux! Je te tiens, tu ne nous échapperas pas; je te garrotte, je te tourmente, je te martyrise, et tu dois encore être bien reconnaissante! Docile! oh! oui, docile comme un lion en cage..., il doit être encore bien reconnaissant, on lui donne à manger tous les jours... Oh! mais dans six ans, je serai libre! »

Et Sylvie s'enfuit à grand bruit : on entendait les portes s'ouvrir et se refermer sur son passage, depuis celle de la salle à manger jusqu'à celle de sa chambre. Les convives restaient consternés. Mlle Cherbez se leva.

« Restez, chère mademoiselle, et achevez en paix votre dîner, lui dit M. de Robay en allongeant la main pour la retenir. Elle a mangé le potage et le rôti, elle ne mourra pas de faim, c'est tout ce qu'il faut : laissez-la un peu à ses réflexions. Elle est montée dans sa chambre; j'y vois cela de bon que vous n'irez pas gagner une fluxion de poitrine dans le parc pour ramener la brebis égarée..., une brebis terriblement récidiviste, il faut en convenir... Ma pauvre Thérèse, je t'ai imposé là une lourde charge...

— Je ne m'en plains pas, mon ami, répondit doucement Mme de Robay; j'aime beaucoup cette pauvre enfant. Elle a du bon, je t'assure..., il ne s'agit que de savoir la prendre...

— Il paraît que je ne possède pas cette science-là : c'est dommage, en vérité! Il faudrait prendre des gants pour toucher à cette péronnelle! En tous cas, elle devrait bien faire ses scènes ailleurs qu'à table : j'aime à dîner en paix.

— Elle a pourtant gagné, dit Mlle Cherbez : il y a des points sur lesquels elle devient très raisonnable.

— Elle a cédé très gentiment l'autre jour, à propos d'un chapeau qui lui faisait envie et que je lui ai refusé, » ajouta Mme de Robay.

M. de Robay haussa les épaules.

« Vous êtes beaucoup trop indulgentes toutes les deux : moi, ·

je vous déclare que ma patience est à bout, et que, si elle continue, je la mettrai tout simplement en pension. Une discipline un peu raide aura peut-être raison de ce caractère. »

Le dîner s'acheva. Mlle Cherbez aurait bien voulu s'en aller au plus tôt retrouver la révoltée; mais, comme on sortait de table, il arriva des visites, le notaire et le médecin de Belleville avec leurs familles, et le curé, qui venait prier Jeanne de chanter dans son église pour la fête de la paroisse. Elle ne put donc remonter; elle chanta un assez grand nombre de morceaux, pour que le curé fît son choix, elle organisa des jeux pour les enfants, s'occupa des visiteurs et ne se trouva libre qu'après leur départ. Mme de Robay, toujours pitoyable, avait envoyé Louise chercher sa nièce; mais Louise était redescendue en disant que Mlle Sylvie avait la migraine et qu'elle allait se coucher. Quand l'institutrice se glissa sur la pointe des pieds dans la chambre de son élève et se pencha sur son lit, elle put constater qu'en effet Sylvie dormait profondément.

Oui, elle dormait; elle avait fini par s'endormir, à force de se ronger le cœur et de ressasser des pensées malsaines. Elle n'avait pas voulu descendre : certes, non ! Était-ce encore par ironie qu'on lui faisait proposer de venir s'amuser avec des enfants, dans l'état où elle devait être? Pourtant, à mesure que la soirée s'avançait, le regret l'avait prise, en entendant les rires et les cris joyeux, d'être restée en haut toute seule... On dansait : Mademoiselle tenait le piano... Tout à l'heure, elle avait chanté!... Elle ne pensait pas à Sylvie; elle s'amusait et elle amusait les autres, au lieu de venir la consoler...

Pauvre Sylvie! si Jeanne eût pu venir la trouver ce soir-là, sa tendresse et sa douce raison seraient bien vite venues à bout du levain d'amertume qui fermentait dans son cœur. Mais Sylvie, seule pendant de longues heures, n'entendit que la voix de son ressentiment, ne consulta que ses instincts de révolte; et elle conclut, au bout de ses réflexions, que son oncle était décidé à trouver à redire à tout ce qu'elle faisait; qu'il la raillait d'une façon insupportable, que sa tante n'osait pas prendre son parti, et qu'il y avait dans leur animosité contre Clara beaucoup de jalousie causée par la préférence que celle-ci lui avait accordée sur Henriette. En conséquence, elle résolut d'imiter Clara le plus qu'elle pourrait — son oncle et sa tante, en leur qualité de provinciaux, ne pouvant apprécier à leur valeur les manières de Paris — et de se rapprocher d'elle toutes les fois qu'elle en trouverait l'occasion.

Les jours suivants, elle fit alterner les airs de mulet avec les airs de victime, et se rendit parfaitement insupportable. M. de Robay, qui pourtant s'en apercevait moins que les autres, ne la voyant qu'aux heures des repas, était outré et parlait de lui infliger une punition comme à une petite fille, en la privant des fêtes du Comice agricole, dont les enfants parlaient toute la journée; mais sa femme et l'institutrice furent d'avis d'agir plutôt lentement, par la douceur, et l'époque des fêtes arriva.

La famille alla s'installer pour huit jours à Puymont. Les deux petits y perdaient, car la vieille maison n'avait pas de jardin; mais les promenades sur le cours, la musique militaire, l'Exposition florale, les boutiques et les théâtres de la foire leur offraient un dédommagement, et leurs parents n'eussent pas voulu les laisser seuls à Bois-Fleuri.

Il y eut un bal où, comme de juste, M. et Mme de Robay allèrent seuls; mais Henriette prit grand plaisir à voir habiller sa mère, et calcula que, les mêmes fêtes revenant dans trois ans, elle aurait si près de dix-huit ans qu'elle espérait bien qu'on l'emmènerait. Sylvie, elle, ne faisait cas de ses dix-huit ans que parce qu'ils la rapprocheraient de sa majorité, moment où elle serait libre!

Tout le monde sait ce que sont, dans les villes de province, des fêtes de ce genre : beaucoup d'agitation, beaucoup de poussière, beaucoup de remue-ménage : il y a des gens qui aiment cela. Raymond et son petit frère s'amusèrent surtout à la revue; Sylvie, qui avait des goûts militaires, partagea leur opinion; mais elle n'en dit rien, elle posait pour le découragement et faisait mine de ne se soucier de rien. Pourtant, après avoir bâillé aux discours, dédaigné la foire et trouvé mesquine l'Exposition florale et agricole, elle se ranima quand il fut question des courses.

Les courses! Il n'y en avait pas eu à Puymont depuis sept ans, et aucun des enfants n'y avait assisté. Sylvie en avait vu autrefois, dans sa vie nomade ; cela lui donnait une grande importance, et elle sortit de son mutisme pour expliquer à ses cousins comment cela se passait.

Elle était rayonnante, le jour où elle gravit avec ses cousines, coiffées comme elle des chapeaux ornés de branches de sorbier, les degrés des tribunes construites pour les spectateurs des courses. Il s'y trouvait une nombreuse assistance, et M. de Robay s'occupait de caser sa famille aux places vacantes, sans trop la disséminer, lorsqu'il s'entendit appeler vivement de deux côtés à la fois.

« Par ici ! Venez tous ! On voit très bien d'ici ! Nous avons autant de places qu'il vous en faut ! »

Il se retourna, regarda. Dans deux tribunes très bien situées, d'où l'on devait en effet voir les courses à merveille, des bras, des ombrelles, des mouchoirs lui faisaient signe de venir. D'un côté, il reconnut Mme Michon, Onésime, Coralie et un grand jeune homme portant l'uniforme d'élève de Saint-Cyr ; de l'autre, la famille Dupontois en toilettes spéciales, de ces toilettes qualifiées « toilettes de courses » sur les catalogues des grands magasins à la mode. M. de Robay n'hésita point ; feignant de ne pas voir l'ombrelle rouge que Mlle Clara agitait sans relâche, il rassembla son troupeau et le dirigea vers les places offertes par Mme Michon.

Mais Sylvie n'hésita pas non plus ; et sa famille, une fois installée à bon port dans le voisinage de Mme Michon, s'aperçut avec stupeur qu'elle ne l'avait point suivie. S'était-elle égarée en route ? Nullement : elle était arrivée à bon port, elle aussi, là où elle voulait aller. Il n'y eut pour la retrouver qu'à se rallier à l'ombrelle rouge de Mlle Clara. Assise près de son idole, Sylvie trônait, la joie du triomphe brillant dans ses yeux noirs. Clara l'avait déjà toisée d'un regard inquisiteur, lui avait déjà dit : « Vous avez un très joli chapeau, ma chère, mais c'est dommage, vous manquez de *chic* », et, avec un certain coup de pouce au chapeau et un autre à la chevelure de Sylvie qu'elle lui fit bouffer sur le front, elle lui avait procuré un peu de ce *chic* qui lui manquait.

Que faire ? Les courses allaient commencer : un nouveau flot de spectateurs venait d'envahir toutes les places vides, et même l'espace compris entre les tribunes ; une foule serrée s'y pres-

Elle appela un marchand.

sait, montant sur les chaises pour mieux voir : impossible de
traverser et d'aller chercher Sylvie. M. et M⁰ᵉ de Robay, très
contrariés, durent se contenter de la regarder de loin — je ne
dis pas de la surveiller, car à cette distance la surveillance eût
été bien inutile — et cette vue leur gâta certainement le spectacle des courses.

Ce n'était pas que Sylvie fût désagréable à regarder : loin de
là. Mais elle faisait songer à un singe, par la fidélité avec laquelle
elle copiait les sourires, les mouvements de tête, les mines, tous
les gestes de Clara. « Quoi! ma chère, vous n'avez pas d'éventail! » s'était écrié Mˡˡᵉ Dupontois; et aussitôt, appelant un
marchand, elle avait fait don à sa jeune amie d'un immense
éventail orné d'un affreux magot et d'une pagode à clochettes,
bâtie au milieu d'un paysage dépourvu de toute perspective.
Sylvie avait bien vite appris la manière d'en jouer, et c'était
risible de voir les éventails de ces deux demoiselles s'agiter
comme s'ils eussent été mus par la même mécanique. De
plus, la belle Clara n'avait pas été longue à grouper autour
d'elle cette troupe de désœuvrés qui battent le pavé des villes,
flânant sur les promenades, le long des magasins, à la porte des
théâtres, à celle des églises pour voir les héritières sortir de
la messe, partout enfin où il y a une occasion de se montrer et
un moyen quelconque de tuer le temps. Ils étaient là, derrière
Clara, faisant assaut d'esprit avec elle; elle retournait la tête,
leur répondait en minaudant, riait avec bruit, gesticulait, faisait avec eux des échanges de lorgnettes, et Sylvie prenait à
tâche de l'imiter. M. de Robay était sur les épines.

Il ne causa guère avec Mᵐᵉ Michon, ni avec son fils, ni
avec le Saint-Cyrien, qu'Onésime lui présenta comme étant
« Édouard d'Hervieux, son camarade de lycée et son meilleur
ami »; il ne songeait qu'à rejoindre Sylvie et à l'emmener bien
loin. Dès que les courses furent finies, il s'élança, escaladant
les gradins au risque de se casser les jambes, et arriva jusqu'à
la famille Dupontois qui s'ébranlait sans se hâter. Il salua briè-
vement.

« Sylvie, dit-il, pourquoi nous avez-vous quittés? vous savez
bien que vous ne devez pas le faire. Votre tante vous attend :
venez vite. »

Et il l'emmena. Quand il l'eut tirée hors de la foule, il reprit :

« Vous devenez une fille beaucoup trop difficile à garder pour que je vous conserve chez moi : à la rentrée, vous serez mise en pension. »

Sylvie pensa suffoquer ; mais elle était trop fière pour protester : elle se tut.

Tout le monde accourt.

CHAPITRE XV

Encore les talons Louis XV. — Sur le quai de la gare. — Une déception. — Réflexions sérieuses et leur résultat peu logique. — Chez Mme Ratibois.

Peut-être M. de Robay fût-il revenu sur sa décision, si sa nièce eût montré de la soumission et du repentir. Mais Sylvie affecta de porter très haut la tête et de prendre un air dédaigneux à mesure qu'elle se rapprochait du groupe de famille qui l'attendait, augmenté de la famille Michon et de quelques autres voisins de campagne : il ne fallait pas qu'on se doutât qu'elle venait d'être grondée. Elle se rangea près de Mlle Cherbez : celle-là ne lui dirait rien en public, elle le savait, tandis que les autres, Raymond et la Chatte blanche, par exemple...

« A présent que nous voilà au complet, dit Mme Michon — elle avait bien besoin de dire cela ! — si nous allions visiter les animaux domestiques ? On dit qu'il y a de nouvelles espèces de canards qui sont bien en chair et restent tendres sans engraisser; je ne serais pas fâchée de voir cela. On m'a parlé aussi de poules très bonnes couveuses, et j'ai envie d'acheter

9

des faisans... Cela amusera les enfants de voir toutes ces
bêtes. »

Personne ne fit d'objection, et l'on se mit en marche. Pour
aller à l'exposition des animaux domestiques, il fallait suivre
une longue rue serpentante, qu'on eût pu croire inhabitée, car

elle n'était guère bordée que par des murs de
jardins, et les rares façades qui s'y trouvaient
ne montraient que des volets fermés : il faisait
chaud, et les gens qui y demeuraient, avant
d'aller voir les fêtes, s'étaient préparé de la fraîcheur pour leur retour. De temps en temps une
tourelle, une baie en ogive, une fenêtre Renais-
sance rompait la monotonie des hautes murailles
et rappelait l'antiquité de Puymont; le pavé la
rappelait bien aussi, car à aucune époque civi-
lisée on n'a garni les rues de pavés aussi ronds,
aussi glissants, aussi pointus, aussi biscornus,
aussi irréguliers, aussi déchaussés, aussi désagréables. Évidemment les gens de Puymont passaient le moins qu'ils pouvaient
dans cette rue : cela se voyait bien à l'herbe qui y poussait.

Même en ce moment, elle était presque déserte :
le flot des curieux s'était écoulé par d'autres
chemins.

Louise prit la main de Paulette et recommanda à Antoine de prendre garde à ses pieds.
La recommandation n'était pas inutile et chacun
pouvait se la faire à soi-même. Mais Sylvie pensait à tout autre chose qu'au mauvais pavé. Une
pension! c'était là une prison, pour le coup!...
Bah! qui sait? peut-être y était-on plus libre...,
l'inconnu a son charme, après tout... Pourtant...
à quinze ans! c'est bien humiliant d'être mise en pension...
Cela ferait de la peine à sa tante, à Mademoiselle... Si elle promettait à son oncle... Demander pardon? Oh! non, jamais!

Oh! les talons Louis XV sur de mauvais pavés! Sylvie
a posé son pied gauche à faux, le pied tourne, le talon se
prend entre deux pierres, et la jeune fille tombe en poussant
un cri que lui arrache la surprise au moins autant qu'une
douleur aiguë. Mlle Cherbez essaye de la relever : elle ne peut

se tenir debout. Tout le monde accourt, on l'interroge, on la plaint : la glace est rompue, c'est toujours cela ! Mais son pied lui fait grand mal; il enfle dans le joli soulier dont on la débarrasse à grand'peine.

« C'est une foulure ou une entorse, il faudrait de l'eau fraîche, » dit Mme de Robay en cherchant des yeux une fontaine.

Point de fontaine dans la rue; pas une porte ouverte, ou même qui fasse mine de vouloir s'ouvrir.

« Il y a un pharmacien sur la place qui est au bout de la rue, dit Édouard d'Hervieux; le plus pressé serait d'y porter mademoiselle. Là on pourra soigner son pied et nous irons ensuite chercher une voiture... Viens ici, Onésime, nous allons faire un fauteuil. Vous voulez bien que nous vous portions, mademoiselle? »

En toute autre occasion, Sylvie ne se serait pas souciée du tout de se faire porter par ce lourdaud d'Onésime et par son ami qu'elle ne connaît pas. Mais son pied la fait horriblement souffrir; elle consent donc. Les deux jeunes gens lui font un fauteuil de leurs bras; son oncle, qui paraît tout ému quoiqu'il tâche de garder un air sévère, l'aide à s'y placer, et ils l'emportent tout doucement, en cherchant à lui épargner les secousses. Cela ne l'empêche pas de trouver le trajet long : son pauvre pied qui pend est de plus en plus douloureux.

Chez le pharmacien, des compresses la soulagent un peu; puis on la ramène en voiture, au pas, à la vieille maison. On ne dirait pas qu'elle ait jamais reçu ni mérité de reproches, tant chacun, depuis le père jusqu'au plus petit enfant, se montre tendre et bon, rempli de soins et d'attentions pour elle.

Le lendemain, on décida de retourner à Bois-Fleuri. Les fêtes duraient encore; mais Sylvie ne pouvait plus jouir de rien, et Mme de Robay pensa qu'elle serait mieux à la campagne que dans la sombre maison de la rue des Étrivières. La mère de famille partit donc par le train du matin avec Louise et les enfants : M. de Robay avait encore des affaires jusqu'au soir, et on ne voulait ni faire lever Sylvie de bonne heure, ni la faire voyager par la grande chaleur. Elle resta avec lui, et Mlle Cherbez resta aussi pour la soigner : on leur laissa Victoire pour les servir.

Le soir, ils partirent à la brune; quand ils arrivèrent à la gare

de Puymont, qui était assez loin hors ville, il faisait presque
nuit. M. de Robay installa sa nièce et Jeanne dans un wagon
où la malade pût s'étendre, et s'en alla ensuite fumer un cigare
en attendant le départ; il avait encore une douzaine de minutes
devant lui.

Sylvie regardait les arrivants qui s'arrêtaient sur le quai
d'embarquement, échangeant des compliments et des poignées
de main avant de monter en voiture, quand elle entendit dans
un groupe un rire affecté qu'elle reconnut. Elle regarda : le rire
sortait de dessous un grand chapeau unique en son espèce :
le chapeau de Clara, assurément.

« Oh! si je pouvais lui dire seulement bonsoir pendant que
mon oncle n'est pas là! » se dit-elle; et elle se tint prête à
l'appeler quand elle passerait.

Clara ne vint point jusqu'au compartiment qu'occupait Sylvie;
elle s'arrêta au précédent et laissa monter son père et sa mère.
Pour elle, elle resta un pied sur le marchepied, continuant sa
conversation avec quatre ou cinq des oisifs qui formaient son
entourage.

« Oui, elle est assez jolie, disait-elle d'un ton dégagé; pour
son âge, s'entend, car ce n'est guère encore qu'une petite fille.

— Une tête originale, dit un de ses interlocuteurs.

— Une tête à caractère, ajouta un autre.

— Oui, assez... Il ne faut pas croire, allez, qu'elle tient tout
ce qu'elle promet. Elle paye de mine, c'est vrai; je m'y étais
laissé prendre. Et puis son joli nom : Sylvie! un nom de
bergère de trumeau. » Et elle fredonna :

J'ai tout quitté pour l'ingrate Sylvie!

« Mais en somme elle n'a pas d'idées à elle; elle répète et
elle imite, voilà tout. Un perroquet doublé d'un singe! »

Les beaux messieurs rirent bruyamment.

Sylvie n'avait plus envie d'appeler sa chère Clara. Du coin
de l'œil, elle regarda Mlle Cherbez, cherchant à deviner si elle
avait entendu. Jeanne ne bougeait pas : elle paraissait très
occupée d'une locomotive qu'on manœuvrait sur une plaque
tournante, du côté de la voie opposée à celui où se trouvait
Mlle Dupontois. Elle l'avait pourtant fort bien entendue; mais

Les deux jeunes gens lui font un fauteuil de leurs bras.

elle jugeait à propos de faire la sourde. Qu'eût-elle pu ajouter
à la leçon que le hasard se chargeait de donner à Sylvie?

M. de Robay revint; la belle Clara, après avoir distribué bon
nombre de poignées de main à l'anglaise, monta dans son
wagon et le train partit. Quand on fut arrivé à Belleville et que
M. de Robay, aidé des bras robustes de Justin, eut installé sa
nièce dans la voiture et eut soigneusement étendu son pied sur
les coussins, Sylvie lui dit à demi-voix, d'un ton caressant et
humble qu'il ne lui connaissait pas encore :

« Merci, mon bon oncle! »

M. de Robay en fut tout ému.

« Pauvre petite, souffres-tu un peu moins? lui dit-il. Tu as été
bien secouée sur les pavés de la ville, et puis tous ces transbor-
dements...; mais la route est douce à présent, et tu seras bientôt
dans ton lit. Cela ne sera rien, va, dans quinze jours tu pourras
courir...

— Vous êtes bien bon, murmura-t-elle.

— Et toi, tu es bien douce... Si tu voulais toujours être
ainsi..., personne ne songerait à te renvoyer... »

Il pensait que Sylvie allait sauter sur cette invite. A sa
grande surprise, elle ne répondit rien et ne dit plus un mot
jusqu'à Bois-Fleuri. Là elle se prétendit lasse, et elle ne fit
aucune objection quand sa tante lui proposa d'aller se coucher
tout de suite.

C'est qu'elle faisait de sérieuses réflexions, Sylvie! et elle
avait besoin d'être seule pour les mûrir à son aise. Comme Clara
l'avait traitée! Est-ce que c'était l'habitude, dans ce monde
brillant où elle allait et qu'elle avait tant vanté à Sylvie, de
railler par derrière les personnes à qui on avait fait tant d'amitiés
en leur parlant en face? Un perroquet doublé d'un singe! Jamais
dans sa famille, où elle ne se trouvait pas appréciée selon ses
mérites, on n'avait porté sur elle un jugement aussi sévère...
Pas d'idées à elle! Mais si, elle en avait; on lui reprochait seulement d'en avoir quelquefois de mauvaises et de tenir précisément à celles-là... Ni son oncle, ni sa tante, ni Mlle Cherbez
ne lui avaient jamais dit ni laissé entendre qu'elle fût bête : les
défauts qu'elle avait, selon eux, il ne tenait qu'à elle de ne pas
les avoir; au lieu que la bêtise! Décidément, la belle Clara
ne savait ce qu'elle disait.

Peu à peu, ses réflexions dépouillaient l'idole de son éclat emprunté.

Sylvie avait vu, tant chez sa mère autrefois que chez sa tante depuis trois ans, assez de femmes véritablement distinguées pour en faire la différence d'avec Mlle Dupontois, maintenant que la passion ne l'aveuglait plus. Il avait fallu une blessure d'amour-propre pour lui ouvrir les yeux : il aurait certes mieux valu que ce résultat fût dû à la saine raison; mais avec les têtes folles il ne faut pas se montrer trop difficile : Sylvie était pour le moment en disposition d'y voir clair et de voir juste.

De ses réflexions sortit bientôt cette conviction, pas très flatteuse pour elle, que tous les compliments de la belle Clara n'étaient que de l'eau bénite de cour et que, si elle les lui avait prodigués en particulier à elle, Sylvie, c'est qu'elle l'avait jugée plus facile à attraper qu'une autre. Clara était jugée; elle n'avait qu'à se représenter !

C'est qu'elle se représenterait...

Elle ne pouvait pas se douter que Sylvie l'eût entendue : elle reviendrait bientôt à Bois-Fleuri, certainement, et il faudrait la recevoir, causer avec elle, causer poliment même! Causer poliment avec une personne qu'on avait envie de mordre, comme c'était facile!...

Et puis, si on lui tournait le dos, il faudrait expliquer pourquoi, avouer qu'on avait été traitée de perroquet et de singe...; on n'avoue pas ces choses-là. Autrement, on aurait l'air d'avoir cédé aux injonctions, à la peur d'aller en pension... Cela, Sylvie n'en voulait à aucun prix...

Pourtant, est-ce que c'eût été bien pénible de dire à Mme de Robay, dans ses bras, cœur contre cœur : « Ma tante, j'ai eu tort, je le comprends, mais je veux changer parce que je vous aime et que je ne veux plus vous faire de peine. » Cela semble bien simple, bien facile, et pourtant c'était la dernière chose à quoi Sylvie voulût se résoudre. « Demander pardon! Non; j'aime mieux aller en pension! »

A peine se fut-elle formulé ainsi cette idée, que sa volonté se trouva inclinée de ce côté-là. Au fait, pourquoi n'irait-elle pas en pension? Si elle le préférait? si elle le demandait elle-même? Dans ce cas-là, ce ne serait plus une punition, ce ne

serait plus un éxil, puisque ce serait elle qui l'aurait voulu.
Il faudrait obéir, se conformer à une foule de règlements...;
oui, mais ce serait peut-être moins dur que d'être sans cesse
traitée en petite fille, parce qu'on vivait avec des enfants plus
jeunes que soi...; là, au moins, elle ferait partie d'une classe
composée d'élèves de son âge, peut-être même plus âgées, puisqu'on la disait avancée pour ses quinze anś... Et puis ce serait
du nouveau : le nouveau a toujours de l'attrait pour les imagi-
nations vives.

Plus elle y songeait, plus elle trouvait d'avantages à ce projet.
Elle reconnaissait ses défauts ; oui, son premier mouvement était
toujours la révolte. A la maison, elle ne s'en corrigerait jamais.
On prenait trop de précautions avec elle, on biaisait trop pour
ne pas la heurter, elle y comptait et elle en abusait, c'était plus
fort qu'elle. Ou bien son oncle la traitait par l'ironie, ou lui
faisait sentir durement son autorité : cela l'exaspérait, elle
s'emportait et ne pouvait plus retenir sa langue. A la pension,
rien de pareil : un ordre établi comme dans un régiment, ce
n'était pas humiliant de s'y soumettre... Elle y prendrait peu à
peu l'habitude d'obéir, et, quand elle reviendrait à la maison,
tout irait bien sans qu'elle eût fait amende honorable.

Ce sont là, n'est-ce pas, des sentiments bien entortillés ! Mais
la chose la plus simple, une explication franche accompagnée
de bonnes résolutions, était justement celle dont Sylvie ne voulait pas. Elle s'endormit sur cette conclusion définitive : « J'irai
en pension », et le lendemain ce fut la première idée qu'elle
retrouva à son réveil.

Aussi, quand Mlle Cherbez, en s'y prenant bien doucement,
commença à lui remontrer qu'une jeune fille, dans un lieu
public, pouvait faire mieux que de quitter sa famille pour s'en
aller avec des étrangers, Sylvie l'arrêta net en lui disant d'un
petit ton bref : « Je sais, je sais, mademoiselle ; mon oncle m'a
dit tout cela ; je n'aurai pas l'occasion de recommencer, je vais
en pension. »

Jeanne, tout attristée, s'en alla faire part de cette nouvelle
à Mme de Robay.

« Pauvre petite, s'écria celle-ci, mon mari aura lancé cette
menace dans le premier moment : il était très mécontent. Mais
je suis sûre qu'il est déjà revenu là-dessus et qu'il ne demande

qu'à pardonner. La moindre petite démarche de Sylvie..., rien qu'un remercîment quand il lui demandera de ses nouvelles... Je serais désolée : l'exiler de chez nous, une enfant que sa mère mourante nous a confiée ! »

Jeanne retourna près de Sylvie; mais elle eut beau faire, elle n'obtint pas d'autre réponse que : « J'irai en pension; cela vaut mieux ainsi. » M. de Robay, qui était tout disposé à revenir sur sa décision, fit en vain entendre à la jeune rebelle que si elle promettait... « J'irai en pension, » répétait toujours Sylvie.

« Puisqu'elle me brave, elle ira ! » dit-il enfin, très mécontent d'elle et un peu aussi de lui-même. Et la place de Sylvie fut retenue parmi les élèves de l'institution Ratibois, la meilleure de Puymont.

Vingt élèves sautaient à la file.

CHAPITRE XVI

Première visite à la pensionnaire. — Où Sylvie se mord les doigts et regrette Bois-Fleuri. — Années de pension, vues à vol d'oiseau. — Retour au bercail.

« Mlle Sylvie de Préjone, s'il vous plaît, dit Mme de Robay à une femme de chambre d'aspect correct et pour ainsi dire classique, qui lui ouvre la porte du parloir.

— Elle va venir, madame; donnez-vous la peine de vous asseoir. »

La femme de chambre s'en va, et Mme de Robay s'installe avec sa famille dans un coin encore inoccupé, car l'heure où l'on peut voir les élèves vient à peine de sonner, et il y a déjà des parents qui attendent.

Tous les enfants sont là, sauf Raymond qui est rentré au lycée; Antoine tient en laisse une petite bête noire dont les manchettes et les moustaches ont été refaites nouvellement, et qui se dresse sur ses pattes de derrière pour saluer Sylvie.

« Vois-tu, dit la petite Paulette à Sylvie, qui fait son entrée en grand tablier noir, Miska a voulu venir te voir! fais la belle, Miska!

— Henriette a donné des rubans pour elle, ajoute Antoine.

— Et je lui ai mis le jaune parce que cette couleur va bien aux brunes, » dit Marguerite.

En effet, les longs poils frisés de Miska sont rattachés sur le front par un beau nœud jaune d'or. Sylvie la caresse et Miska lui lèche les mains et saute de joie autour d'elle. Elle n'a pas de rancune, Miska : Sylvie l'a pourtant assez souvent appelée vilaine bête ! Mais maintenant elle est disposée à la trouver délicieuse : effet d'une semaine de réclusion.

Mme de Robay et Jeanne embrassent tendrement Sylvie.

« Ton oncle n'a pu venir, il avait un rendez-vous d'affaires à cette heure-ci ; il en a été bien fâché, dit Mme de Robay. Nous venons de voir Raymond, qui t'envoie ses amitiés en attendant la prochaine sortie. Jacquet s'est levé ce matin une heure plus tôt qu'à l'ordinaire pour te cueillir des fruits ; il prétend qu'ils sont bien meilleurs quand on les a cueillis dans la *rousée*... »

En effet, Louise dépose devant Sylvie un grand panier rempli de fruits admirables : poires, pommes précoces, pêches et prunes d'arrière-saison, raisins dorés encore veloutés de buée humide, de quoi plonger dans l'extase un peintre ou un gourmand.

« Grand merci, ma tante, dit Sylvie ; je vais pouvoir faire des largesses. Le panier que j'ai apporté en entrant m'a déjà rendue très populaire. Quels raisins ! ils n'ont jamais été aussi beaux que cette année.

— Dis donc, Sylvie, il n'est pas beau, le salon de Mme Ratibois ! interrompit tout à coup Marguerite, qui avait promené son regard tout autour de la chambre.

— Oh ! ce n'est pas son salon ! répondit Sylvie. Elle en a un avec un tapis, et des rideaux de damas rouge, et des fauteuils d'acajou, un piano, une glace sur la cheminée, et une pendule dorée sous globe représentant Uranie, un compas à la main et les yeux levés au ciel. Ici, c'est le parloir. »

Il n'était pas beau, en effet, le parloir de l'institution Ratibois, quoique tout y fût d'une propreté monastique ; les vitres claires, les petits rideaux bien blancs, le carreau passé au siccatif rouge, glissant et brillant comme un miroir. Mais les chaises de merisier cannées, les rideaux de serge verte et les petits tapis ronds ou carrés dispersés çà et là, dans l'intérêt du carrelage, plus encore que celui des pieds des visiteurs, ne par-

venaient pas à lui donner un air hospitalier. Sur les murs, on
voyait, encadrés en palissandre, des « tableaux d'honneur » con-
tenant, calligraphiés en belle ronde, les noms des élèves qui
avaient obtenu, à l'institution Ratibois, la « couronne blanche »,
prix spécial décerné aux élèves irréprochables à la fin de leurs
études. On y voyait aussi le chef-d'œuvre du maître d'écriture
de l'institution, le *Pater nóster* écrit en caractères variés avec
des encres de plusieurs couleurs, et enjolivés de traits à la
plume d'une grande fantaisie; et la tête de Vitellius, à l'es-
tompe, premier prix de dessin de l'année précédente, faisant
vis-à-vis au tableau des Solides, lavis à l'encre de Chine, qui
avait conquis le premier prix de géométrie. Tout cela était plus
estimable que récréatif; et l'on comprendra que Marguerite,
complétant sa pensée, prit tendrement la main de sa cousine en
disant avec un accent de pitié :

« Pauvre Sylvie !

— Mais je ne suis point à plaindre du tout! » répliqua Sylvie
du ton de quelqu'un qui a mordu dans une prunelle des haies.

Et elle expliqua qu'on s'amusait beaucoup à la pension, vanta
les leçons de littérature faites par le professeur de rhétorique
du lycée, et les parties de « grande corde », où vingt élèves
sautaient à la file sans laisser passer un tour. Enfin, elle mit
son orgueil à se déclarer parfaitement contente, et l'heure de la
visite se passa ainsi.

Au fond, elle regrettait fort la douce vie de Bois-Fleuri, la
bonté inépuisable de sa tante et les leçons de Mlle Cherbez. Elle
s'attirait souvent des observations désagréables et était en train
de se faire une réputation d'ergoteuse. Ce n'était pas tout à fait
sa faute. Avec Jeanne, elle était habituée à demander des explications sur tout; l'institutrice ne refusait jamais de lui répondre
et l'excitait à développer ses propres idées, estimant que la
perte de temps entraînée par ces digressions était amplement
compensée par ce que l'esprit de ses élèves gagnait dans une
conversation intelligente. Mais une sous-maîtresse, chargée de
surveiller une étude, ne pouvait encourager les questions : pendant qu'elle eût répondu à une élève, les autres se seraient dis-
sipées. Sylvie, pour toute réponse, était donc tout bonnement
rappelée à l'ordre et au silence, et, comme elle ne se rendait pas
toujours à la première sommation, il lui arrivait fort souvent

d'attraper une retenue ou un pensum, ce qui l'humiliait et la mettait hors d'elle.

Et puis, comme elle pouvait mesurer maintenant le creux de ses illusions! Dès son arrivée, elle avait cherché à frayer avec les élèves les plus âgées, celles qui postulaient « la couronne blanche » pour la fin de l'année.

Ces demoiselles avaient commencé par la regarder par-dessus l'épaule; mais elle recevait de si beaux fruits de la campagne et elle les distribuait si généreusement! on pouvait bien, malgré son jeune âge, accepter sa société en faveur de ses dons. Sylvie fut donc admise parmi les grandes et mise au courant de leurs secrets. Dieu! quel abîme de niaiserie! De petites piques, de petites jalousies, de petits ressentiments à propos d'une préférence de telle ou telle élève; de petits projets de tours à jouer à celle-ci ou à celle-là; des récits, faits par les aînées, des fêtes de leurs vacances, avec de petits cancans; des audaces de coiffure ou de langage qui faisaient d'elles des caricatures de M{ᵐᵉ} Dupontois; des prétentions de femmes d'âge et des enfantillages de petites filles : Sylvie en eut vite assez.

Elle ne pouvait pourtant pas vivre seule : elle était d'un naturel éminemment sociable, Sylvie. Elle se rabattit sur les petites, mena des farandoles, monta des charades en action, des comédies, inventa des jeux de toutes sortes. Mais le règlement était toujours là, barrière immuable; à chaque instant elle se heurtait à quelque chose de défendu : il y a tant de choses défendues dans les pensionnats! Sylvie, qui travaillait vite, aurait voulu, ses devoirs finis, grouper autour d'elle quelques compagnes expéditives, elles aussi, afin de combiner ensemble les jeux pour lesquels la récréation était trop courte : on les renvoyait à leurs places, en leur rappelant que ce n'était pas l'heure de s'amuser. Sylvie réclamait : puisqu'elles avaient fini! elles seraient bien avancées de rester comme des bûches devant leur pupitre à ne rien faire! Naturellement ses protestations trouvaient de l'écho : depuis qu'elle était là, un vent de révolte soufflait sur l'institution Ratibois.

Pourtant, après deux ou trois privations de sortie, elle commença à comprendre que la règle de la pension ne fléchirait pas pour elle et qu'elle ne faisait tort qu'à elle-même. Elle prit donc le parti de ronger son frein en silence et de ne plus s'obsti-

ner dans une lutte impossible. Elle quitta donc le groupe des
diables comme elle avait quitté celui des *grandes;* ni les unes
ni les autres ne lui plaisaient assez du reste pour qu'elle s'obsti-
nât à rechercher leur société. Il en résulta qu'elle se trouva
seule.

On peut donc juger si elle tenait à ses sorties. La sous-maîtresse de son dortoir n'avait pas besoin, le premier et le troisième dimanche de chaque mois, de lui dire plusieurs fois :
« Allons! debout, mademoiselle de Préjonc! » Elle était éveillée
la première; elle se hâtait de faire sa toilette; elle était prête
pour la messe avant toutes les autres ; elle comptait toutes les
minutes, et toutes les horloges lui semblaient en retard. Enfin,
la voix aiguë de la femme de chambre criait à la porte de
l'étude : « Mademoiselle de Préjonc, pour la sortie! » Et vite!
au train! s'il était en avance! si on allait le manquer! elle faisait courir Victoire, qui venait ordinairement la chercher, et
arrivait à la gare un quart d'heure avant le départ : n'importe,
elle était sûre de partir, au moins! À Bois-Fleuri, elle trouvait
tout charmant : elle était de bonne humeur jusqu'au soir et
montrait à sa famille une Sylvie naguère inconnue, une Sylvie
pleine de verve, de gaîté, entraînante, bonne enfant, qui traversait la maison comme un rayon de soleil.

De sortie en sortie, Sylvie atteignit la fin de l'année. Après la
distribution des prix, elle s'en retournait à Bois-Fleuri avec sa
famille, lorsque le hasard la mit en présence de Mlle Dupontois :
Clara se jeta sur elle avec les plus chauds témoignages de tendresse; elle lui lança un de ses regards noirs sans se laisser
attendrir par ses paroles flatteuses : « Ma belle chérie, ma
mignonne, ma charmante, qu'il y avait longtemps qu'on n'avait
eu le plaisir de vous voir! Ah! j'ai bien pensé à vous dans votre
exil! mais voici les vacances, j'espère me dédommager. Comme
vous avez grandi! vous êtes fraîche comme une rose et encore
plus jolie que l'année dernière! » Mme de Robay n'en revenait
pas; Clara n'y comprenait rien non plus : elles ne savaient pas
le secret de Sylvie.

Pendant les premiers jours, tout alla à souhait, et M. de
Robay était sur le point de se laisser fléchir par sa femme, qui
désirait garder Sylvie au lieu de la renvoyer en pension. Mais on
s'aperçut bientôt que la conversion n'était pas encore complète :

Sylvie n'était pas devenue plus tolérante que par le passé pour
ce qui la gênait. Elle se disputait à petits coups de langue avec
Henriette, dans un langage plus précis avec Raymond; elle se
montrait sans pitié pour les naïvetés de Marguerite qu'elle fou-
droyait d'un : « Pauvre innocente! » accompagné d'un mouvement d'épaules empreint d'un dédain suprême, et elle n'avait
pas appris à supporter les enfants. Ce n'était pas qu'on la priât
de s'occuper d'eux, ils avaient leur bonne Louise. Mais les plus
jeunes enfants d'une famille nombreuse, surtout quand ils sont
caressants et gracieux, ne restent guère avec la personne qui est
censée affectée à leur service : c'est à qui les appellera, les fera
jouer, causera avec eux; ils trouvent cela tout simple et croient
faire une faveur à la tante ou à la grande sœur, au frère ou à la
cousine à qui ils disent : « Je veux aller avec toi! » Depuis
qu'Antoine travaillait avec Mlle Cherbez, Paulette, qui ne dormait plus dans le jour, était souvent désœuvrée : elle s'attachait
aux pas de l'un ou de l'autre, faisant cent questions à l'heure et
racontant une foule de choses qu'elle voulait qu'on écoutât. Ou
bien c'était sa poupée ou un de ses joujoux qu'elle avait dété-
rioré et qu'il fallait arranger; ou bien elle voulait écrire ou
jouer du piano, et elle tourmentait toute sa famille jusqu'à ce
qu'on l'eût assise devant les touches ou qu'on lui eût donné du
papier et un crayon, dont elle avait vite fait de croquer le bout
en le mouillant pour le rendre plus noir. Tout cela accompagné
de petites manières très séduisantes. Que ce fût Jeanne ou
Mme de Robay, Henriette ou Marguerite, la personne à qui elle
disait avec un regard caressant et une voix mélodieuse : « Je
t'en prie!... pour me faire plaisir!... je t'aime de tout mon
petit cœur! » ne manquait jamais de l'enlever dans ses bras et
de couvrir de baisers sa figure rose en répétant : « Est-elle
gentille! est-elle gentille! » et elle ne se heurtait jamais à un
refus.

Mais avec Sylvie c'était autre chose. Sylvie trouvait très
ennuyeux de se détourner d'un livre qui l'amusait pour écouter
le récit des prouesses de Miska ou répondre à une question sur
une petite bête qui courait dans l'herbe : elle ne répondait rien
du tout, ou bien elle se débarrassait de Paulette en lui disant
sèchement : « Laisse-moi tranquille, tu m'ennuies. » Ou bien
si par hasard elle condescendait à regarder les jeux des deux

petits, à se laisser expliquer par eux l'ordre de la flottille qu'ils
faisaient naviguer sur la grande auge de pierre, ou celui de la
grande chasse à courre qu'ils installaient sur le parquet de la
salle d'étude, au bout de cinq minutes elle prenait un air dis-
trait, bâillait et finissait par les renvoyer à leur bonne.

« Elle n'est pas complaisante, Sylvie, elle ne veut pas s'amuser! » disait Antoine tout penaud. Paulette insistait parfois :
alors Sylvie la renvoyait durement, et la pauvre petite s'en allait
pleurer dans un coin, où la première personne qui passait la
recueillait. On la consolait d'abord, puis il fallait savoir pourquoi elle pleurait; et Sylvie, à qui on ne pouvait se dispenser
d'adresser un reproche bien doux, se rebiffait en arguant pour sa
défense « qu'il n'était pas donné à tout le monde d'aimer les
enfants ».

Elle trouvait ses petits cousins très gâtés : elle avait ses idées
sur l'éducation; il fallait de la sévérité et s'y prendre de bonne
heure; on avait l'habitude de céder toujours à Antoine et à
Paulette, mais avec elle les choses ne se passeraient pas comme
cela... Pauvre Sylvie! qu'aurait-elle dit, si on lui eût appliqué
ses propres principes!

Enfin, tout en la trouvant fort améliorée sur beaucoup de
points, M. et Mme de Robay jugèrent qu'elle avait tout à gagner
en restant encore une année à la pension Ratibois, et elle y
retourna, parce qu'elle ne voulait pas s'abaisser à demander
qu'on la gardât à la maison.

Cette année-là, elle commença par s'ennuyer beaucoup, et
elle eut le bon esprit de chercher une consolation dans le travail. Elle avait seize ans, elle était passée dans une classe supérieure où l'on faisait des études intéressantes; elle s'y plut, et
un beau jour elle déclara à son oncle qu'elle voulait passer des
examens.

M. de Robay y consentit volontiers. D'abord, le travail assou-
plirait peut-être son caractère; et puis Sylvie n'avait pas de
fortune, et, quoiqu'il comptât bien la doter si elle trouvait à se
marier ou la garder toujours chez lui si elle ne se mariait pas, il
pouvait mourir et la laisser dans l'embarras : il était bon qu'elle
eût sous la main un moyen de gagner sa vie.

Sylvie ne sortit donc de l'institution Ratibois que munie de ses
deux brevets et ornée de la célèbre « couronne blanche ». C'était

en réalité une guirlande de fleurs assez fines; Mme Ratibois la donnait ainsi pour qu'elle fût digne d'être exposée sous globe, sur un coussin de velours bleu, et plusieurs de ses élèves lui faisaient cet honneur. On put en voir une l'année suivante dans le salon si bien conservé de Mme Michon, à qui Coralie la rapporta triomphalement. Sylvie se contenta de la garder dans son carton.

Quatre femmes sont assises autour d'une table.

CHAPITRE XVII

Confection de stores pour la vieille maison. — Que les enfants sont ennuyeux !
Installation d'hiver. — Où l'on danse.

Dans le gai salon de Bois-Fleuri, quatre femmes sont assises autour d'une table, occupées à découper, avec des ciseaux, des fleurs multicolores dans des morceaux de cretonne. Elles sont gaies, elles causent, elles rient; de temps en temps l'une des quatre soulève l'amas de découpures qui s'entasse au milieu de la table et reprend ses ciseaux avec courage : le tas n'est pas encore assez gros.

De ces quatre femmes, les deux plus âgées n'ont guère changé; mais Henriette et Sylvie, presque enfants quand nous avons fait leur connaissance, sont maintenant deux grandes jeunes filles, dont la taille dépasse un peu celle de Mme de Robay et de l'institutrice. Sylvie a dix-huit ans; elle porte fièrement sa petite tête brune, un peu sauvage toujours, couronnée d'épais cheveux noirs à grandes ondulations et éclairée par des yeux noirs qui brillent comme deux soleils. Henriette est toujours blonde et blanche, avec une figure ronde et de petits traits délicats; elle a gardé son sourire malin et sa manière de faire filtrer son regard entre ses paupières à demi fermées, en frisant son nez et en montrant ses petites dents blanches.

En ce moment, elles sont très occupées. On a pris une grande résolution : on va aller cet hiver s'installer dans la vieille maison de Puymont, et les deux cousines feront leur entrée dans le monde! Henriette n'aura pas encore tout à fait dix-huit ans, mais, comme elle l'avait prévu quand elle portait encore des robes courtes, on avancera un peu sa présentation : quel bonheur que Sylvie ait six mois de plus qu'elle! Il s'agit maintenant d'orner la vieille maison : on ne peut pas lui donner une belle vue, mais en hiver les jours sont si courts! une fois les grands rideaux tirés et les lampes allumées, qu'importe ce qu'il y a de l'autre côté des fenêtres! On emportera quelques meubles, pas beaucoup, car M. de Robay se refuse à démeubler Bois-Fleuri où l'on reviendra souvent, et l'on se réinstallera sitôt la fin du carnaval. Les jeunes filles acceptent bien qu'on laisse à leurs chambres une simplicité de cellules; de bons bourrelets contre le vent, c'est tout ce qu'il leur faut; mais les salons où l'on recevra des visites, où l'on donnera des soirées! rien n'est trop beau pour les salons. Et elles s'évertuent à dénicher des vieilleries dans les greniers, à les retaper, à faire une foule de jolies inventions qui les dédommageront de n'avoir pu obtenir un mobilier neuf.

« Est-ce que nous n'en avons pas assez? dit Sylvie en soulevant pour la vingtième fois le tas de découpures. Il y en a sûrement plus qu'il n'en faut pour un store : si nous le faisions?

— Mais non, mais non, répond Henriette : il faut finir d'abord de découper; c'est ennuyeux de se déranger d'un ouvrage pour y revenir.

— Tu n'es pas obligée de te déranger : découpe tant que tu voudras, si cela t'amuse! Mais nous pourrions bien commencer à placer les fleurs; n'est-ce pas, ma tante?

— Commence si tu veux, Sylvie; mais je crois qu'il vaudrait mieux avoir toutes nos fleurs prêtes, cela nous mettrait plus à notre aise pour les disposer.

— Allons, un peu de courage, Sylvie, ajoute Mlle Cherbez; nous en avons assez bientôt, et l'ouvrage ira vite quand nous n'aurons plus qu'à poser les découpures sur le tulle. »

Sylvie soupire, mais elle se hâte; on n'entend plus que le

grincement des ciseaux, tant les travailleuses craignent de se retarder en babillant. Enfin Sylvie jette les siens sur la table.

« Là, j'ai fini mon dernier morceau! Et vous, ma tante? plus que deux œillets et une pivoine...; et toi, Henriette? Oh! la paresseuse!

— Je crois bien, il n'y avait que de petites fleurs dans mon morceau, c'est bien plus long à découper que les grandes... Mademoiselle n'a pas fini, d'ailleurs...

— Il ne s'en faut guère : vous pouvez étaler le tulle, Sylvie... Ah! d'abord, appelez Louise pour qu'elle essuie le parquet; il ne faut pas qu'il s'y trouve de poussière.

— Je le ferai bien moi-même, dit Sylvie en allant prendre un chiffon de laine et en se mettant à quatre pattes pour en frotter le parquet. Si on appelle Louise, les enfants viendront avec elle et ils mettront tout en l'air... Voilà qui est fait! »

Elle alla prendre un long rouleau de fin tulle noir qu'elle étala par terre, en le fixant aux quatre coins. Il s'agissait de faire ces jolis stores, où sur un tulle invisible des guirlandes, légèrement fixées, semblent suspendues en l'air devant la fenêtre. Mlle Cherbez, qui venait d'achever sa tâche, apporta les découpures et se mit à les disposer sur le store, combinant les formes et les couleurs de façon à produire un ensemble harmonieux.

« Je crois, dit-elle, qu'il faudrait étaler aussi les autres stores et les préparer en même temps. Il faut qu'ils se ressemblent sans se ressembler : la même disposition à peu près, mais des fleurs différentes.

— Bravo! c'est du grand art! répliqua Sylvie en riant... Voilà l'autre étalé; quelle place ils prennent! il ne faudrait pas qu'il nous arrivât des visites... Oh! comme ces pavots font bien! Il faudrait, par ici, de petites fleurs légères..., celles d'Henriette quand elle aura fini de les finir...

— Si tu les avais eues, nous pourrions les attendre! Tu n'as pas de patience, tu nous aurais fait des malheurs. Au lieu que les personnes calmes comme moi...

— Mademoiselle, s'il vous plaît, où est la limite qui sépare le calme de la lambinerie?

— Insaisissable, ma chère enfant : la ligne d'horizon en mer, avec un peu de brouillard...

— Oh! mademoiselle, vous aussi, vous vous tournez contre moi!

— Du tout, du tout; je réponds à une question... de principes... Dans le cas présent, vous êtes dans votre droit; passez-moi votre ouvrage que je l'achève, car vous devez en avoir assez.

— Non pas! on a son amour-propre... Et puis il en reste trop peu, cela ne vaut pas la peine que je me prive des compliments que vous allez me faire... Là! est-ce finement découpé, ces petits feuillages-là? »

Henriette reçut les compliments qu'elle quêtait, et l'on ne s'occupa plus que de grouper les découpures. L'œuvre était presque achevée, et les travailleuses retenaient leur souffle pour ne pas faire envoler telle ou telle grappe légère avant qu'elle fût fixée, lorsque la porte s'ouvrit vivement toute grande : les enfants revenaient d'une promenade à Belleville. Un brusque courant d'air entra avec eux, balayant les roses et les bleuets, les jonquilles et les bruyères. Les quatre ouvrières, accroupies autour de leurs stores, jetèrent un cri de désappointement.

« Ah! s'exclama Sylvie, toujours les enfants! Ces êtres-là sont insupportables!

— On ne pense pas à tout, dit mélancoliquement Mme de Robay; j'aurais dû condamner cette porte.

— Il faudrait entrer plus doucement, Marguerite, dit Mlle Cherbez à la fillette, qui marchait la première; voyez, nous voilà de l'ouvrage à refaire.

— Je suis désolée, mademoiselle, balbutia Marguerite toute confuse; je vais vous aider. »

Et elle se mit à ramasser les découpures qui avaient volé à tous les coins du salon. Cela sembla très amusant à Paulette et à Antoine, qui l'imitèrent aussitôt, non sans marcher plus d'une fois sur un pauvre coquelicot ou sur une malheureuse rose qui gardait l'empreinte de leurs pieds : au mois de novembre, les chemins sont rarement secs. Ce fut bien pis quand Marguerite, qui montrait du goût pour le dessin et qui était fort adroite, voulut aider à replacer les fleurs. Elle ne s'en acquittait pas mal; mais Antoine et Paulette, qui trouvaient là un jeu tout nouveau, prétendirent l'imiter; et naturellement ils ne firent pas de bonne besogne. Pour comble de malheur, Miska, qui avait suivi ses jeunes maîtres, se mit à utiliser ses talents pour rapporter, et, posant audacieusement ses quatre pattes crottées sur le tulle noir étalé par terre, vint présenter à Marguerite une superbe touffe de pivoines roses.

« Horrible bête! » s'écria Sylvie indignée en poussant Miska avec violence.

La chienne, qui n'était pas habituée à de tels traitements, aboya contre elle et s'enfuit; mais une de ses pattes se prit dans le tulle qu'elle entraîna...; et quand on réussit à la dégager, non seulement toute la décoration du store était à recommencer, mais un petit trou rond, très visible à contre-jour, marquait la place où s'était prise la patte de Miska.

« Comme c'est ennuyeux! » dit Henriette en contemplant le trou d'un air consterné.

Mme de Robay, très mécontente, appela Louise pour lui faire emmener le chien; mais Sylvie ne se contenta pas d'un arrêt d'expulsion : elle donna, du revers de la main, un coup sec sur le museau de Miska, qui hurla.

« Méchante! elle l'a battue! s'écria la petite Paulette en s'élançant pour défendre et consoler sa chienne.

— Eh! tu n'avais qu'à ne pas l'amener ici! répliqua Sylvie. Vous ne faites que nous gêner toutes les deux, ta bête et toi : enfants gâtés, chiens gâtés, tout cela se vaut. Avoir tant travaillé! voilà notre ouvrage perdu!

— Pardon, mademoiselle Sylvie, dit Louise qui avait examiné le trou; je sais raccommoder la dentelle, je vais arranger cela, vous verrez qu'il n'y paraîtra plus.

— Cela nous fera toujours un jour de retard : la nuit vient de bonne heure, on ne peut pas travailler à cela à la lumière. Il ne nous reste déjà pas tant de temps pour tout ce que nous avons à faire avant le déménagement...

— Que veux-tu, Sylvie? c'est un malheur, reprit la douce Mme de Robay; Louise va tâcher de le réparer pendant que nous travaillerons aux stores que Miska n'a pas dérangés; nous en avons encore trois. »

. En effet, comme il y avait quatre fenêtres aux deux salons, il restait encore assez d'ouvrage aux ouvrières. Sylvie, un peu honteuse de s'être emportée, n'osa rien dire quand Marguerite demanda la permission d'aider; mais elle ne put s'empêcher de faire la mine quand Paulette obtint de rester assise sur un tabouret, à condition qu'elle ne bougerait pas. Antoine emmena Miska : ni elle ni lui ne se souciaient de rester tranquilles. et Louise s'en alla faire la reprise.

Elle se hâta trop sans doute, ou elle avait trop présumé de ses talents, ou bien elle n'avait pas de fil assez fin, car le raccommodage qu'elle apporta était aussi visible que le trou. Mlle Cherbez assura que cela ne faisait rien, qu'on s'arrangerait de façon à le cacher avec une fleur; mais la nécessité de mettre une fleur précisément à cet endroit-là gênait un peu dans la disposition des découpures, et Sylvie le fit plusieurs fois remarquer d'un ton aigre. Elle n'avait pas encore appris à supporter de bonne grâce ce qui la gênait, la pauvre Sylvie!

Enfin, les stores furent prêts, à la satisfaction générale; le tapissier chargé de recouvrir les vieux fauteuils tirés du grenier et de poser les portières et les rideaux fut l'exactitude même; les coussins, les tabourets, les têtières et autres menus travaux sortis des mains adroites des dames de la maison furent disposés de la façon la plus harmonieuse, et la famille alla s'installer dans la vieille maison rajeunie pour la recevoir.

M. et Mme de Robay firent des visites avec Henriette et Sylvie, et ils payèrent leur bienvenue en donnant un grand bal, qu'ils firent suivre de plusieurs petites soirées où l'on commençait par faire de la musique et où l'on dansait ensuite. Henriette et Sylvie, très invitées, très entourées, passèrent un hiver délicieux; à la vérité, Mme de Robay était très fatiguée, mais elle ne se plaignait pas, heureuse de voir ses enfants s'amuser.

Et maintenant, me demanderont bon nombre des jeunes demoiselles qui me lisent, elles vont se marier, n'est-ce pas? elles n'ont rien de mieux à faire, à présent. — Patience, mesdemoiselles, les choses de ce monde ne s'arrangent pas comme cela. A la fin de l'hiver, M. et Mme de Robay avaient, à la vérité, reçu plusieurs demandes pour leur fille, de gens qui ne la connaissaient pas ou qui l'avaient entrevue, mais qui la savaient bien dotée; mais ils n'étaient pas pressés de la marier, surtout

de cette façon-là, et ils n'en tinrent nul compte. Quant à
Sylvie, elle n'avait pas été demandée du tout : on savait qu'elle
n'avait pas de fortune. On supposait bien que son oncle la dote-
rait, mais en tout cas cela ne ferait pas d'elle une héritière : elle
ne pouvait donc être recherchée que pour elle-même. Or elle
n'attirait pas précisément : elle faisait plutôt un peu peur.

Pourquoi donc? quel crime avait-elle commis, la pauvre
Sylvie? Oh! mon Dieu, aucun; car ce n'est pas un crime de
parler à tort et à travers et de débiter pas mal d'absurdités.
Mais, si ce n'est pas un crime, c'est une grande maladresse,
et Sylvie s'était nui en ayant des idées ridicules et en les expri-
mant avec trop de sincérité.

Elle n'aspirait plus au jour de sa majorité pour être libre;
elle comprenait très bien à présent que cette liberté l'embar-
rasserait fort, et n'avait plus nulle envie de quitter la maison
de son oncle; son caractère s'était adouci, sinon assoupli, et,
sauf quelques sorties contre l'ennui que causent les enfants,
elle ne troublait plus la paix de la vie commune. Mais elle se
répandait en théories bizarres, de ces vieilles redites qui traînent
partout, sur la dépendance des femmes, sur les injustices de
ce monde, sur le malheur d'être condamnée par les usages à
élever des enfants et à s'occuper du ménage, quand on avait
un esprit capable de traiter les sujets les plus élevés; sur la
tyrannie des convenances qui exigent ceci et interdisent cela;
et elle semblait toujours sur le point de partir en guerre. On
riait, car elle trouvait moyen de mettre de l'esprit dans ses
sornettes; mais les gens sensés se disaient : « Peste, voilà une
jeune personne qui n'est pas rassurante pour l'avenir! »

Mlle Cherbez tâchait en vain de la modérer; Henriette se
moquait d'elle et n'obtenait pas plus de succès, non plus que
les douces remontrances de Mme de Robay.

M. de Robay essaya un jour de lui faire comprendre que,
dans sa situation, elle aurait tout à gagner à se montrer simple
dans ses goûts et disposée à accepter de bonne grâce l'existence à laquelle elle pouvait prétendre. « Tu ne possèdes,
lui dit-il, que quinze mille francs, car tes parents avaient été
obligés d'entamer fortement la dot de ta mère; je compte les
doubler et te donner trousseau et mobilier, si tu te maries; —
si tu ne te maries pas, tu restes avec nous et tu n'auras jamais

besoin de rien. Mais avec cette dot-là tu ne peux pas te permettre de dédaigner les occupations du ménage : tu te fais
tort à plaisir en disant plus de sottises encore que tu n'en
penses. »

Sylvie fut horriblement blessée. Elle le savait bien, qu'elle
était pauvre, qu'elle vivait des bienfaits de son oncle..., avait-il
besoin de le lui rappeler? Ce n'était pas délicat de sa part,
assurément! Il pouvait bien être tranquille, elle ne resterait
pas à sa charge; elle avait ses brevets, elle gagnerait sa vie
et n'aurait besoin de personne!

Cette sécurité, qui eût été un calmant pour une tête bien
faite, mit au contraire dans l'âme de Sylvie un fond d'amertume
qui la rendit susceptible et lui fit voir partout des intentions
blessantes. Il ne fallait pas qu'on parlât devant elle d'une femme
vaillante qui s'était tirée d'une situation gênée en travaillant
avec courage : elle prenait aussitôt un air de dignité auquel
personne ne comprenait rien. Et cette fausse dignité, qu'elle
arborait en vue de malheurs improbables, enveloppait sa grâce
de jeune fille d'une carapace de raideur.

Il ne faudrait pourtant pas croire que Sylvie fût raide à per-
pétuité; non, elle ne l'était qu'à l'occasion. Dans la vie de tous
les jours, elle se montrait vive, facilement gaie, très active,
toujours prête à causer, et, quoiqu'elle prétendît ne pas aimer
les enfants, les retenant autour d'elle pendant des heures
avec des contes et des scènes de son invention. Il est vrai que
quand sa fantaisie ne l'y portait pas, elle les renvoyait sans
miséricorde; aussi ne l'aimaient-ils pas avec l'abandon ordinaire aux enfants : ils ne savaient jamais sur quoi compter
avec elle.

« e m'amusais à regarder les oaigneurs. »

CHAPITRE XVIII

En somme, la vie était gaie à Bois-Fleuri, à l'automne qui suivit l'entrée des deux jeunes filles dans le monde. On arrivait d'un joli voyage au bord de la mer, récompense accordée à Raymond qui venait d'être reçu bachelier. On avait quantité de choses à raconter à Jeanne, qui avait pris cette année-là des vacances pour aller voir sa mère, et on lui remettait sa chambre à neuf pour lui faire une surprise. Pour Henriette et Sylvie, Jeanne n'était plus l'institutrice, quoiqu'elle continuât à leur faire traduire de l'anglais et de l'italien, et qu'elle dirigeât leurs lectures ; c'était une amie de plus en plus chère.

Ce jour-là donc, le break emporta toute la famille vers la gare de Belleville pour recueillir Jeanne au passage du train : personne n'avait voulu rester tranquillement à la maison. Les émotions de l'attente, la joie de revoir une chère figure, les embrassades, les questions empressées, les réponses attendries, la voyageuse qu'on emmène en triomphe, tout le monde connaît cela. C'était à qui s'emparerait de Jeanne ; Marguerite et Pau-

lette finirent par l'emporter sur leurs aînées et la placer entre
elles deux dans le break, sous prétexte qu'elle était maintenant
leur institutrice et non plus celle d'Henriette et de Sylvie. Il
fallut que Jeanne racontât ses vacances.

Elles n'étaient pas remplies d'événements, ses vacances, et
pourtant elles avaient passé comme un jour. Sa mère se portait
bien; les cousins et cousines, près de qui elle demeurait, avaient
reçu Jeanne à bras ouverts; on avait organisé pour elle des
parties de campagne dans des sites pittoresques et charmants,
on l'avait comblée d'attentions, et il ne tenait qu'à elle de croire
que la ville était peuplée uniquement de gens aimables...

« C'est vous qui êtes aimable, dit vivement la petite Paulette,
et ça fait que tout le monde vous aime : voilà ! »

On applaudit, et Justin, d'un ton respectueux et pénétré,
prit la liberté de déclarer à M. de Robay, assis à côté de lui sur
le siège, que « la vérité sortait de la bouche des enfants ».

Jeanne sourit, et, pour couper court à son propre éloge :

« Et vous, demanda-t-elle, comment avez-vous passé vos
vacances ? Je pense que vous n'avez pas beaucoup travaillé ?

— Pas beaucoup, c'est vrai, répondit Henriette en riant; mais
nous avons acquis de l'expérience.

— Paulette aussi ?

— Certainement ! elle a appris à connaître toutes les bêtes de
la mer, celles du moins qu'on rencontre dans les flaques d'eau.

— Et puis je sais nager ! je nage aussi bien que Marguerite
et Antoine. Mais c'est Sylvie qui nage ! un vrai poisson !

— Et vous, Henriette ?

— Moi, je n'aime pas l'eau froide, dit Henriette en secouant
sa tête blonde avec un petit frisson. Je crois décidément que je
suis de la nature des chats. Mais je m'amusais à regarder les
baigneurs. On n'est pas beau, dans ces costumes-là !

— Nous y voilà ! c'est par coquetterie que vous ne vouliez pas
vous baigner.

— Oh ! pas précisément; la cérémonie tout entière n'est guère
tentante. Prendre la peine de se déshabiller dans une cabine
grande comme la main pour se tremper dans une eau qui vous
entre dans la bouche et qui est détestable, et s'enlaidir par-
dessus le marché... mais, c'est drôle de regarder les autres...
Ah ! mademoiselle, si vous aviez vu le beau meunier ! »

Henriette éclata de rire, Sylvie et Marguerite l'imitèrent.

« De quel meunier s'agit-il? demanda Jeanne étonnée.

— De notre voisin, Onésime Michon. Il était là avec sa
mère et sa sœur; je ne sais pas ce qu'ils étaient venus y
faire, car ils n'ont pas l'habitude de voyager et ce n'était pas
pour leur santé, sûrement... C'est Coralie qui les aura entraînés.
Il fallait voir ce gros garçon dans l'eau : il flottait tout seul. Et
Mme Michon qui se tenait au bord, chargée de peignoirs, et qui
lui criait à chaque instant : « Onésime ! ne va pas si loin, tu vas
te noyer ! » Il y avait là des enfants qui répétaient : « Onésime!
Onésime ! » C'était trop drôle!

— Des enfants mal élevés, fit observer Jeanne.

— Oh! d'accord ; mais aussi est-ce qu'on s'appelle Onésime!
Ça n'a pas du tout l'air d'étonner sa mère, ce nom-là : elle en a
l'habitude. Mais sa femme, s'il en trouve une, comment fera-
t-elle pour l'appeler Onésime? C'est capable de l'empêcher de
se marier, ce nom-là !

— Moi, je l'aime tout de même, reprit Marguerite; il est très
complaisant et c'était bien amusant d'aller à la pêche avec lui;
n'est-ce pas, Antoine? »

Antoine était de son avis et Paulette aussi. Sylvie convint qu'il
était bien bon garçon, mais si lourd, si lourd ! « Il amusait
toute la plage avec ses allures d'ours ; absolument comme cet
hiver, à Puymont, il faisait la joie des salons. Mais Mme Michon
croit toujours qu'on l'admire. Après chaque bal, elle racontait
qu'on montait sur les banquettes pour le regarder danser !

— On l'appelait le beau meunier, sur la plage, à cause de ses
cravates bleues et de ses chapeaux de paille, reprit Henriette. Le
dimanche, il reprenait sa fameuse redingote, toujours neuve, et
son chapeau à haute forme luisant comme du vernis. Et Coralie
s'ornait d'un chapeau qui était un vrai bouquet, avec une robe
de soie gorge-pigeon. Il fallait les voir se donnant le bras !
Mme Michon les suivait à dix pas, marchant avec un mouvement
de roulis, et elle avait l'air en extase !

— Faiblesse maternelle, dit Mme de Robay avec un sourire
indulgent; il y a peut-être des gens qui trouvent que je vous
admire et qu'il n'y a pas de quoi.

— Oh! toi, maman, tu ne seras jamais ridicule... ni nous non
plus !

— Qui sait ? c'est une affaire de circonstances... Mme Michon et son fils n'ont rien de risible dans leur moulin.

— Qu'ils y restent, alors ! n'est-ce pas, Sylvie ?

— Mais non, mais non ; ils nous ont quelquefois bien fait rire.

— Ah ! à ce point de vue-là, certainement. Te rappelles-tu Onésime sautant le fossé que les enfants avaient creusé et répondant à nos compliments : « Ah ! si Édouard d'Hervieux était là, c'est lui qui saute loin ! »

— Mais ce n'est pas risible, cela, dit Mlle Cherbez, étonnée des éclats de rire des deux cousines à ce souvenir.

— Ah ! si, mademoiselle, parce qu'il avait toujours le nom d'Édouard d'Hervieux à la bouche. C'était Édouard d'Hervieux qui faisait bien ceci ; Édouard d'Hervieux qui faisait bien cela ; qui nageait mieux que le maître baigneur ; qui devinait les rébus, les charades et les énigmes mieux que celui qui les avait inventés ; qui lisait les vers, au lycée, mieux que le professeur de rhétorique — ça pouvait bien être, après tout ; — qui mettait dans le blanc à tout coup au tir... ; enfin, toujours d'Hervieux à propos de tout et à propos de rien. Sylvie avait fini par le prendre en grippe.

— Et les autres baigneurs pouffaient de rire dès qu'ils l'entendaient !

— Mais qui est-ce donc, Édouard d'Hervieux ? demanda Jeanne ; il me semble que je connais ce nom-là.

— C'est le meilleur ami de M. Michon, répondit Mme de Robay ; vous l'avez vu au moins une fois, le jour des courses, où Sylvie s'est donné une entorse.

— Ah ! ce grand Saint-Cyrien qui a fait le fauteuil avec lui pour rapporter la pauvre boiteuse. Est-ce qu'il est revenu au Moulin-Vert ?

— Non ; il est au Tonkin et il a écrit à son ami, en y arrivant, une longue lettre très intéressante ; ces petites folles ne diront pas le contraire.

— Non, maman ; elle était très intéressante, certainement... Mademoiselle, voulez-vous que je vous la récite ? Nous la savions par cœur à force de l'entendre lire, et il n'y avait pas que nous. Les gens s'abordaient sur la plage en se disant : « Connaissez-vous la lettre d'Édouard d'Hervieux ? »

Mme Michon se tenait au bord.

— Tu n'es qu'une moqueuse, petite Chatte blanche, répliqua la mère ; ce bon garçon était fier de son ami, c'est à sa louange, à ce qu'il me semble ! »

En dépit de cette manière indulgente d'expliquer les choses, les jeunes filles riaient encore aux dépens d'Onésime, quand le break s'arrêta devant la porte de la maison.

Elles n'en avaient pas fini pour ce jour-là avec ce motif de gaieté. A peine avait-on descendu les bagages de la voyageuse, qu'une voiture fit crier le sable de l'allée : le break se rangea pour lui faire place et l'on vit apparaître une vaste main dans un gant neuf, au bout d'un bras habillé de drap noir ; cette main ouvrit la portière et son propriétaire sauta lourdement en bas de la voiture, d'où il fit descendre une grosse dame et une jeune fille en toilette voyante.

« Ah ! mon Dieu, les voilà ! dit, en se remettant à rire, Henriette qui regardait les arrivants de la fenêtre de Jeanne. Maman, la famille Michon au complet !

— J'y vais ; descends avec ta cousine pour recevoir Coralie. »

Henriette et Sylvie descendirent. M. de Robay avait déjà fait entrer Mme Michon et ses enfants. Onésime salua gauchement les jeunes filles ; il regardait sans cesse vers la porte, et sa figure s'éclaira quand il vit entrer Mme de Robay. Évidemment il avait quelque chose à dire qu'il ne voulait dire que devant elle.

« A propos, dit-il — ces deux mots amènent généralement une suite qui n'a aucun rapport avec la conversation précédente, — avez-vous lu la nouvelle dans l'*Officiel ?* Édouard d'Hervieux... »

Mme de Robay lança aux deux jeunes filles un regard qu'elle tâchait de rendre sévère ; mais au fond elle avait envie de rire presque autant qu'elles. Ce nom tombait si bien !

« Vous ne l'avez pas lu ? C'est bien de lui qu'il s'agit : Édouard d'Hervieux, lieutenant de chasseurs en retraite... Je me demande seulement pourquoi il est en retraite, à vingt-cinq ans...; je crains que le pauvre garçon n'ait été gravement blessé et ne soit resté infirme...

— Mais pourquoi est-il donc dans l'*Officiel ?* demanda Mme de Robay, qui avait dominé son accès de gaieté.

— Je ne vous l'ai pas dit, madame ? Il est nommé]percepteur à Belleville. Jugez si je suis content..., c'est-à-dire si je serais

11

content..., car, si c'est parce qu'il lui est arrivé malheur,
j'aimerais mieux ne le revoir de ma vie... Vous n'avez pas vu son
nom, monsieur, dans quelque liste de blessés ?

— Non, mon jeune ami ; mais mon journal ne les a peut-être
pas donnés tous... Il est possible que votre ami ait un homo-
nyme dans l'armée ; si c'était lui, il vous aurait écrit, sans doute !

— Oh ! nous ne nous écrivons guère ; sa dernière lettre, c'est
celle que j'ai reçue il y a deux mois et que je vous lisais là-bas...
Vous rappelez-vous ? il disait, en post-scriptum, qu'il partait le
lendemain pour une expédition. Qui sait dans quel état il en est
revenu ? J'oubliais de vous dire : à la suite de son nom, il y a
dans l'*Officiel* : chevalier de la Légion d'honneur. »

M. de Robay secoua tristement la tête.

« Alors je crains bien que vous n'ayez raison et que quelque
blessure ne l'ait rendu impropre au service... Il sera content
d'être auprès de vous, cela lui sera une consolation.

— Ah ! le pauvre garçon ! je me donnerais à moudre à mes
meules si je savais que cela pût lui faire du bien ! Je suis venu
vous dire cela tout de suite pour lui préparer des amis : je suis
sûr que vous le recevrez bien, ainsi que Mᵐᵉ de Robay qui est si
bonne... Mais peut-être que ce n'est pas lui !

— Espérons-le, puisque vous n'avez pas de nouvelles directes, »
dit M. de Robay.

Et l'on parla d'autre chose. Mais à chaque instant Onésime
avait des distractions, dont il sortait pour questionner M. de
Robay sur les blessures qui peuvent faire admettre des officiers
à la retraite, et sur le genre de places qu'on leur donne dans les
administrations de l'État. Le nom d'Édouard d'Hervieux sortit
encore plus d'une fois de sa bouche ; mais personne n'eut plus
envie d'en rire.

Il venait d'enlever un drapeau aux ennemis.

CHAPITRE XIX

Onésime revint quinze jours après. Cette fois, il tendit sans
mot dire à M. de Robay une nouvelle lettre d'Édouard d'Hervieux, et resta immobile devant lui pendant qu'il la lisait,
essuyant de temps en temps, du revers de sa main, les larmes
qui lui descendaient lentement sur les joues. Quand M. de
Robay eut fini :

« Vous voyez, monsieur, dit Onésime, il est découragé, déses-
péré; il dit : « Je ne suis plus qu'un débris d'homme! » Il parle
de mon amitié qui sera sa seule consolation; je ne suis pas un
grand consolateur, moi! je manque d'éloquence... Il ne veut
voir personne! Si on le laisse faire, il mourra de tristesse tout
seul! Je suis venu vous demander d'avoir pitié de lui, d'aller le
chercher; je sais bien que cela ne se fait pas, c'est lui qui devrait
venir, parce qu'il est jeune et qu'il arrive dans le pays; mais il
est si malheureux! Il viendra bien chez nous : ma mère le recevra à bras ouverts et Coralie lui fera de la musique; c'est une
bonne fille, Coralie, mais elle ne saura pas causer avec lui, ni

nous non plus, du reste; au lieu que chez vous il trouverait tout
ce qu'il lui faut... Vous irez, n'est-ce pas? »

M. de Robay, tout ému, serra la main d'Onésime.

« Mon garçon, lui dit-il, vous êtes très éloquent, sans vous en
douter; voilà ce que c'est que d'avoir un cœur d'or. Voyons,
c'est après-demain qu'il arrive, votre ami? Où descend-il?

— Au *Postillon de Longjumeau*: je lui ai retenu une chambre
là, avec une jolie vue sur la Tambille, en attendant qu'il ait
trouvé une maison à son gré. J'en ai visité plusieurs : il choisira
et nous l'aiderons à se meubler. Je lui ai aussi trouvé un domestique, un bon garçon bien doux, adroit de ses mains, qui l'aidera
à s'habiller... Cela doit être si gênant, une jambe de bois!

— Vous pensez à tout : c'est très bien. Vous comptez sans
doute l'emmener dîner au Moulin-Vert? Je vous le laisse pour ce
jour-là; mais le lendemain nous nous donnons rendez-vous,
nous allons ensemble le voir, je l'enlève et je vous amène tous
les deux ici, où il refait connaissance avec ces dames. Elles
l'ont déjà vu, il y a quatre ans, lorsqu'il était chez vous pendant
les vacances de Saint-Cyr.

— Oui, monsieur, oui... Pauvre garçon! comme elles vont
le trouver changé... Auriez-vous la bonté de prévenir ces demoiselles..., oh! je ne pense pas qu'elles riraient..., mais elles
pourront être étonnées de sa figure..., effrayées peut-être..., et
cela lui ferait de la peine s'il s'en apercevait...

— Soyez tranquille, mon ami; personne, chez moi, n'aura
d'autre idée que de chercher à lui faire oublier son malheur.
A revoir et merci d'avoir compté sur nous. »

Onésime, partit et M. de Robay s'en alla raconter à sa famille
ce qu'il y avait dans la lettre d'Édouard d'Hervieux. On s'apitoya
beaucoup sur le brillant officier devenu percepteur de campagne et mutilé; et chacun, jusqu'aux enfants qu'il avait fallu
mettre dans la confidence, puisqu'ils devaient le voir, promit
de faire de son mieux pour le consoler. Mme de Robay dut même
modérer l'ardeur de pitié des plus jeunes et leur expliquer que
trop de prévenances pourrait le blesser : les malheureux sont
facilement susceptibles.

Au jour dit, M. de Robay alla retrouver Onésime qui l'attendait à la gare, et tous deux se rendirent chez le blessé. Ce ne
fut pas sans peine qu'ils l'emmenèrent : d'Hervieux n'était pas

encore habitué à sa disgrâce et il eût voulu se cacher à toute
la terre. Peut-être aussi Onésime lui avait-il parlé plus d'une
fois des deux jolies cousines qui riaient si bien à ses dépens, et
craignait-il de les faire rire à son tour. Quoi qu'il en soit, M. de
Robay finit par l'emporter.

« Les voilà! dit Marguerite qui guettait derrière les vitres du
salon l'arrivée des voyageurs.

— Ne regarde pas, Marguerite, lui dit sa mère; tu auras
bien le temps de le voir... Ah! quel triste bruit! »

Ce bruit, c'était celui de la béquille et de la jambe de bois
sur les dalles du vestibule..., un bruit à vous
serrer le cœur.

Le trait le plus important de la figure, c'est
le nez, sans contredit; on n'a, pour s'en convaincre, qu'à se rappeler un visage où le nez
manque en tout ou en partie. Si le jeune officier
était défiguré à ne pas le reconnaître, ce n'était
pas à cause de la balafre qui lui traversait la
face, du sourcil droit au bas de l'oreille gauche; mais le coup de sabre qui l'avait ainsi
frappé lui avait en même temps brisé les os du
nez; il avait fallu en extraire plusieurs, et le
nez, aplati, constituait une difformité que ne pouvaient racheter
deux grands yeux gris au regard énergique et doux. Édouard
d'Hervieux était vraiment bien laid, et, après le premier coup
d'œil involontaire, les jeunes filles n'osèrent plus le regarder.

Mᵐᵉ de Robay fit de son mieux pour le mettre à son aise; mais
de quoi parler? personne n'avait envie de dire des banalités et
tout sujet pouvait devenir douloureux. On parla de Puymont,
de Belleville, des gens du pays, on rappela d'anciens souvenirs :
Marguerite, qui laissait souvent perdre de bonnes occasions de
se taire, parla des courses où Sylvie s'était donné une entorse
et où les deux amis l'avaient portée. « Je ne le ferais plus maintenant! » murmura tristement d'Hervieux. Mᵐᵉ de Robay jeta à sa
fille un regard de reproche; mais la glace était rompue, elle osa
parler ouvertement de ce qui était dans la pensée de tous. Et le
pauvre mutilé, encouragé, consolé, félicité même, sentit son
cœur s'épanouir. Il raconta ce qu'il avait vu au Tonkin : hélas!
il n'avait pas eu le temps de voir grand'chose. A peine arrivé, le

jour même où il expédiait sa lettre à Onésime, il était parti
pour une expédition contre les Pavillons-Noirs. Resté seul officier pour commander sa compagnie, il avait réussi à en retirer
les débris d'un guet-apens où son capitaine s'était laissé attirer.
« C'est encore heureux, ajoutait-il, que je n'aie été blessé qu'à
la fin du combat, quand nous étions presque tirés d'affaire ; mes
hommes avaient perdu la tête et ils se seraient laissé massacrer,
s'il n'y avait eu là aucun officier pour les commander. »

Ceux qui l'écoutaient ne purent s'empêcher de penser que
c'était là un bonheur relatif. Édouard continua son récit : un
coup de feu lui avait cassé la jambe, en même temps qu'un
coup de sabre lui coupait la figure ; il était tombé sans lâcher un
drapeau qu'il venait d'enlever aux ennemis, et il avait perdu
connaissance. Ses hommes n'avaient pas voulu l'abandonner, les
braves gens ! et il était revenu à lui dans une ambulance, entre
les mains des chirurgiens qui l'avaient guéri en l'arrangeant
comme on le voyait... On lui avait donné la croix pour le consoler et on l'avait mis à l'ordre du jour de l'armée... et à la
retraite en même temps : on ne peut pas être chasseur à pied
avec une jambe de bois. Son colonel, qui l'aimait beaucoup,
avait tout de suite écrit au ministre des finances, son parent,
pour lui obtenir une perception, et on lui avait donné celle de
Belleville. Le reste..., c'était de l'avenir, et un avenir qui ne
pouvait pas être bien gai... ; mais, dans son malheur, il était profondément reconnaissant de l'accueil qu'on lui faisait.

Onésime était certainement aussi reconnaissant que lui : il
n'en finissait plus, quand il fallut partir, de remercier et de
serrer les mains de tout le monde.

Les deux jeunes gens revinrent souvent : Onésime voulait
habituer son ami à la société, et il vint un jour où d'Hervieux
osa se risquer seul. Onésime lui avait fait cadeau d'un petit
cheval élevé et dressé par lui, et, avec un panier, il faisait vite
les quelques kilomètres qui séparaient Belleville de Bois-Fleuri.
A pied, il n'aurait pu en venir à bout. Il espérait marcher un peu
mieux quand il se serait fait faire une jambe mécanique ; mais
ce ne serait jamais sans une grande fatigue.

Édouard d'Hervieux était donc devenu l'hôte assidu de Bois-
Fleuri. Il n'était pas gai et ne causait guère, surtout quand il y
trouvait d'autres visiteurs ; car, s'il était apprivoisé, il ne pou-

vait pas être consolé. A vingt-cinq ans, on ne prend pas si vite son parti d'être infirme pour la vie. Mais il se trouvait bien là, dans un coin un peu sombre qu'il s'était choisi, et il aimait surtout les soirs où les deux jeunes filles chantaient, quoiqu'il n'osât jamais les en prier. Sylvie avait une belle voix de contralto et Henriette un soprano fin et vibrant comme du cristal : leurs duos charmaient toute la famille.

Cette année-là, on n'alla pas de bonne heure s'installer à la ville; les enfants avaient désiré célébrer les fêtes de Noël à la campagne, et inviter toutes leurs connaissances de Belleville et des environs à dépouiller un grand arbre de Noël. On passa tout le mois de décembre à le décorer, et chacun s'évertua à inventer des choses comiques ou amusantes. Édouard d'Hervieux confectionna une quantité de pantins chinois et tonkinois qui eurent un grand succès; mais il ne voulut pas venir à la fête : il ne pouvait se décider à se montrer.

Le jour de Noël arriva. Quel beau jour! quel ciel clair, quel soleil splendide! Les arbres du parc, tout revêtus de givre, brillaient comme s'ils eussent été poudrés de petits diamants. On avait dressé le sapin dans le grand salon mystérieusement clos; et les invités, à mesure qu'ils arrivaient, étaient introduits dans le petit salon et dans la salle à manger.

Quand l'assistance fut au complet, Paulette, une corbeille pendue au cou, convia les enfants à venir avec elle « pour la Noël des oiseaux ». On leur donna à tous des corbeilles remplies de grain qu'ils allèrent répandre dans la cour, et à peine étaient-ils rentrés dans la maison, que de toutes parts des nuées d'oiseaux affamés, cachés jusque-là on ne savait où, vinrent se jeter sur cette provende inespérée, à la grande joie des enfants qui les regardaient à travers les vitres, en prenant bien garde à ne pas remuer les rideaux. Mais les oiseaux ne se seraient pas enfuis pour si peu : la faim leur donnait du courage et ils picoraient avec ardeur, se disputant et se battant pour une miette de pain ou un grain de choix : moineaux et fauvettes, rouges-gorges, mésanges et pinsons piaillaient et sautillaient à qui mieux mieux.

Quand il ne resta plus rien à prendre, ils s'envolèrent; mais ils restèrent tous sur les toits et les arbres voisins, regardant d'un air de regret la cour si bien nettoyée et pépiant comme pour dire : «Est-ce que c'est tout? »

Les oiseaux pourvus, on ouvrit à deux battants la porte du salon, et le sapin apparut comme un bouquet d'étoiles, avec ses bougies allumées, ses noix dorées et ses fleurs de paillon brillant. On distribua les billets, on tira au sort les cadeaux accrochés à ses branches; puis un goûter friand fut servi, et enfin Mlle Cherbez se mit au piano et fit danser la jeunesse.

La fête aurait dû être très gaie pour tout le monde. En réalité, elle ne l'était que pour les enfants, qui s'amusaient sans arrière-pensée. Mais les parents avaient quelque chose de contraint et de soucieux; et, tout en redoublant d'amabilité avec les maîtres de la maison, ils semblaient faire un effort pénible. Si M. et Mme de Robay eussent été moins occupés d'amuser leurs hôtes, ils auraient pu s'étonner de certains apartés qu'on interrompait brusquement quand ils arrivaient, de certains airs consternés, de certaines mines discrètes, de certaines exclamations étouffées : « Est-il possible !... En êtes-vous bien sûr?... Voilà où mène le luxe !... Les créanciers n'en tireront pas cinq pour cent!... Est-il arrêté?... Oh! non, il est en fuite avec le magot; croyez-vous qu'on fasse ces choses-là sans en tirer un bon profit?... Voilà une famille déshonorée... Bah! ils iront le retrouver en Amérique ou ailleurs et il n'y paraîtra pas. Ce n'est pas eux qu'il faut plaindre, ce sont leurs victimes... Est-il vrai que M. de Robay eût toute sa fortune chez lui?... Ils n'ont pas l'air de s'en douter... Sûrement; on ne l'a su que ce matin à Puymont... Ils l'apprendront toujours assez tôt... »

La fête finit de bonne heure, malgré les protestations des enfants; les parents avaient tous quelque bonne raison pour s'en aller. Les uns avaient de la famille à dîner, les autres allaient en soirée, d'autres avaient laissé un malade à la maison, d'autres craignaient de fatiguer des enfants trop jeunes. Les uns après les autres, les invités s'en allaient, multipliant les poignées de main, les remerciements et les témoignages d'affection; et, dans leurs étreintes, dans leur physionomie et dans leurs paroles, il y avait quelque chose d'attristé qui rappelait vaguement les compliments de condoléance.

Aussi, Mme de Robay, sans savoir pourquoi, commençait à
éprouver un certain malaise. Elle ne voulut pas en parler à son
mari; mais, se trouvant près d'une fenêtre avec Jeanne, qui
regardait d'un air songeur les dernières lanternes des voitures
se perdre au loin, elle lui dit : « Mon Dieu! que se passe-t-il
donc? Ne trouvez-vous pas que c'est bien étrange, cette fuite?
Je ne peux m'empêcher d'être inquiète! » Jeanne chercha à la
rassurer; mais son ton et ses paroles manquaient de conviction :
on n'avait pas fait silence sur son passage comme sur celui de
Mme de Robay, et elle craignait d'avoir trop bien compris.

Elle l'attendait dans une église.

CHAPITRE XX

Triste attente, triste retour. — Une vraie femme. — Recherches vaines.
Mme Michon. — Un rayon de soleil. — Séparations.

Le lendemain, M. de Robay alla à Puymont ; et, tout en
réparant le désordre causé par l'arbre de Noël, Mme de Robay
le suivait par la pensée, pendant que les enfants riaient et rappelaient les divers incidents de la fête, regrettant qu'elle eût
fini si tôt. Son inquiétude ne l'avait pas quittée ; elle se demandait, anxieuse, ce qu'il faisait à la ville et s'il n'allait pas y
apprendre quelque malheur. Elle guetta son retour une bonne
demi-heure avant qu'il lui fût possible de revenir.

Enfin, une voiture roule ; Thérèse jette un regard à la pendule... Il est en avance ; elle ne l'aurait pas cru, le temps lui
a semblé si long ! La voiture s'arrête, il descend, il entre dans
le vestibule... ; son pas n'est-il pas plus lourd qu'à l'ordinaire ?
Elle se lève et va au-devant de lui... Comme il est pâle et défait !
Elle s'élance, lui saisit les deux mains : « Qu'as-t ?? qu'y a-t-il ? »
Et lui, essayant de sourire : « J'ai un peu de migraine..., ce ne
sera rien..., je te dirai tout ce soir... » Elle voudrait insister, le
questionner, mais Henriette et Sylvie sortent du salon en riant

au souvenir d'Onésime et de sa manière d'enlever les enfants au
bout de son bras pour leur faire souffler les bougies de l'arbre
de Noël; Mᵐᵉ de Robay se tait.

A table, M. de Robay ne peut manger : c'est la faute de la
migraine. Après dîner, il s'assied dans l'ombre, dans un coin
du salon. Thérèse n'ose s'approcher de lui, mais elle a le cœur
de plus en plus serré. Jeanne réfléchit, rapproche les mots
qu'elle a entendus çà et là pendant la fête de la veille... Elle
comprend bien maintenant; pourvu que le désastre ne soit pas
complet !

M. de Robay se retire de bonne heure ; le sommeil guérira sa
migraine. Sa femme le suit : elle pressent bien que le sommeil
n'y fera rien... Pauvre femme! quelle révélation! quelle nuit
passée à encourager, à consoler un malheureux qui se désole,
qui s'accuse d'avoir été imprudent, de ne pas s'être défié, de
ne pas avoir pris au sérieux, il y a quatre ans, les soupçons de
Mᵐᵉ Michon; d'avoir enfin perdu, par sa faute, le bien de ses
enfants... Elle le soutient, elle le relève, elle lui remontre que
bien d'autres ont été, comme lui, dupes de leur confiance; il
n'a rien à se reprocher. Et puis la situation n'est peut-être pas
aussi désespérée qu'on le croit; il se peut qu'on retire quelque
chose de la faillite Largeot. En tout cas, lorsque l'on a une
bonne santé et qu'on peut travailler, il n'y a pas de raison pour
perdre courage : « Nous nous y mettrons tous et tu verras! »
ajoute la vaillante femme en s'efforçant de sourire.

Il s'est endormi, un peu calmé par ses tendres paroles. Mais
elle ne dort pas, elle pense à l'avenir... « Mon Dieu! vous nous
aviez fait la vie trop douce, il fallait bien que le malheur vînt
frapper à notre porte... Pauvres enfants! comme leur vie va
être changée! les aînées sont en âge de se marier..., et mon
pauvre Raymond ! Ah!... c'est dur tout de même. »

Mais à quoi bon s'appesantir sur des regrets inutiles? cela
ne sert qu'à abattre le courage. Thérèse s'efforce de ramener
sa pensée vers des détails plus pratiques. « On ne pourra pas
garder Jeanne; pauvre fille, qui devait se considérer comme de
la famille! quel chagrin cela lui fera! et comme elle va nous
manquer! Pourvu qu'elle retrouve autre part le respect et l'affection qu'elle trouvait ici! Henriette et Sylvie pourront instruire
les petits... Il faudra quitter Bois-Fleuri, mon mari espère trou-

ver pour lui une place à la ville... Pauvre homme, il devra renoncer à ces travaux, à ces études qui lui plaisaient tant! »

Mme de Robay ne pensait pas à ce qu'elle perdait, elle! Pourtant, quitter Bois-Fleuri, où s'était passée sa vie heureuse, devait lui faire saigner le cœur... Elle s'interdit la pitié pour elle-même et se mit à chercher les réformes à faire, les économies à réaliser, entrant dans tous les détails de chauffage et de vêtement, de service et de nourriture... Ce serait bien difficile de vivre avec les seules ressources du domaine de Bois-Fleuri.

Quand le matin vint, Thérèse était calme et fixée sur ce qu'il y avait à faire. Elle s'habilla, éveilla son mari et déjeuna avec lui, étonnée de prendre encore du chocolat et des tartines; il lui semblait qu'elle n'avait plus droit qu'à du pain sec.

Ils partirent tous deux par le premier train : Mme de Robay ne voulait pas quitter son mari; elle sentait qu'il avait besoin d'être soutenu dans ce triste rôle de solliciteur qu'il faisait pour la première fois de sa vie.

A mesure que la journée avançait, le découragement croissait. Rien! rien! On était désolé, on prenait le plus vif intérêt à son malheur, on prenait note de son désir, on chercherait, mais on n'avait rien à lui offrir pour le moment. Et le malheureux sortait de chaque maison plus triste, pour retrouver sa femme qui l'attendait tout près dans une église ou sur un banc de promenade. « Rien encore! disait-il; des espérances..., des promesses... — Courage, répondait-elle; on ne pouvait pas s'attendre à réussir du premier coup. Tu finiras par trouver; si ce n'est pas ici, ce sera dans une autre ville. Tu ne manques pas d'amis influents, il faudra écrire ce soir. Nous serons bien partout où nous serons ensemble. »

Il lui serrait la main pour la remercier de ses bonnes paroles, et la quittait bientôt de nouveau, pour continuer ses recherches infructueuses.

L'heure avançait; il fallut aller reprendre le train. Mme de Robay, le cœur serré, se disait que, si son mari ne trouvait pas d'emploi, il lui faudrait vendre Bois-Fleuri et peut-être la vieille maison. Avec le revenu de la somme qu'on en tirerait, on vivrait sans doute; mais où et comment?

Ils approchaient de la gare; une voix connue les appela : « Hé! monsieur de Robay! madame! » Et une grosse femme, qui brandissait en l'air son parapluie pour attirer leur attention, accourut au-devant d'eux. C'était Mme Michon.

« Ah! dit-elle tout essoufflée, quand elle les eut joints, je savais bien que je finirais par vous trouver ici. Voilà trois heures d'horloge que je vous cherche dans toute la ville; mais elle est encore grande, la ville, et vous aurez passé d'un côté et moi de l'autre : on peut jouer à cache-cache longtemps de cette façon-là... Vous regardez l'horloge; vous avez encore quatorze minutes. J'arrive au fait : sans phrases, je sais ce qui vous arrive et j'en suis désolée... »

Mme de Robay fit un mouvement pour l'arrêter; mais son mari interrompit Mme Michon.

« Vous me l'aviez bien dit, n'est-ce pas, madame?

— Ce n'est pas cela que je voulais dire, reprit-elle; ce qui est fait est fait; il n'y a pas à chercher si l'on aurait pu faire autrement. Avant-hier, on parlait déjà de la fuite de M. Largeot et l'on disait qu'il avait laissé sa caisse vide. Hier, j'ai pris mes informations et j'ai su que c'était vrai. Vous direz que je suis bien curieuse : je n'ai pas de fonds, moi, chez ce banquier de malheur; mais je connais plusieurs personnes qui en avaient, et j'ai voulu savoir, pour leur être utile au besoin. Aujourd'hui, j'avais affaire chez M. Turlout, l'entrepreneur; pendant que j'y étais, on a parlé de vous, et j'ai appris que M. de Robay y était venu demander si l'on n'avait pas d'emploi à lui donner. Alors, je me suis dit : M. de Robay cherche une place, c'est bien, cela! Il faut s'entr'aider en ce monde, tâchons de l'aider à en trouver une bonne. Voyons, qu'est-ce qu'il peut faire? Il est savant...; ça, il ne faut pas le compter, ça ne rapporte rien... Il sait gérer des propriétés, les siennes sont en bon ordre; il connaît les affaires, la comptabilité; il a fait son droit quand il était jeune; il connaît les lois, il a donné de bons conseils à Onésime l'an dernier, quand nous avions un procès..., et je me suis mise à vous chercher une place, moi aussi! »

Mme Michon s'arrêta pour reprendre haleine. M. et Mme de Robay en profitèrent pour témoigner leur reconnaissance, tout en ne perdant pas de vue l'aiguille qui marchait sur le cadran. Ils ne voulaient pas manquer leur train, et ils ne comptaient guère sur les bonnes places dont pouvait disposer Mme Michon.

« Vous avez le temps, reprit-elle. Savez-vous ce que j'ai fait?

C'était Mme Michon.

Vous connaissez, de nom au moins, Grivel, le grand usinier de
la porte Dauphine, là-bas en dehors des anciens boulevards? ce
n'est pas bien loin de votre maison. C'est un ancien camarade
de feu Michon, un brave homme, très honnête, très actif, qui
a fait sa fortune en se donnant du mal et qui aime son usine
comme son enfant. Il est tombé en paralysie il y a trois mois :
adieu l'activité! Il se fait bien rouler dans une petite voiture
pour visiter tous les coins de l'usine ; mais il a beau faire, il ne
peut plus diriger et surveiller comme quand il était ingambe.
Il me disait encore l'autre semaine : « Ah! ma chère madame
Michon, si je trouvais un honnête homme qui serait en même
temps un homme de capacité, en qui je pourrais avoir confiance comme en moi-même pour mener les affaires, je le paye-
rais le prix qu'il voudrait, et la reconnaissance par-dessus le
marché! » Et il le pensait comme il le disait : il mourrait de
chagrin s'il voyait dégringoler son usine! Alors, moi, je suis
allée le trouver et je lui ai parlé de M. de Robay, qui ferait justement son affaire.

— Vous avez fait cela! s'écria Thérèse attendrie, en lui sai-
sissant la main.

— Oui bien! et il m'en a remerciée, encore! Alors, si vous
vouliez, — il faut battre le fer pendant qu'il est chaud, —
Mᵐᵉ de Robay s'en retournerait toute seule à Bois-Fleuri et
renverrait ce soir la voiture au train de dix heures pour prendre
M. de Robay. D'ici là, nous serons allés, lui et moi, chez M. Grivel, et nous aurons fait toutes nos petites conventions. Qu'en
pensez-vous? »

Il n'y avait pas à le demander. Les deux époux se séparèrent
sans plus de retard, car le train allait partir. Mᵐᵉ Michon coupa
court aux remerciements de M. de Robay pour courir après sa
femme en lui criant :

« Hé! madame! madame! si Onésime est là à m'attendre, ou
le garçon, voudrez-vous lui dire qu'il revienne, lui aussi, au
train de dix heures? Ça ne m'arrangerait guère de gagner le
Moulin-Vert à pied! »

Mᵐᵉ de Robay put montrer à ses enfants un visage un peu ras-
séréné ; et le soir, quand elle alla au-devant de son mari à Belleville, — elle n'avait pu trouver la patience de l'attendre chez
elle, — elle le trouva calme et courageux. L'avenir serait bien

12

différent du passé, sans doute; mais au moins le pain des enfants était assuré.

Le lendemain, il fallut leur faire les douloureuses révélations. C'était jour de sortie, et Raymond était là. On leur fit part des dispositions arrêtées : on allait s'établir définitivement à Puymont et tâcher de louer Bois-Fleuri, en se réservant seulement la ferme, qui donnait différentes denrées et un petit revenu; on se déferait des chevaux et des voitures, on renverrait tous les domestiques, car il faudrait se contenter d'une bonne à tout faire, et avec beaucoup d'économie on arriverait à nouer les deux bouts...

« Mon père, dit Raymond qui avait écouté d'un air sérieux, j'ai déjà trouvé une économie pour ce qui me concerne. Je vais m'engager dans le régiment qui vient d'arriver à Puymont; je continuerai tout de même à travailler pour Saint-Cyr, et je serai reçu quand je pourrai. Il y a beaucoup de jeunes gens qui entrent à Saint-Cyr par ce chemin-là. »

Mme de Robay se récria : il ne fallait pas que l'avenir de son fils fût compromis par leur malheur, et l'on ferait tous les sacrifices nécessaires pour qu'il continuât et achevât ses études au lycée. Mais Raymond tint bon et convainquit son père; il avait hâte de faire acte d'homme et d'être utile à sa famille. Mme de Robay dut céder : Raymond s'engagerait le jour de ses dix-huit ans, et il se hâta de travailler double en attendant. Ce qu'il apprendrait serait toujours autant de su pour son futur examen.

Les jours passèrent, apportant chacun son sacrifice. On fit le déménagement, plus complet que l'année précédente, hélas! et l'on dit adieu à la chère maison de Bois-Fleuri qu'on avait trouvé à louer avec un bail de dix ans. Les nouveaux habitants achetaient les chevaux et les voitures à un prix fort avantageux pour eux, et cela les engageait à garder Justin qui avait l'habitude de s'en occuper. Le jardinier restait aussi : il était attaché à son jardin, qu'il cultivait depuis vingt ans, presque autant qu'à ses maîtres. « Et d'ailleurs, disait-il à son ami Justin, il faut espérer que monsieur et madame nous reviendront un jour, il est bon que nous soyons là pour leur conserver tout en bon état. »

Victoire et la cuisinière se cherchèrent des places; elles ne voulaient point servir d'autres maîtres dans cette maison-là. La cuisinière employa ses derniers jours à donner des leçons à Louise, qui, pour ne pas quitter les enfants, avait supplié qu'on la gardât comme bonne à tout faire, et qui mettait le plus grand zèle à apprendre la cuisine pour que la famille ne trouvât pas un trop grand changement dans ses habitudes.

Sylvie s'assit près de lui.

CHAPITRE XXI

Lettre de Jeanne à Sylvie. — Entre l'oncle et la nièce. — Demande repoussée.
Demande accueillie.

« Vous vous plaignez, ma chérie, de n'avoir pas encore reçu de lettre de moi depuis que j'ai eu le chagrin de vous quitter. En arrivant ici, j'ai écrit à la hâte un mot à Mme de Robay, remettant à plus tard les détails sur la manière dont j'arrangerais ma vie. Et ces détails, ma Sylvie, c'est à vous que je viens les donner; vous allez comprendre pourquoi.

« Il faut que je vous dise d'abord que j'ai reçu ici un accueil à me faire pleurer d'attendrissement et de reconnaissance. Je ne parle pas de ma chère mère, il est tout simple qu'elle ait été heureuse de me revoir. Mais ses parents, leurs amis, une quantité d'aimables gens, avec qui j'avais fait connaissance aux vacances dernières, sont accourus dès qu'ils ont su mon arrivée : notre petit salon ne désemplissait pas. C'étaient des compliments, des témoignages d'amitié, des protestations!

« Vous voilà, vous n'allez plus nous quitter; nous ne savons plus que faire de nos filles depuis que la vieille maîtresse de pension qui nous a élevées est morte; vous allez fonder des cours et vous aurez vingt-cinq élèves pour commencer. » Cela souriait à ma mère, vous pensez! me garder auprès d'elle! Et moi... j'ai été trop heureuse chez vos excellents parents, je n'aurais pas pu me trouver bien ailleurs. Il a donc été décidé que je resterais. Mais voici bien une autre histoire! A brebis tondue, Dieu mesure le vent, ma Sylvie; je me contentais de ma part de bonheur, et celui auquel j'avais renoncé n'avait été que retardé... M. Lagardie, — je ne vous avais pas dit son nom dans le parc, ce soir où vous étiez si furieuse de la devise que vous avait appliquée Raymond, — M. Lagardie est arrivé un beau jour chez ma mère. Un grand-oncle, sur l'héritage duquel il ne comptait pas, venait de lui léguer une petite fortune, et sa première pensée avait été de revenir à nos anciens projets... Il ne s'attendait guère à me trouver là; il venait seulement prier ma mère de m'écrire pour lui et de m'envoyer une lettre de la sienne. Enfin, ma chérie, votre Jeanne se marie à trente ans passés; j'ai eu beau dire que j'étais vieille, ils se sont ligués à trois, lui, sa mère et la mienne, pour me prouver que j'avais encore devant moi de longues années à les rendre heureux — c'est ainsi qu'ils disent. — Nous vivrons tous ensemble... Je sais qu'il y aura des froissements : Mme Lagardie est un peu aigrie par ses chagrins, et, s'il lui arrive de ne pas me trouver parfaite, ma mère ne le prendra pas tranquillement; mais je ferai de mon mieux et j'ai confiance.

« Et vous, ma chérie, comment allez-vous, au physique et surtout au moral? Votre courte lettre m'a paru un peu triste, ce qui n'est pas étonnant, mais un peu amère aussi, ce qui me peine. Je voudrais vous consoler et vous conseiller; mais sur quels points au juste doivent porter consolations et conseils? Dites-le-moi longuement, minutieusement, comme si nous étions assises, la main dans la main, sur le petit canapé de ma chambre de Bois-Fleuri. Pauvre chère révoltée! m'en avez-vous confié là, de ces chagrins qu'il me suffisait de vous faire regarder en face pour les dissiper! A présent que vous en avez de réels, est-ce une raison pour les taire à votre amie?

« J'écris à Mme de Robay pour lui faire part de mon mariage; mais j'ai voulu vous l'annoncer à vous en particulier. A revoir, ma chère fille; je vous embrasse de toute mon amitié et j'attends une lettre, une longue lettre de vous.

« Votre JEANNE. »

Sylvie lut cette lettre dans sa petite chambre de Puymont, à la clarté douteuse d'un jour mourant de février; elle dut s'approcher de la fenêtre et soulever le rideau pour pouvoir l'achever. Quand elle eut fini, elle resta longtemps à rêver dans l'ombre. Chacun dans la maison s'étudiait à faire des économies, et Sylvie n'aurait pas allumé une bougie inutile.

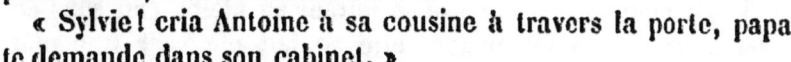

« Lui écrire, pensait-elle; et si elle me blâme, elle aussi? Pourtant, ce que je veux faire, elle l'a fait... On me dit que je peux agir autrement : ouvrir des cours, avec Henriette pour me seconder... Je ne peux pas m'y décider : ici, où l'hiver dernier notre vie était si différente...; non! je ne peux pas!... Non! je ferai n'importe quoi, mais pas ici...; ailleurs, où je ne serai pas connue, à la bonne heure... »

« Sylvie! cria Antoine à sa cousine à travers la porte, papa te demande dans son cabinet. »

Sylvie se leva; elle n'était pas fâchée de remettre au lendemain sa réponse à M{::lle} Cherbez. Elle descendit et alla trouver son oncle dans la chambre où il avait réuni ses chers livres, qu'il retrouvait avec joie le soir en rentrant de l'usine. Louise venait de lui allumer son feu, et il étendait devant la flamme ses mains transies en dépit de ses gants fourrés.

« Il fait terriblement froid ce soir, dit-il à sa nièce; il va geler dur cette nuit. Viens ici, petite, j'ai à te parler..., des choses excessivement sérieuses... »

Sylvie prit une chaise basse et s'assit près de lui, devant le feu. Il avait l'air presque gai et il prit tendrement les mains de la jeune fille. Elle fut contente de le voir ainsi; elle l'aimait, quoiqu'elle fût souvent en lutte avec lui, en ce moment plus que jamais. Les ressources de la famille étaient bien juste suffisantes, et, comme les petits grandissaient, Henriette et Sylvie désiraient travailler pour gagner au moins leur entretien. M. de Robay n'y voulait pas consentir; à force de représentations, il avait fini par céder et par accorder à Henriette la permission de donner quelques leçons de chant et de piano sans sortir de chez elle. Quant à Sylvie, c'était bien pis : elle n'était pas sa fille et il n'avait pas le droit de disposer d'elle et de profiter de son travail; ce n'était pas pour cela que sa mère la lui avait confiée; enfin, des raisons de délicatesse qui ne s'accordaient point avec la délicatesse de Sylvie. Celle-ci disait qu'elle ne voulait pas être à charge à son oncle, maintenant qu'il avait cessé d'être riche; elle voulait travailler et elle travaillerait; on n'avait pas le droit de s'y opposer. De guerre lasse, M. de Robay avait fini par admettre que sa nièce utilisât ses brevets et prît quelques élèves à la maison; avec le temps, cela pourrait former un petit cours. Mais Sylvie n'entendait point cela; des motifs d'orgueil, ou plutôt de vanité mal entendue, lui faisaient considérer comme une déchéance ce changement de rôle dans la ville où elle avait brillé. Elle voulait agir comme les gens qui se jettent en pleine eau sans être bien sûrs de savoir nager; elle voulait chercher une place d'institutrice dans une famille, et M. de Robay s'y opposait absolument : le matin même il y avait encore eu entre eux une explication orageuse.

« Voyons, petite, dit-il en caressant dans ses mains la main de Sylvie, dis-moi, je t'en prie..., que penses-tu de M. d'Hervieux?

— De M. d'Hervieux? répondit Sylvie étonnée. Mais j'en pense beaucoup de bien; pauvre garçon!

— Moi aussi, j'en pense beaucoup de bien : un brave, et un homme délicat, distingué, instruit; un caractère! Et tous les gens qui l'ont vu de près vantent sa bonté, son égalité d'humeur...; ce n'est pas un petit mérite, pour un homme que son malheur pourrait avoir aigri...

— Où mon oncle en veut-il venir avec l'éloge de M. d'Hervieux? se demanda Sylvie.

— Aussi, mon enfant, reprit M. de Robay, je serais très heureux de te voir accueillir sa requête... : il te demande en mariage... »

Sylvie bondit sur sa chaise : elle ne fut pas maîtresse de son premier mouvement, et, ne songeant qu'au visage défiguré qu'il lui semblait voir devant elle, elle s'écria :

« Quelle horreur! »

M. de Robay en demeura tout interdit.

« Tu seras toujours la même, ma pauvre Sylvie, reprit-il au bout d'un instant; tu t'emportes et tu ne considères jamais les choses de sang-froid. Voyons, pensés-y : si le lieutenant d'Hervieux, revenant du Tonkin avec la croix et sa belle conduite, sans balafre ni jambe de bois, fût venu demander ta main, qu'aurais-tu répondu?

— Je... je ne peux pas dire...; j'aurais demandé à faire connaissance... Mais c'est cette figure... Vous n'y pensez pas, mon oncle! avoir cette figure toute la vie devant soi!

— Je te comprendrais mieux si tu parlais de la jambe de bois : cela, c'est un inconvénient sérieux qui pourrait te faire hésiter; mais sa laideur! Il y a bien des femmes d'officiers dont les maris reviennent de la guerre dans un état pire que le sien : crois-tu qu'elles les prennent en grippe?

— Oh! ce serait bien mal! Mais je ne suis pas sa femme, moi! et je ne veux pas le devenir... Comprend-on qu'il ait pensé à se marier? À moins que ce ne soit par pitié..., et on le dira, bien sûr... On dira : « Une fille ruinée, c'est bien assez bon pour elle! » Et lui..., oui, lui aussi, il a dû se dire que je serais encore heureuse de l'épouser plutôt que de gagner ma vie... Sans cela, pourquoi ne m'a-t-il pas demandée plus tôt? Il n'aurait pas osé, sans doute? Et moi, je ne veux pas être prise par pitié! »

Sylvie s'était dressée debout en face de son oncle, et elle parlait avec véhémence, se tordant les mains, pleurant, dans un état à faire compassion à quelqu'un qui eût possédé moins de raison que de sensibilité. Mais M. de Robay n'aimait pas les exagérations et il était blasé sur les scènes de Sylvie; il ne s'attendrit donc point et commença, dès qu'il put reprendre la parole, à lui remontrer que cet étalage de grands sentiments n'avait pas le sens commun. Sa position était changée; il était bien forcé de l'avouer, à son grand regret, puisque ce malheur était arrivé par sa faute...

« Oh! mon oncle, pas un mot là-dessus! s'écria Sylvie.

— Si, mon enfant, il le faut. À la vérité, tu restes avec ce que tu as apporté chez moi...

— Je ne veux pas : votre argent est perdu, le mien doit l'être!

— Et la loi ? tu n'entends rien à la loi. Je te dois le revenu
de tes quinze mille francs jusqu'à ta majorité, et, à vingt et
un ans, je te devrai le capital. Tu ne veux pas qu'on me pour-
suive comme tuteur infidèle ? Mais je comptais faire davantage
pour toi et je ne peux plus... Enfin, on nous sait ruinés, et
M. d'Hervieux a pu, sans indélicatesse, penser que cela lui
donnait quelque chance d'être accepté. Tu feras bien d'y
réfléchir.

— Oh ! pour cela, jamais ! Vous pouvez bien lui répondre non
tout de suite.

— Je te laisse le temps de revenir à la raison, » dit M. de
Robay en se levant.

Paulette frappait à la porte en criant de sa voix claire :
« A table, papa ! à table, Sylvie ! »

Le dîner fut silencieux. Sylvie roulait dans son esprit des
pensées amères. Quelle humiliation ! ce débris d'homme, comme
il s'intitulait lui-même, lui faisait l'aumône du vivre et du couvert pour le reste de ses jours ; et son oncle, et sans doute sa
tante aussi, trouvaient la proposition fort acceptable !... Quelle
figure elle ferait en marchant à côté de lui, en robe blanche,
tout le long de l'église..., et ce bruit de jambe de bois:.. Il lui
semblait entendre les gens sur leur passage : « Pauvre fille,
c'est triste...; elle a été encore bien heureuse de le trouver...;
elle ne pouvait pas rester à la charge de son oncle, voyez-vous :
il a beaucoup d'enfants dont aucun n'est tiré d'affaire... » Et
Sylvie frémissait. Oh ! non, elle ne resterait à la charge de personne...; il faudrait bien maintenant qu'on la laissât partir ;
elle ne pouvait plus se retrouver en face d'Édouard d'Hervieux.

Pendant qu'elle songeait, M. et Mme de Robay échangeaient
à travers la table des regards interrogateurs. M. de Robay
haussait les épaules en regardant Sylvie et souriait d'un air
attendri en regardant Henriette, calme comme à l'ordinaire,
avec un degré de plus de sérénité satisfaite. Mme de Robay avait
dans la physionomie quelque chose d'allégé, d'éclairci comme
par un rayon d'espérance. Après dîner, M. de Robay s'assit
au coin du foyer et Henriette vint se placer tout près de lui ;
il l'attira tendrement dans ses bras et mit un baiser sur son
front en murmurant : « Ma bonne fille ! » Antoine et Paulette

s'amusaient avec Miska à l'autre bout du salon : ils voulaient lui apprendre à jouer aux dominos, sous prétexte qu'elle était de la race du fameux Munito, qui y était si habile. Sylvie et Mme de Robay travaillaient à des ouvrages d'aiguille. Marguerite, qui n'aimait pas le silence, tâtait différents sujets de conversation.

« N'as-tu pas reçu une lettre de Mademoiselle, dis, Sylvie? demanda-t-elle à sa cousine. Est-elle contente? se porte-t-elle bien?

— Très bien ! répondit laconiquement Sylvie.

— J'en ai reçu une aussi, dit Mme de Robay; j'oubliais de vous faire part de la grande nouvelle. Notre chère Jeanne se marie ! T'en parle-t-elle, Sylvie?

— Oui, ma tante.

— Et tu n'en disais rien ! tu es trop discrète, en vérité ! Il va falloir travailler à lui faire un joli cadeau, mesdemoiselles ! Elle me donne tous les détails : sa mère et sa belle-mère vivront avec elle; ce serait inquiétant pour toute autre, mais Jeanne sait si bien faire régner la paix autour d'elle ! Je suis sûre qu'elle sera heureuse, comme elle rendra les autres heureux; cela se tient toujours, d'ailleurs. »

Sylvie prit cette réflexion de sa tante pour une observation critique la concernant personnellement, et cela ne contribua pas à lui détendre les nerfs. On continua à parler du mariage de Jeanne; on discuta l'ouvrage qu'on pourrait faire pour elle, et, en attendant, on convint de lui envoyer, dès le lendemain, les félicitations de toute la famille.

A neuf heures, Henriette et Sylvie montèrent pour coucher les enfants; c'étaient elles qui s'occupaient de ce soin et non plus Louise, qui avait assez à faire à la cuisine. Ordinairement elles redescendaient, lorsqu'elles leur avaient éteint les lumières, pour achever la soirée avec M. et Mme de Robay; mais ce soir-là Henriette, en sortant de la chambre qu'elle partageait avec ses petites sœurs, passa son bras sous celui de sa cousine.

« Allons chez toi, lui dit-elle, j'ai quelque chose à te raconter... Oh! qu'il fait bon dans ta chambre ! »

C'était vrai; la chambre de Sylvie, qui n'était pas grande, avait cet avantage de se trouver au-dessus de la cuisine; le tuyau de cheminée passait dans le mur et adoucissait beaucoup la température.

« Tu pourras bientôt t'y installer, répondit Sylvie, je ne tarderai pas à m'en aller. »

Le visage d'Henriette s'épanouit.

« Ah! reprit-elle, tu as dit oui! Je te félicite; tu seras bientôt habituée à ses infirmités, et il est si bon! il a tant d'esprit!

— Tu sais donc?... repartit vivement Sylvie; et tu as pu croire que j'accepterais? pour qui me prends-tu?

— Mais... tu m'étonnes... Telle que je te connais, je pensais que tu serais tentée par ce rôle, un beau rôle pour une femme de cœur, de le consoler de tout ce qu'il a perdu. Tu ne veux pas? »

Sylvie n'avait pas envisagé les choses à ce point de vue; elle fut frappée de la réflexion de sa cousine et se sentit ébranlée dans sa résolution. Mais ce qu'on dirait! non, elle ne pouvait admettre d'être un objet de pitié. Et puis je ne sais quelles fumées d'indépendance lui montaient à la tête. Elle savait, à n'en pas douter, qu'elle ne retrouverait pas au dehors la douceur du nid où elle avait été si tendrement accueillie; mais, n'importe, elle n'était pas fâchée de voler de ses propres ailes. Elle répondit sèchement à Henriette :

« Non, je ne veux pas. On aura beau dire que c'est bien assez bon pour moi, j'aime mieux gagner ma vie que de la devoir à quelqu'un qui m'épouserait par pitié... et parce qu'il n'en trouverait pas une autre!

— Oh! Sylvie! comme tu prends les choses! A présent, je ne sais plus comment t'annoncer mon mariage à moi!

— Tu te maries? Avec qui? Je ne vois pas d'autre éclopé dans notre entourage.

— Avec M. Onésime Michon. »

Sylvie se redressa et resta un moment bouche béante à regarder sa cousine; puis elle partit d'un grand éclat de rire.

« Admirable! s'écria-t-elle, c'est tout à fait réussi; j'ai failli m'y laisser prendre. Un vrai poisson d'avril transporté en février. Tu es facétieuse ce soir, ma chère!

— Mais je ne plaisante pas du tout. Mme Michon est venue aujourd'hui trouver papa dans son bureau, à l'usine, et elle m'a demandée pour Onésime en même temps que toi pour son ami.

— Onésime dont nous avons tant ri! Et ce nom! ce nom qui suffisait pour l'empêcher de trouver une femme! c'est toi-même qui l'as dit. Il ne se gêne pas, le meunier, de demander Mlle de Robay...

— Mme Michon a bien dit qu'il n'aurait jamais osé le faire si... si les choses n'avaient pas tant changé depuis deux mois.

— Comme c'est délicat! Et tu reçois ce coup de pied de l'âne en disant : « Grand merci! »

— Elle n'a pas de mauvaises intentions, j'en suis sûre; et puis ce qu'elle dit là n'est pas du nouveau : bien d'autres le pensent qui ne viendront pas nous tendre la main. Je trouve que je leur dois de la reconnaissance, à elle et son fils. Papa m'a engagée à accepter; il connaît bien Onésime, il loue beaucoup son cœur, son intelligence, son instruction; il manque de formes et il est maladroit, ce n'est pas un crime; papa dit qu'il peut gagner beaucoup sous ce rapport et que cela dépendra de moi. Je ferai de mon mieux; mais je n'irai pas le blesser sans cesse en lui donnant des leçons de savoir-vivre; je le prends tel qu'il est, avec ses qualités et ses défauts.

— Mais qu'est-ce qui t'y oblige? Tu as donc grand'peur de donner des leçons de musique?

—Oh! Sylvie! tu fais tout ce que tu peux pour être blessante! c'est mal.

— Non, ma pauvre chérie, je plaisante pour ne pas pleurer, voilà! Toi, ma belle Chatte blanche, si délicate, si distinguée, toi meunière! toi la compagne de Mme Michon! vouée aux robes gris clair parce que la farine n'y paraît pas! Sais-tu qu'on fait le pain, au Moulin-Vert? te vois-tu pétrissant la pâte?

— Je ferai tout ce qu'il faudra; en changeant de condition, on trouve de nouveaux devoirs, je le sais bien!

— Toi la flâneuse, qui aimes tant à lustrer ta fourrure au soleil, pauvre chère Minette! plus de loisirs! Elle est terrible pour l'oisiveté, ta belle-mère : elle te fera travailler pour son magasin avec ses servantes!

— Eh bien, je travaillerai!

— Mais de quelle pâte es-tu donc faite? s'écria Sylvie exaspérée. Après tout, vous n'êtes pas réduits à la misère : qui te force à ce mariage? »

Henriette prit un air sérieux.

« Personne ne m'y force, Sylvie; maman m'a même engagée à bien réfléchir. Mais je n'ai pas eu besoin de longues réflexions. Demain matin, quand papa partira pour l'usine, je lui donnerai ma réponse, et ce sera oui. Vois-tu, nous ne sommes pas réduits à la misère, certainement; mais les enfants grandissent, papa n'est plus jeune, et ce travail régulier, auquel il n'est pas habitué, l'usera vite. En hiver, la vie est supportable ici; mais, quand le printemps viendra, comme ils souffriront tous d'être enfermés, et comme la campagne leur manquera! Je pourrai leur offrir un gîte chez moi : Mme Michon l'a dit, et elle n'est pas femme à se dédire; c'est de la santé pour eux tous, c'est peut-être quelques années de vie de plus pour mes parents. C'est une sécurité pour eux de me savoir à l'abri des événements et en situation de prendre soin des petits au besoin. Je ne pouvais donc pas hésiter. Je me suis bien moquée des manières de Mme Michon et de son fils; j'ai eu tort. Ils doivent le savoir, car ces choses-là reviennent toujours aux gens qu'on a raillés; cela prouve leur bonté, de ne pas m'en vouloir. Ne me plains pas; je les estime beaucoup tous les deux, et je suis bien décidée à détourner les yeux de leurs petits défauts pour ne considérer que leurs qualités; je suis donc bien sûre de m'attacher à eux et de n'être pas malheureuse dans leur société. Bonsoir, Sylvie; réfléchis à ton tour et ne te hâte pas de répondre. Si Jeanne était là, je suis sûre qu'elle te donnerait un bon conseil.

— Jeanne n'y pourrait rien; elle ne pourrait changer ni les choses, ni mon caractère... J'espère que tu seras heureuse; mais je ne suis pas aussi philosophe que toi. Il y aurait trop d'épines dans ma vie, et je n'en prendrais pas mon parti aussi tranquillement! »

Elle trouva un excellent piano à queue.

CHAPITRE XXII

Où Henriette entre en ménage. — Raymond pioche. — Mariage de Jeanne. — Où Sylvie s'arme de nouveau en guerre. — Histoire de la marquise de Cinchonas.

Le mariage d'Henriette se fit au bout d'un mois, pendant lequel Onésime remplit de bouquets blancs la maison de sa fiancée. Outre les bouquets, il apportait toujours quelque nouveau bijou; Henriette fut obligée de modérer son ardeur, car il aurait voulu parer toute la famille. Elle le força un jour à remporter une bague ornée de topazes, qu'il voulait donner à Marguerite, âgée d'un peu moins de quatorze ans. Il remit l'écrin dans sa poche en soupirant, et dit : « C'est vrai, je ne fais que des sottises, je ne connais pas ce qui vous convient; je vous traite comme Coralie, qui se couvre de dorure de la tête aux pieds, et je devrais me rappeler que Mme de Robay ne porte presque pas de bijoux, ni vous non plus. Excusez-moi; je n'apporterai plus rien. Quand vous serez la dame du Moulin-Vert, vous achèterez tout ce qui vous plaira. »

Il tint parole, et laissa Henriette se marier en toilette très simple, dans la vieille église de Belleville. Mais elle trouva sur la cheminée de sa chambre — une chambre très simple aussi,

garnie de cretonne bleu pâle, à bouquets de roses — un porte-
feuille dont le contenu représentait la valeur de tous les bijoux
qu'elle avait refusés ; et, dans le salon, un excellent piano à
queue tenait compagnie au vieux piano de Coralie. Onésime,
plus empêtré que jamais dans son habit de noce, jeta un regard
piteux à l'acajou luisant de son mobilier et dit à Henriette :
« Tout cela me semble bien laid auprès de ce que vous aviez
chez vous ; mais vous changerez tout ce que vous voudrez. »
Henriette assura qu'elle trouvait tout très bien ; elle ne voulait
pas commencer par critiquer un salon entretenu avec tant
d'amour par sa belle-mère. Mais elle vit avec plaisir qu'Onésime était éducable sous le rapport du goût, et cela la consola
d'avoir eu parmi les quêteuses sa belle-sœur parée de toutes les
couleurs de l'arc-en-ciel.

Le sort d'Henriette était fixé. Raymond attendait ses dix-huit
ans pour s'engager ; mais Onésime lui persuada de n'en rien
faire. « Travaillez dur jusqu'à l'examen, et passez-le, lui dit-il ;
si vous êtes reçu, ce sera du temps de gagné ; si vous ne l'êtes
pas, cela ne fera que quelques mois de retard. » Raymond suivit son conseil et travailla, à en inquiéter sa mère qui s'effrayait de le voir si pâle et si maigre ; mais Onésime la rassurait
et promettait de le remettre en bon état au Moulin-Vert, une
fois l'examen passé. Disons tout de suite qu'il le passa d'une
façon suffisante pour entrer à Saint-Cyr à la fin de l'année ; il
n'était pas dans les premiers, mais l'important était d'être reçu :
il se chargeait de remonter une fois à l'École.

Le mariage de Jeanne eut lieu quinze jours après celui d'Henriette ; toute la famille de Robay aurait bien voulu y assister,
mais on ne pouvait songer à faire cette dépense, et M. de Robay
ne pouvait non plus demander sitôt un congé à M. Grivel. Jeanne
ne fut pourtant pas privée de tous ses amis ; Onésime proposa
à Henriette d'aller lui faire la surprise de chanter à sa messe de
mariage. On peut juger de la joie attendrie de Jeanne en entendant s'élever de la tribune l'Ave Maria qu'elle avait si souvent
accompagné à son élève dans le salon de Bois-Fleuri.

Les voyageurs revinrent enchantés de leur expédition. M. Lagardie leur plaisait beaucoup ; sa mère était bien un peu dolente
et plaintive, mais elle paraissait aimer Jeanne, et puis Jeanne
avait un si bon caractère ! elle s'entendait toujours avec tout le

Henriette lui fit la surprise de chanter.

13

monde. Elle avait conté à Henriette leurs arrangements de
ménage. M. Lagardie avait quitté l'avoué chez qui il travaillait
pour acheter la charge de greffier du tribunal de Pont-le-Moine,
une petite ville très pittoresque, dans un pays charmant, au
milieu de prairies coupées de bouquets de bois et de vergers, et
arrosées par une jolie rivière. La vie y était bonne; on aurait
une maison, un jardin, des fruits, des fleurs, on vivrait à bon
marché, en bon air. Mme Cherbez était aux anges; Mme Lagardie
trouvait bien la ville un peu petite et craignait de s'ennuyer,
mais on lui ferait sa partie le soir, et l'on aurait bientôt quelques
relations qui l'occuperaient dans la journée. Enfin Jeanne était
heureuse et confiante dans l'avenir.

Et Sylvie? Elle fut un peu touchée quand son oncle lui dit que
M. d'Hervieux, en apprenant son refus, avait soupiré en murmurant tristement : « Je m'y attendais : quand on est fait
comme je le suis à présent! » Mais elle ne revint pas sur sa
décision : ses raisons n'étaient-elles pas toujours les mêmes et
aussi bonnes? pensait-elle. Il y eut une accalmie dans la maison,
pendant les préparatifs du mariage d'Henriette; mais, aussitôt
après, Sylvie recommença à parler de chercher une place d'institutrice. Ni les prières, ni les représentations d'Henriette, ni
les lettres de Jeanne, qu'on avait appelée à la rescousse, n'eurent raison de son obstination. Son oncle et sa tante, tout en
cherchant à la retenir, en étaient presque venus à désirer son
départ. « Avec cette figure de porte de prison qu'elle fait quand
elle vient se mettre à table, marmottait Louise en maniant ses
casseroles, elle ôte à tout le monde l'envie de manger. » Et
Louise aimait à remporter des plats vides : cela lui prouvait
qu'on avait trouvé sa cuisine bonne et flattait son amour-propre
de cuisinière novice.

Cette mine de « porte de prison » s'éclaircit tout à coup, le
jour où M. de Robay lui déclara qu'en principe il consentait à
ce qu'elle désirait, mais qu'il se réservait le droit de choisir la
famille dans laquelle elle entrerait, et qu'il n'accorderait son
autorisation que sous certaines conditions. Ces conditions, on
pouvait tarder beaucoup à les rencontrer, et M. de Robay
espérait peut-être qu'avant qu'on les trouvât, Sylvie aurait
changé d'avis. Mais elle ne lui supposa pas cette arrière-pensée,
et pour le moment elle se contenta de l'espérance.

Elle redevint la Sylvie des meilleurs jours, gaie, active, remuante, jouant avec les enfants, enseignant des tours à Miska, chantant à son oncle ses airs préférés et se multipliant pour raccommoder le linge et ranger tout dans la maison, afin que sa tante n'eût plus rien à faire quand elle serait partie. Sa manière de se reposer, c'était de repasser les commencements de la grammaire et de l'arithmétique, en vue de ses élèves à venir; ou bien elle inventait des méthodes, qu'elle expérimentait sur Paulette. — Antoine allait maintenant au lycée, et Marguerite se refusait aux essais et déclarait s'en tenir à ses cours. — De temps en temps elle demandait à son oncle d'un ton câlin : « Mon petit oncle, avez-vous trouvé quelque chose pour moi? »

M. de Robay lui offrait alors une famille anglaise : douze enfants, à qui il fallait servir à la fois de bonne et d'institutrice; ou bien une seule élève, capricieuse et colère, auprès de qui personne n'avait jamais pu rester plus d'un mois; ou bien une famille hollandaise qui partait pour le pays des Zoulous : tout cela ne faisait pas son affaire.

Enfin Mme Michon, qui après tout ne voyait aucun mal à ce qu'une jeune fille gagnât honnêtement sa vie plutôt que de rester à la charge d'autrui, lui trouva une place convenable. Mme la marquise de Cinchonas, jadis une des grandes propriétaires du pays, avait été autrefois en relations d'affaires avec défunt M. Michon, à qui elle vendait régulièrement son blé. Dans ce temps-là, elle était déjà veuve et gâtait à plaisir son fils unique, dont elle contentait toutes les fantaisies. Il eut celle d'aller passer un hiver à Paris, dès qu'il fut majeur, et il y mangea la plus grosse partie de l'héritage paternel. L'hiver suivant, il y retourna et acheva de perdre le reste; il se laissait gruger par ses amis de rencontre, et la faiblesse de son caractère le mettait à la merci du premier venu.

Mme de Cinchonas, effrayée, se hâta de le marier avec une héritière jeune, jolie et bien élevée — il s'en trouve beaucoup de par le monde à qui le titre de marquise fait oublier de considérer la qualité du mari. — Le jeune homme se laissa faire : il cédait aussi bien à une bonne impulsion qu'à une mauvaise; et pendant sept ans la marquise put s'applaudir de son œuvre. Son fils restait près d'elle, se laissant vivre, montant à cheval, chas-

sant, voisinant, promenant sa femme et jouant avec ses enfants
— il leur en était venu trois — et il se trouvait fort heureux de
cette existence de coq en pâte. Mais, au bout de sept années
paisibles, il dut aller à Paris pour affaires : il y retrouva les
relations de sa jeunesse. Sa mère et sa femme commençaient à
s'étonner de la longueur de son absence, lorsqu'elles reçurent
un télégramme qui les mandait en toute hâte : M. de Cinchonas, atteint par la fièvre typhoïde qui sévissait cruellement en
ce moment-là, était à toute extrémité.

Elles partirent : le mal était sans remède, et les deux pauvres
femmes n'arrivèrent que pour recevoir les adieux du marquis.
Elles ramenèrent son corps ; mais à peine l'avaient-elles couché
sous les dalles de la chapelle du château, que la jeune marquise, qui s'était déjà sentie souffrante pendant le voyage, dut
prendre le lit à son tour. Elle avait gagné la terrible maladie,
et en une seule semaine Mme de Cinchonas fut chargée de pro-
téger et d'élever trois orphelins.

Quand, un peu revenue de son accablement, elle fit appel à
son courage pour s'occuper des intérêts de ses petits-enfants,
une nouvelle et douloureuse surprise lui était réservée. Son fils,
pendant son dernier séjour à Paris, avait largement entamé la
fortune de sa femme, l'héritage de ses enfants..., le conseil de
famille en demanderait compte à sa mémoire... Elle ne voulut
pas que, même mort, il fût blâmé et flétri du titre de dissipa-
teur ; elle combla la brèche faite à la dot de sa bru aux dépens de
son propre bien. Cela fait, elle diminua son train de maison, ne
regardant à aucune privation personnelle pour faire des économies : son idée fixe était de reconstituer pour ses petits-enfants
la fortune que leur père avait gaspillée.

Mais comment faire ? Son orgueil ne lui permettait pas, non
plus, des réformes radicales qui eussent été un aveu de misère
et dont le public eût cherché la cause ; il fallait que la marquise
de Cinchonas gardât ses chevaux et ses voitures, fît les mêmes
charités que par le passé, entretînt le château et ses dépen-
dances. Son deuil et l'éducation de ses petits-enfants lui fournissaient un prétexte suffisant pour se retirer du monde jusqu'au moment où il faudrait les y présenter ; mais les économies
qu'elle réaliserait de la sorte n'atteindraient jamais à la somme
qu'elle voulait amasser. Elle songeait à quitter son château, à

s'en aller vivre à bon marché dans quelque endroit retiré ; mais sous quel prétexte ?

La Providence le lui fournit. Il y avait à peu près un an qu'elle avait perdu son fils, lorsqu'elle reçut une lettre d'une tante, la vieille comtesse de Fréjaques, qui demeurait en Belgique et avec qui elle n'entretenait depuis de longues années d'autres relations qu'une correspondance très rare.

« Ma chère nièce, disait Mᵐᵉ de Fréjaques, voilà bien longtemps que nous ne nous sommes vues, mais j'ai gardé de vous le souvenir d'une femme d'esprit, de conversation charmante et de la société la plus agréable. Cela entre pour quelque chose dans la proposition que j'ai à vous faire. De plus, j'ai perdu mes héritiers directs, et je ne me soucie pas d'enrichir des parents éloignés du feu comte de Fréjaques. Je me cherche donc des héritiers, et j'ai pensé à vous, c'est-à-dire à vos petits-enfants, car j'ai encore bonne poitrine, bonne tête et bon estomac, et il n'y a pas assez d'années entre nous pour que vous deviez, selon les probabilités, jouir bien longtemps de mon héritage. Mais, que ce soit ce que Dieu voudra, j'aime mieux le laisser à vous qu'à d'autres, et je serai bien aise que cela passe après vous à vos petits-enfants, qui sont de bonne race. Seulement, je veux avoir le bénéfice de mes dons, passer mes dernières années en agréable société, et voir grandir mes héritiers, au lieu de vieillir entre des étrangers et des domestiques. Vous êtes bien seule à présent, et Cinchonas ne vous offre que de tristes souvenirs ; quittez-le et venez vous établir à Fréjaques. Nous nous tiendrons mutuellement compagnie. Répondez-moi vite pour que je fasse préparer votre appartement.

« P.-S.—Il me semble me rappeler que, de vos petits-enfants, c'est la fille qui est l'aînée, et que les garçons n'ont besoin pour le moment que d'apprendre à lire. Il nous faut une institutrice pour les élever, et nos Belges prononcent très mal le français. Amenez donc une Française : vous trouverez facilement cela. L'important n'est pas qu'elle soit savante : je ne tiens pas à faire un bas-bleu de mon héritière, et les garçons auront par la suite un précepteur ; mais qu'elle soit de bonne famille, et que nous ne soyons pas obligées de lui apprendre à vivre. »

Mᵐᵉ de Cinchonas ne réfléchit pas longtemps. Elle avait un peu perdu sa tante de vue ; elle se rappelait une femme très brillante, très spirituelle, pleine de verve et renommée pour le charme de sa conversation ; ce serait peut-être un peu fatigant pour elle qui n'avait pas assez pris son parti de ses malheurs pour pouvoir être bien gaie ; mais l'âge avait dû apaiser un peu la vivacité de la comtesse : à soixante-dix ans, on doit commencer à faire connaissance avec le calme. Et puis, cette fortune inespérée pour ses petits-enfants ! Elle accepta, fit ses préparatifs de départ, et se mit à rechercher l'institutrice qu'elle devait emmener. Mme Michon entendit parler de ses recherches et songea à Sylvie. Elle mit en rapport Mme de Cinchonas et la famille de Robay, et, trois mois après le mariage d'Henriette, la jeune fille partait pour la Belgique, comme institutrice des trois enfants.

C'est un beau château.

CHAPITRE XXIII

Le nouveau séjour de Sylvie. — Gare à Solange! — La petite Odile. — A table.
Entrée en scène de la comtesse de Fréjaques.

Le château de Fréjaques est situé à quelques lieues d'Anvers, entre le chemin de fer et le canal de la Campine. C'est un beau château, d'aspect sévère, entouré de jardins dessinés dans le goût du parc de Versailles.  L'art, les soins minutieux, prodigués à grands frais, ont fait de ce petit coin de terre une oasis de verdure, dont la fraîcheur et la végétation luxuriante excitent d'autant plus l'admiration que le pays d'alentour est plus pauvre et plus nu. On dirait que ces nouveaux jardins d'Armide ont été une gageure des comtes de Fréjaques d'il y a deux cents ans, qui ont mis leur amour-propre à triompher du terrain ingrat au milieu duquel le château était bâti. Cette oasis n'est pas d'ailleurs d'une grande étendue, et des étages supérieurs du château le regard s'étend sur les mornes plaines de bruyères entrecoupées des flaques d'eau grise de marais et d'étangs, qui brillent sous le

pâle soleil comme des miroirs de plomb. Une double ligne de
roseaux, sans cesse couchés puis redressés par le vent, marque
au loin le canal, où se succèdent les bateaux plats qui portent
les produits du pays à la grande ville. Là se rend aussi la
locomotive qu'on aperçoit de l'autre côté, secouant sur l'horizon son panache de fumée et déchirant l'air de son sifflement

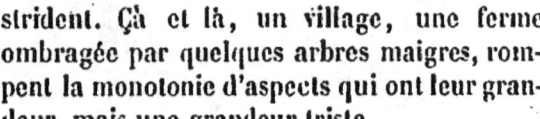

strident. Çà et là, un village, une ferme
ombragée par quelques arbres maigres, rom-
pent la monotonie d'aspects qui ont leur grandeur, mais une grandeur triste.

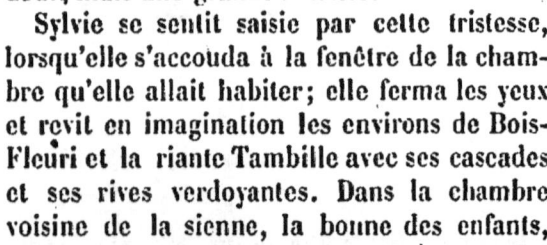

    Sylvie se sentit saisie par cette tristesse,
lorsqu'elle s'accouda à la fenêtre de la chambre qu'elle allait habiter; elle ferma les yeux
et revit en imagination les environs de Bois-
Fleuri et la riante Tambille avec ses cascades
et ses rives verdoyantes. Dans la chambre
voisine de la sienne, la bonne des enfants,
une veuve berrichonne qui avait été la nourrice de l'aîné des
garçons et qui le gâtait affreusement, vidait leurs malles, en
leur faisant part de ses observations critiques sur la Belgique
et ses habitants : Sylvie trouva qu'elle n'y mettait pas toute la
discrétion désirable.

    « Elle me fera de belle besogne, se dit-elle, si elle met ces
idées-là dans la tête des enfants! Mme de Fréjaques ne sera peut-
être pas contente du tout, si ces petits viennent lui dire qu'elle
demeure dans un vilain pays, que ses domestiques ne parlent
pas comme des chrétiens, et que son château n'est pas si beau
que celui de leur grand'mère! »

    Elle entr'ouvrit la porte et appela :

    « Solange!

    — Mademoiselle? » répondit Solange. Le ton de Solange
était poli, certainement, mais il y perçait pourtant une certaine amertume. Les enfants, jusque-là, avaient été laissés
absolument sous sa gouverne, et elle n'était pas très bien disposée pour cette étrangère qui venait les lui enlever, ou du
moins en partager la direction avec elle.

    « Solange, je vous en prie, ne dites pas aux enfants du mal
des choses ni des gens d'ici : songez donc, si cela revenait à
leur tante! »

Solange fit un mouvement de tête qui pouvait être considéré comme un acquiescement; mais elle marmotta en se retournant : « Ils n'iront pas le lui dire, bien sûr, les chérubins : c'est donc elle qui rapporterait, cette belle demoiselle? »

Sylvie ne l'entendit pas, mais elle comprit à la physionomie de Solange et elle avait déjà eu l'occasion de le pressentir, que la bonne des enfants n'était pas absolument pénétrée de bienveillance à son égard. En pareil cas, Jeanne avait trouvé moyen, sans rien sacrifier de sa dignité, de triompher de l'hostilité de Louise; mais Sylvie ne ressemblait pas à Jeanne. La mine de Solange lui fut désagréable, et elle se rebiffa intérieurement. « Je serais bien bonne, pensa-t-elle, de me préoccuper de l'opinion d'une domestique! Qu'elle débarbouille les enfants, à la bonne heure; mais c'est à moi seule qu'ils devront obéir. »

Et, rassurée par cette exposition de principes, Sylvie se mit aussi à défaire sa malle et à ranger ses vêtements dans les armoires. Elle était fort bien logée, Sylvie : une chambre garnie de meubles style Louis XIV, avec un grand lit placé la tête au mur, de grands fauteuils où disparaissait sa personne menue, et des tabourets pareils à ceux où s'asseyaient les duchesses. Au chevet du lit, une petite porte donnait dans un cabinet de toilette très commode, et une grande glace placée entre les deux fenêtres lui permettait de se voir de la tête aux pieds. Près de sa chambre se trouvait celle de son élève principale, Odile de Cinchonas, suivie d'une chambre plus grande, où Lazare et Jean coucheraient sous la surveillance de Solange, jusqu'à ce qu'ils fussent en âge d'être confiés à un précepteur. Mais il se passerait du temps d'ici là : l'aîné des deux frères avait à peine cinq ans, et le second n'en avait pas encore quatre.

Tout en mettant de l'ordre dans ses tiroirs, Sylvie cherchait à en mettre dans sa tête. C'était la veille, au matin, qu'elle avait quitté Puymont; son oncle, sa tante, les enfants, étaient venus la conduire à la gare : ils avaient tous pleuré en l'embrassant; sa tante lui avait murmuré à l'oreille : « Veux-tu rester? » et les derniers mots de M. de Robay avaient été : « Au moins, si tu ne te trouves pas bien, écris-le tout de suite, et j'irai te chercher! » Miska elle-même n'en finissait pas de sauter après elle et de lui lécher les mains : on eût dit qu'elle comprenait;

pauvre bête! Le train était parti, que ses gémissements arrivaient encore à l'oreille de Sylvie!...

Comme les environs de Puymont lui avaient paru beaux aux rayons du soleil levant! A la gare de Belleville, nouveaux adieux : Onésime et Henriette étaient là. Et, au moment où le train s'ébranlait, Henriette, restée sur le quai, lui avait jeté un petit paquet sur les genoux, en lui disant : « Un petit souvenir de mon ouvrage! » Dans le paquet, au fond d'une jolie ménagère brodée, il y avait plusieurs pièces d'or enveloppées d'un papier sur lequel Henriette avait écrit : « Mes petites économies, que je te prie d'accepter, pour payer ton retour quand tu voudras revenir vers nous. » En y pensant, Sylvie sentait son orgueil se révolter : une aumône! Mais au moment où elle avait lu les lignes tracées par Henriette, elle n'avait pas songé à se formaliser, elle n'avait pas pris cela pour une aumône : oh non! et elle avait mis la tête à la portière, pour cacher à la vieille femme de chambre de Mᵐᵉ de Cinchonas, qui était venue la chercher, les larmes qui coulaient sur ses joues,...

Le reste lui faisait un peu l'effet d'un rêve : l'arrivée à la gare de Maindrelot, la plus proche du château de Cinchonas, où elle avait trouvé la marquise, les enfants et Solange; sa présentation à ses élèves, l'installation en wagon, le long voyage, la nuit passée dans un hôtel de Paris; et, le matin même, le trajet de l'hôtel à la gare du Nord, et ses efforts curieux pour deviner les monuments entrevus au passage. Elle se rappelle l'étrange serrement de cœur qui l'a saisie, lorsque Mᵐᵉ de Cinchonas lui a dit, pendant que les douaniers visitaient leurs malles : « Nous avons passé la frontière; nous ne sommes plus en France! »

Maintenant c'est fait : elle n'est plus parmi les siens; elle est chez des étrangers, en pays étranger; les aspects de ce pays, les costumes des habitants, le langage, tout la déroute. Elle l'a voulu! elle triomphe bien vite d'une défaillance d'un instant. La jeunesse aime naturellement le nouveau, l'inconnu, même quand ce nouveau, cet inconnu, auraient des côtés pénibles; elle pourrait prendre pour devise :

L'ennui naquit un jour de l'uniformité.

Sylvie regarde l'heure à une jolie pendule Louis XV qui orne sa grande cheminée; on va bientôt l'appeler pour le dîner, sans

doute : il ne faut pas qu'elle se fasse attendre. Elle s'empresse
de se débarrasser de la poussière de la route, remet en ordre
ses beaux cheveux noirs, met une légère robe de linon écru à
petits bouquets de fleurs variées — on est en juin et il fait très
chaud — et noue à son cou un ruban rose. Parce qu'elle
occupe ce grave emploi d'institutrice, ce n'est pas une raison
pour faire peur.

On frappe à sa porte. « Entrez ! » crie Sylvie; et une bonne
large figure épanouie, avec des joues roses, des cheveux blonds
bien lissés et des yeux bleus souriants, se montre dans l'entre-
bâillement. « Mademoiselle, veux-tu venir dîner? » dit-elle.
Sylvie la regarde d'un air revêche; mais la bonne figure
n'exprime qu'une placide bienveillance, et Sylvie se rappelle
à temps que les Flamands ont l'habitude de tutoyer : cette
fille est probablement Flamande. « J'y vais, répond-elle en
adoucissant sa mine; montrez-moi le chemin, s'il vous plaît. »

Au bas du grand escalier, Solange et les enfants attendent
l'institutrice. « Tenez, mademoiselle, voilà votre élève, dit
Solange en poussant Odile en avant; je garde *mes* garçons, on
ne veut pas d'eux à table... Allons, venez, mon petit Jean;
venez, monsieur le marquis; nous ne sommes pas chez nous
ici... Où faut-il que nous allions, mademoiselle Catherine? »

La blonde Flamande ouvrit une porte et fit entrer Solange
et les petits garçons dans une petite pièce où trois couverts
étaient mis sur une table. Elle expliqua tranquillement à
la Française que madame n'aimait pas le bruit des enfants
pendant qu'elle dînait, mais qu'elle les ferait venir au dessert. En attendant, ils seraient servis avec leur bonne. L'idée
d'être servie et de partager le dîner des enfants adoucit l'humeur de Solange et lui fit accepter l'exil de ses favoris.

Sylvie et la petite Odile furent ensuite introduites dans une
vaste salle à manger meublée à l'antique : il ne tenait qu'à
la jeune fille de se croire dans un château royal, en voyant les
hauts dressoirs chargés de vaisselle d'argent et de faïences pré-
cieuses. Les fenêtres étaient garnies de vitraux éclatants, dont
les rayons du soleil couchant jetaient la pourpre, l'or, l'azur
et l'émeraude sur la nappe et les cristaux qui couvraient la
table. Au-dessus des portes, des tableaux de vieux maîtres
offraient aux regards la plage de Scheveningen, les rives de

l'Escaut et les quais d'Anvers, et sur le manteau de la haute
cheminée était sculpté, peint et doré l'écusson des comtes de
Fréjaques.

Sylvie n'eut pas le temps de tout examiner. Mme de Fréjaques
entra, son bras passé sous celui de Mme de Cinchonas.

« Ma petite-fille, Odile de Cinchonas; Mlle de Préjonc, son
institutrice, » dit la marquise en présentant à sa tante l'enfant
et la jeune fille.

Mme de Fréjaques s'arrêta, prit un lorgnon suspendu à son
cou par une chaîne d'or, et se le planta sur le nez où elle
l'affermit d'un petit mouvement bref. Puis elle regarda Odile.

« Très bien! dit-elle après une minute d'examen; elle tiendra
de notre côté, ma chère nièce. Beaux yeux, jolies mains, tournure élégante : elle promet. Venez m'embrasser, mon enfant!
Quel âge avez-vous?

— Sept ans, madame...

— Ma tante, lui souffla Mme de Cinchonas.

— Sept ans, ma tante, répéta la petite.

— Une jolie voix, très douce : c'est important, cela! Elle
n'est pas grande pour son âge; tant mieux! il n'y a rien de
vulgaire, pour une femme, comme de faire penser à un gre-
nadier. »

Sylvie retint à grand'peine un sourire; la comtesse de Fréjaques était très petite. « Est-ce que le lorgnon va maintenant
se braquer sur moi? » se demanda-t-elle. Mais Mme de Fréjaques
se contenta d'incliner la tête sans lui parler, et l'on se mit
à table.

Tout en s'occupant d'Odile, Sylvie regardait à la dérobée la
maîtresse de la maison, qui lui paraissait un peu étrange : elle
n'avait jamais vu personne qui lui ressemblât.

Mme de Fréjaques venait d'atteindre soixante-dix ans; mais
elle ne paraissait pas plus âgée que sa nièce, qui n'en avait
que cinquante-cinq. En effet, la marquise, brune et forte, vêtue
du deuil le plus sévère, pâlie par ses préoccupations et ses
chagrins, et peu portée à la gaîté, présentait un aspect sérieux
où rien n'était plus jeune, ni les traits ni la physionomie.
Mme de Fréjaques avait dû être blonde; maintenant ses ban-
deaux et ses boucles neigeuses étaient du plus beau blanc,
mais ce blanc, dû en grande partie à la couche de poudre qui

Mme de Fréjaques s'arrêta.

les couvrait, ne parlait pas de vieillesse autant que les mèches
grises qui sillonnaient la chevelure noire de Mme de Cinchonas.
Sa peau était d'un blanc de lait, et ses yeux bleus brillaient
entre des paupières bordées de cils foncés; en dessous des
yeux, une teinte plombée faisait ressortir l'éclat des joues, qui
avaient conservé une fraîcheur surprenante. Une coiffure de
dentelle blanche, ornée de nœuds bleus capricieusement placés,
s'harmonisait à merveille avec sa longue robe de soie gris
d'argent; robe taillée en forme de peignoir Watteau, et décorée
d'autant de rubans et de dentelles qu'en ait jamais comporté
un costume d'intérieur. La comtesse faisait les honneurs de sa
table avec une grâce exquise; elle souriait volontiers, et Sylvie,
en admirant ses petites dents si blanches et si égales, se disait :
« Décidément, quel âge peut-elle bien avoir? » et ne trouvait
pas de réponse à la question.

Mme de Fréjaques paraissait très gaie; évidemment, elle était
contente d'avoir sa nièce chez elle, et elle désirait lui rendre
sa maison agréable. Elle lui demanda si son appartement et
celui de ses petits-enfants lui convenaient, et traita avec elle de
divers arrangements intérieurs. Puis elle parla de la société
d'Anvers et des châteaux environnants. Elle ne voyait plus
beaucoup de monde, depuis que sa santé lui interdisait certaines fatigues; mais elle se ferait un plaisir de présenter sa
nièce, et...

« Non, ma tante, je vous en prie, interrompit Mme de Cinchonas; je désire jouir de votre société et ne tiens pas à faire
de nouvelles connaissances... Je n'ai guère de gaîté à mener
dans le monde, d'ailleurs : songez donc que je porte encore le
deuil de mes enfants...

— Eh! ma chère, reprit la comtesse sans s'émouvoir, ce
deuil doit toucher à sa fin : voilà bientôt un an que vous le
portez, n'est-ce pas?

— Quinze mois... Je l'ai fait quitter aux pauvres petits pour
venir ici : ce noir est si triste à leur âge! mais moi!...

— Eh bien, il faut penser à leur avenir et cultiver nos relations, pour qu'ils en trouvent de toutes prêtes dans quelques
années... Odile a sept ans : dans dix ans, au plus tard, nous
la présenterons dans le monde... Oh! du reste, je ne vous pous-
serai pas à sortir beaucoup : j'aime mieux garder pour moi

14

votre aimable société... Mais vous pourriez trouver ma compagnie monotone; j'espère que nous recevrons des visites qui pourront nous plaire... Aimez-vous la lecture? la bibliothèque du château est bien fournie... »

Elle commença alors à parler de livres et de gens, entremêlant l'analyse d'un roman nouveau et le portrait d'un voisin de campagne, le tout avec un esprit, un goût, une verve inimaginables. Elle avait le don de saisir les ridicules et les raillait avec une malice qui n'allait pas jusqu'à la méchanceté. Sylvie l'écoutait, ravie, et pensait qu'elle n'avait jamais rencontré une personne aussi spirituelle.

Sa physionomie traduisait sans doute ses sentiments, car la comtesse, l'ayant regardée par hasard, lui adressa la parole. Sylvie rougit, mais cela ne l'empêcha point d'envelopper dans sa réponse un petit compliment fort bien tourné. Mᵐᵉ de Fréjaques sourit, et cette fois prit son lorgnon pour mieux dévisager Sylvie; puis, se tournant vers la marquise :

« Mon compliment, ma chère nièce ! vous avez eu la main heureuse, et je vous dois de nouveaux remerciements, pour avoir égayé notre solitude d'une si aimable recrue. »

Sylvie rougit de nouveau : non de timidité, mais de contentement. Elle était réconciliée avec Fréjaques, dont la maîtresse avait su si vite l'apprécier à sa valeur.

Pierre venait de poser les assiettes par terre.

CHAPITRE XXIV

Tout en mangeant, Sylvie se demandait ce que ce grand valet en livrée, qui n'avait plus rien à découper, pouvait préparer avec tant de soin sur un dressoir en face d'elle. Tout à coup Mme de Fréjaques, qui racontait une anecdote avec la plus grande animation, s'interrompit pour dire en se tournant vers le dressoir :

« N'avez-vous pas fini, Pierre?

— C'est prêt, madame la comtesse, répondit respectueusement Pierre.

— Alors, Catherine, allez les chercher. »

La Flamande blonde sortit, et l'on entendit au bout d'un instant des aboiements, des jappements, des gémissements en miniature, dans les notes les plus aiguës de la voix; on eût dit une meute de ces chiens de carton montés sur un soufflet. La porte s'ouvrit, et l'on vit entrer comme un tourbillon un groupe confus de pattes, de queues et d'oreilles de toutes les couleurs canines : cela se bousculait, frétillait, criait à rendre les gens sourds. Mme de Fréjaques souriait, de ce sourire indulgent que

les mères ont en provision pour les extravagances de leurs
rejetons.

« Allons, allons, calmez-vous, mes belles! Puck, monsieur,
voulez-vous bien ne pas mordre Blondine? Daisy, c'est l'assiette
de Trilby : à la vôtre, mademoiselle! Là! mangez en paix, si
vous pouvez, et soyez sages, que je vous présente à ces dames! »

Pierre venait de poser par terre ce qu'il avait préparé avec
tant de soin : quatre assiettes portant une pâtée délicate, faite de
mie de pain écrasée dans du jus de viande; et quatre petits
chiens, dont le plus gros aurait tenu à l'aise dans une soupière,
s'étaient précipités sur les quatre assiettes, non sans se dispu-
ter celles qui leur semblaient les mieux garnies. Maintenant ils
dévoraient, traînant leurs oreilles dans la pâtée, y mettant leurs
pattes, malgré les observations de Catherine, qui les reprenait
comme des enfants mal élevés. Le premier qui eut achevé sa
portion se jeta sur l'assiette de son voisin; celui-ci se retourna
et lui montra les dents : querelle et bataille, pendant lesquelles
un troisième larron vida l'assiette en litige. Enfin, le repas fini,
les quatre petites bêtes, toujours jappant, accoururent vers leur
maîtresse. Pierre et Catherine ne furent pas de trop, à eux deux,
pour les arrêter et les empêcher d'aller essuyer leurs pattes et
leur museau sur la belle robe grise.

« Allez faire un brin de toilette, mes amours! » dit la comtesse, et les petits chiens disparurent de nouveau. Sylvie contint
un soupir de soulagement; elle commençait à être étourdie de
leur musique. Au bout de dix minutes, ils revinrent, bien lavés,
frottés, poudrés et peignés, leurs nœuds de ruban fraîchement
refaits : et ce furent des *jap, jap*, à n'en plus finir, et des efforts
désespérés pour sauter sur les genoux de leur maîtresse. Elle
riait; elle les prit un à un pour les présenter dans les formes.

« Celle-ci, c'est M* Blondine, de la plus pure race havanaise;
voyez quels poils soyeux! Elle est absolument blonde, c'est une
nuance assez rare... Là, là, du calme : vous l'aurez, votre pastille, vous l'aurez... » La comtesse tira de sa poche une bonbon-
nière et y prit une pastille de chocolat. « Là, poliment, saluez
de la patte droite... Bien! prenez votre pastille et croquez-la
gentiment, comme une demoiselle bien élevée... Allez maintenant! Catherine, donnez-moi Daisy! »

Daisy était une petite doguine fauve clair, avec un museau

noir, une face écrasée et de gros yeux ronds, le poil ras et les oreilles coupées. Elle portait un collier de cuir rouge semé de clous d'argent, qui achevait de lui donner un faux air de chien de garde de l'effet le plus comique, vu l'exiguïté de sa taille. Odile, qui commençait à se réconcilier avec Fréjaques, aurait voulu la caresser; mais Daisy était le mouvement perpétuel: impossible de mettre la main dessus.

Après Daisy, ce fut le tour de M. Puck, un king's Charles gris foncé, dont par aventure on voyait de temps en temps briller les yeux noirs à travers les longs poils qui lui retombaient sur la figure; puis on admira le petit lutin noir Trilby, le plus petit des quatre compagnons, qui semblait vêtu de satin, tant son poil était ras. Mme de Fréjaques expliqua sérieusement à sa nièce et à Sylvie que de temps en temps on lui frottait la queue avec du papier de verre, pour la rendre parfaitement lisse : c'était sa race qui voulait cela. Sylvie fut un peu étonnée, mais elle n'en laissa rien paraître.

Le dessert étant servi, on introduisit Lazare et Jean. Mme de Fréjaques les regarda, leur trouva bonne tournure et loua les beaux yeux du petit Jean : s'il tenait ce qu'il promettait, elle ne manquerait pas, par la suite, de faire toutes les démarches nécessaires pour lui attribuer légalement, avec le château, le titre de comte de Fréjaques. Le futur comte aurait peut-être dû témoigner de la reconnaissance : il n'en fit rien, par la raison que cela lui était bien égal. Son idée du moment était de jouer avec les petits chiens : naturellement, Lazare la partagea bien vite, et ils se mirent tous deux à les poursuivre avec des cris de joie et d'admiration qui flattèrent d'abord Mme de Fréjaques, mais qui l'eurent bientôt fatiguée.

« Bon Dieu, quel charivari! dit-elle en faisant le geste de se boucher les oreilles. Allez jouer dans le jardin, mes enfants! Tenez, prenez ces gâteaux... Lazare, voulez-vous un fruit confit? Jean, une grappe de raisin? Vous avez eu de la crème? Bien! allez-vous-en jouer maintenant!

— Et moi, grand'mère, est-ce que je peux aller jouer? demanda timidement Odile à la marquise.

— Mais sans doute, mon enfant... Ma tante, nous n'avons plus besoin d'Odile, n'est-ce pas? »

Sylvie, pensant qu'elle devait emmener son élève, se leva.

« Non, non; mademoiselle, restez, je vous prie, lui dit Mme de Fréjaques : Odile jouera très bien avec ses frères sous la surveillance de leur bonne... Catherine, veillez à ce que les enfants ne tourmentent pas les chiens... Daisy est si nerveuse! quand on l'a trop agitée pendant le jour, elle aboie la nuit en dormant... Gardez-les sur la pelouse, les enfants iront dans le parc. »

Solange emmena les enfants et Catherine emmena les chiens, qui exhalèrent bruyamment leur joie.

« Ils sont insupportables! » dit Mme de Fréjaques, du ton dont elle aurait dit : « Ils sont charmants! » Mme de Cinchonas ne répondit pas : les chiens lui étaient fort indifférents. Sylvie ne protesta pas non plus, pensant qu'elle n'avait pas qualité pour cela. Elle était d'ailleurs en train de se rappeler, avec un regret qui ressemblait presque à du remords, les bourrades dont elle avait souvent accueilli les caresses de l'innocente Miska : pauvre bête!

« A présent que nous sommes entre nous, dit la comtesse en dégustant à petites cuillerées une glace à la framboise, parlons un peu de choses sérieuses. D'abord, il faut que je vous fasse compliment sur vos enfants, ma chère nièce : beaux à ravir tous les trois, et l'air distingué... vous me direz que c'est tout simple : eh bien, pas tant que cela! J'ai vu des fils de paysans qui avaient l'air de princes, et par contre, des rejetons des plus grandes familles bons à envoyer à l'écurie... Enfin, pour les nôtres, la nature a fait ce qu'elle devait : il s'agit de leur éducation maintenant...

— Mlle de Préjone a bien voulu s'en charger..., dit la marquise.

— J'en suis charmée, tout à fait charmée, reprit la comtesse avec un petit salut de tête à l'adresse de Sylvie. Mademoiselle a d'excellentes manières, on voit qu'elle a été très bien élevée : qu'Odile prenne exemple sur elle, c'est tout ce que nous pouvons désirer... Il faudra surveiller beaucoup sa tenue, mademoiselle; je la regardais à table, elle était raide comme un piquet : elle a besoin d'apprendre à se tenir droite, avec souplesse et aisance...; mais peut-être qu'elle voulait trop bien faire, la pauvre petite! »

Sylvie sourit : c'était la vérité. Mme de Fréjaques reprit :

« Êtes-vous musicienne, mademoiselle? Oui? très bien! Ce n'est pas que je tienne à ce que l'enfant lutte avec les élèves du Conservatoire; mais, si elle a de la voix plus tard, elle sera bien aise d'avoir appris un peu de musique... La salle d'étude est assez loin de mon appartement pour que le bruit des gammes n'y arrive pas : je ne trouve rien d'ennuyeux comme ce roulement sans trève... Enfin, vous pourrez sans crainte la faire étudier et vous entretenir vous-même; parmi nos relations, il y a beaucoup de personnes qui aiment la musique... La petite sait-elle lire, ma nièce?

— Oui, sa mère le lui avait appris; elle commençait à écrire passablement, à l'époque de nos malheurs... Depuis, je n'ai eu ni le temps ni le courage de m'occuper d'elle. Les garçons ne savent même pas lire.

— Bah! il n'y a rien de perdu : ils ont bien le temps!... Mademoiselle saura bien leur apprendre ce qu'ils ont besoin de savoir... Pour Mlle de Cinchonas, un peu de musique, comme je disais; il faudra aussi qu'elle danse bien et qu'elle fasse bonne figure dans un salon. Exercez-la à parler sans s'interrompre, sans balbutier, sans bégayer; qu'elle sache raconter une anecdote en termes choisis; récompensez-la quand elle aura trouvé un mot spirituel, et interdisez-lui formellement de jamais parler de choses qu'elle ne saurait pas : elle s'exposerait à dire des sottises. Pour le reste, qu'elle ait une jolie écriture, qu'elle sache tourner un billet sans trop de fautes d'orthographe, voilà le principal; avec de la lecture et de la conversation, elle aura bientôt un bagage suffisant pour toute son existence. Point de ces programmes d'examen qui écrasent l'esprit comme des pavés : Mlle de Cinchonas n'est pas destinée à être maîtresse d'école : elle n'aura jamais besoin de gagner sa vie! »

Sylvie fit une grimace intérieure : avec quel dédain cette grande dame parlait de l'instruction qui rapporte! et comme c'était délicat de lui dire cela, à elle qui la gagnait, sa vie! Elle rabattit quelque peu de son admiration pour la comtesse de Fréjaques. Celle-ci continua :

« Pour les garçons, vous les commencerez, n'est-ce pas? Oh! n'ayez pas peur, on ne vous en encombrera pas longtemps. Dans deux ou trois ans, au plus, nous les mettrons dans les mains d'un précepteur...

— En trouverons-nous pour des enfants si jeunes, ma tante?
interrompit Mme de Cinchonas.

— Oh! on trouve ce qu'on veut. Je connais le recteur de
l'Université de Louvain : je lui écrirai quand il faudra, et il vous
enverra votre affaire. Puis, quand Lazare et Jean auront atteint
seize ou dix-sept ans, nous leur donnerons un autre précepteur;
il nous en faudra un à ce moment-là, qui soit tout à fait homme
du monde, et qui puisse aller partout avec eux et les initier à
tous les détails de la vie... Soyez tranquilles : nous en ferons des
gentilshommes accomplis! »

Sylvie n'en revenait pas. Quoi! dans sa naïveté, dans la bonne
foi de ses dix-neuf ans, elle avait cru, en se chargeant de l'éducation de trois enfants, entreprendre une œuvre sérieuse! et
voilà l'idéal que lui offrait cette vieille femme fardée comme
une actrice!... car, elle le voyait bien, à présent qu'elle l'avait
regardée de près, ses dents de perle et la fraîcheur de son teint
n'étaient que mensonges, et le bord de ses paupières, ainsi que
le dessous de ses yeux, avaient été frottés avec une substance
noire..., si bien qu'en embrassant Odile elle en avait laissé des
traces sur sa joue... Et avec quel aplomb elle parlait de ce
qu'elle ferait dans dix ans et davantage! Est-ce qu'elle serait
encore en vie, dans ce temps-là?

« Voulez-vous que nous passions dans mon boudoir? » dit
Mme de Fréjaques à sa nièce, quand elle eut fini de lui faire le
dénombrement des grandes relations qu'elle procurerait à ses
héritiers, quand ils seraient d'âge à entrer dans le monde.
Mme de Cinchonas se leva, et Sylvie en fit autant. Elle ne savait
pas si elle devait rejoindre les enfants ou suivre ces dames;
mais la comtesse la tira de peine.

« Venez avec nous, ma chère enfant, lui dit-elle. Oh! je ne
veux pas vous accaparer; quand vous aurez pris possession de
vos élèves, je vous laisserai à eux, c'est trop juste; et puis, il
faut bien que vous ayez un peu de temps à vous. Mais ce soir,
c'est encore congé; accordez-nous le plaisir de voir un peu plus
longtemps votre aimable figure. »

Comme l'âme humaine s'incline facilement sous le souffle de
la louange! Sylvie, en suivant la comtesse dans son boudoir, se
demanda si vraiment elle était fardée : ce n'était pas si sûr que
cela, après tout! Dans tous les cas, elle était bien aimable : qui

l'obligeait à prendre cette physionomie câline, ce sourire flatteur, cette voix caressante pour engager une jeune fille inconnue, l'institutrice de ses petits-neveux, à venir passer la soirée auprès d'elle?

Le boudoir de la comtesse lui ressemblait, ou plutôt elle l'avait fait à son image. Si elle avait laissé aux autres pièces du château leur style majestueux et leur beauté un peu sévère, elle s'était choisi pour séjour habituel un petit salon créé par quelque comtesse de Fréjaques qui avait vu la cour de Louis XV, et elle l'avait enjolivé de tout ce que les âges suivants avaient pu lui fournir de coquet, d'élégant et de gracieux. Les dessus de porte, les trumeaux représentaient des amours, des nymphes et des bergers; les miroirs de Venise reflétaient les tentures de satin, brochées de fleurs aux tons adoucis; les dorures, déjà anciennes, avaient perdu l'éclat brutal du neuf et caressaient doucement le regard. Des statuettes semblaient sortir des corbeilles de fleurs; on eût dit qu'elles vivaient, éclairées par le soleil couchant, dont les rayons leur arrivaient à travers des stores roses. Les pieds s'enfonçaient dans d'épais tapis, et Sylvie n'avait jamais vu réunis tant de sièges de formes différentes : on n'avait qu'à choisir, et il aurait fallu être bien difficile pour ne pas en trouver un à son gré.

Sur une petite table, près d'une fenêtre, se trouvait une tapisserie commencée : une table beaucoup plus grande, derrière laquelle se trouvait un grand fauteuil Voltaire en velours de Gênes gris-perle à bouquets de roses pâles, reliés par des rubans bleu de ciel, supportait une écritoire d'argent, chef-d'œuvre de ciselure, et une montagne de volumes, les uns reliés, les autres brochés, quelques-uns non encore coupés. Sylvie se réjouit de voir tant de livres : il y en aurait bien quelques-uns qu'on pourrait lui prêter. Il y avait un piano dans un coin, et des fleurs et des plantes un peu partout.

La soirée ne parut pas longue à Sylvie : la comtesse causait si agréablement, passant d'un sujet à l'autre, légèrement, gaiement, et s'y prenant de façon à provoquer des répliques qui donnaient un nouvel essor à la conversation. Elle s'amusa à provoquer Sylvie et fut charmée de ses réponses. La marquise mettait toujours la note grave dans l'entretien; sa tante, comme un chanteur qui a l'oreille juste, prenait immédiatement le ton qu'elle lui donnait ; mais elle s'en écartait bientôt pour retourner à des sonorités plus gaies. Elle parut contrariée lorsque Mᵐᵉ de Cinchonas, dressant l'oreille au timbre cristallin de la jolie pendule rocaille, constata qu'il était minuit, et rappela à la comtesse que leur nuit d'hôtel ne les avait guère reposées, elle et Sylvie.

Elle s'appuie sur mon bras.

CHAPITRE XXV

Lettre de Sylvie à Jeanne. — Où l'on fait plus ample connaissance avec les élèves de Sylvie.

« Ma Jeanne chérie, avez-vous, au milieu de vos nouvelles occupations de dame, le temps de lire une longue lettre et d'y répondre? J'espère que vous le trouverez; car j'ai bien besoin de l'écrire, cette longue lettre, et j'aurai bien besoin aussi de votre réponse. J'ai écrit à ma tante, à Henriette; naturellement je leur dis que tout va bien et que je suis parfaitement contente. Vous qui me connaissez, vous n'en croyez rien, n'est-ce pas? Le fait est que tout ne va pas bien, que je souffre d'une quantité de piqûres d'aiguille qui m'exaspèrent, et que je suis souvent bien embarrassée. Venez à mon aide, vous qui êtes la bonté et la raison même; je n'ai pas honte de me confier à vous, comme à ma famille qui me répondrait : « Tu vois bien! nous te l'avions bien dit! reviens auprès de nous! »

« Je vous ai déjà fait l'historique des personnes avec qui j'allais vivre : je ne recommencerai pas. Mᵐᵉ de Cinchonas est une grande femme à l'aspect sévère, qui a été brune avant d'avoir les cheveux gris et qui a dû être belle. Elle garde le grand deuil, et sa figure le garde aussi ; elle aime beaucoup ses petits-enfants et les caresse volontiers, mais on voit qu'elle fait effort pour leur sourire. Elle est certainement intelligente et instruite, mais elle ne brille pas dans les conversations avec sa tante, parce qu'elle parle toujours sérieusement, tandis que l'autre voltige comme un papillon, fait miroiter son esprit à facettes et vous éblouit sans vous laisser de repos. Je l'ai trouvée ravissante le premier jour, la comtesse de Fréjaques ; je commence, au bout d'un mois, à être un peu lasse de tant d'esprit. D'autant plus qu'elle me fait

l'honneur de rechercher ma société ; je lui donne la réplique, à ce qu'il paraît, d'une façon qui lui convient mieux que celle de la marquise. Le soir — il y a autour du château des jardins merveilleux — j'aimerais bien à aller me promener avec les enfants. Mais la comtesse me rappelle : « Mademoiselle de Préjonc ! laissez donc les enfants à leur bonne ! vous êtes avec eux toute la journée : à nous de jouir de votre société, maintenant ! » Et elle s'appuie sur mon bras pour regagner son boudoir ; elle ne sort à peu près jamais de la maison après le dîner : il fait du vent, ou l'air est humide, ou le temps est lourd. Trois fois seulement nous avons fait un tour entre les plates-bandes

de rosiers de la terrasse au pas de procession, sa longue traîne raclant le gravier des allées, et les petits chiens se fourrant à chaque instant dans nos jambes.

« Oh ! ces petits chiens ! quelles insupportables bêtes ! Je parlais tout à l'heure de la fatigue d'une conversation trop spirituelle : j'oubliais les intermèdes fournis par les chiens.

« Puck ! ici, monsieur !... Daisy ! voulez-vous bien ne pas mordiller cette frange !... Blondine ! on ne se gratte pas en société !... Trilby ! vilain égoïste, vous prenez toute la place ! rangez-vous pour laisser les autres se coucher ! » Et puis l'un ou l'autre va gratter à la porte, en gémissant d'une manière que la comtesse comprend. Alors : « Mademoiselle, je vous en prie, auriez-vous l'extrême bonté de sonner Catherine ? » Je me lève, je sonne,

Catherine arrive, elle emporte l'animal qu'elle rapporte quelques minutes après ; et au bout d'un instant c'est le tour d'un autre, jusqu'à ce que tous les quatre se soient décidés à s'arranger en rond dans leur corbeille de satin rose ornée de dentelle et à s'y endormir. Alors on a la paix ; mais, hélas !... Ils ont beau être bien tenus, bien lavés et bien peignés : un chien sent toujours le chien, et quand il y en a quatre !... Et puis les puces ! Dieu vous préserve, Jeanne, de cette torture de faire l'aimable et de prendre un air gracieux, quand on se sent mordue et qu'on n'ose pas se gratter !

« Vous ai-je décrit le boudoir de la comtesse ? Ce sera pour une autre fois : il est très joli et m'a séduite la première fois que j'y suis entrée. Mais elle en tient les fenêtres fermées : elle n'a pas besoin d'air, malheureusement. Elle aime les fleurs : moi aussi, mais pas dans un endroit clos. De plus, il y a dans une grande cage dorée une quantité de beaux oiseaux, à qui on donne du mouron, naturellement, et il faut en avoir fait l'expérience pour comprendre ce que c'est, le soir, que l'odeur du mouron qui a été frais le matin. Je vous assure que j'aspire à aller me coucher, en dépit de l'amabilité de la comtesse et des compliments qu'elle me fait sur mon chant. Elle n'est pas assez sérieusement musicienne pour goûter les morceaux de piano, mais le chant l'amuse à cause des paroles. Elle a mis à ma disposition la bibliothèque du château, et elle fera venir d'Anvers toutes les partitions nouvelles. C'est très bien ; mais où trouverai-je le temps de les étudier ? Dans la journée, je suis occupée de mes élèves ; il y aurait bien le matin..., mais comme il me devient pénible de me lever de bonne heure ! Ne me grondez pas, ma Jeanne chérie ; ce n'est pas ma faute. Mme de Fréjaques, à ce qu'il paraît, ne dort guère la nuit : je crois qu'elle se lève tard, car on la voit rarement avant le déjeuner de midi, mais elle se couche le plus tard possible, et elle nous garde tant qu'elle peut, la marquise et moi. C'est curieux, la diplomatie dont elle use pour nous retenir ; elle me demande encore une romance, et puis ce sont des compliments, des remercîments à n'en plus finir. « Quelle délicieuse musique, chère mademoiselle, et comme vous savez la faire valoir ! En vérité, aucune grande cantatrice, et j'en ai entendu beaucoup, ne m'a jamais fait autant de plaisir. Si ce n'était pas abuser de votre jolie voix, j'aurais déjà crié *bis*... Est-ce que vous

auriez l'extrême bonté de recommencer? Oui, n'est-ce pas? Que
vous êtes donc charmante ! » Et je chante, et quand j'ai fini, vite
elle établit un parallèle entre le morceau qu'elle vient d'entendre et un autre du même auteur, que je lui ai chanté la veille;
et elle redemande encore celui-là..., après quoi la discussion
recommence sur tous les deux. Mme de Cinchonas se lève; alors
ce sont d'aimables reproches sur sa hâte de la quitter, des plaisanteries sur les personnes qui se couchent comme les poules.
Elle finit pourtant par se lever aussi, et nous accompagne jusqu'à sa porte : là, elle entame une nouvelle histoire — je la
soupçonne de garder la plus amusante pour ce moment-là. —
Bref, il est toujours minuit et demi, souvent une heure, quand
je peux rentrer dans ma chambre. A ce moment-là, je ne suis
pas trop endormie, et j'ai fait bonne figure toute la soirée. — Je
prends l'habitude du manque d'air, des fleurs, du mouron et
des chiens. — Mais c'est le lendemain matin que je paye cela !

« J'entends les enfants qui reviennent du jardin, il faut que je
m'occupe d'eux. Je reprendrai ma lettre quand je pourrai; mais
je suis effrayée d'avance du volume qu'elle formera. A bientôt,
ma Jeanne. »

On pourrait croire que ce n'est pas une vie très occupée que
celle de l'institutrice d'enfants dont l'aîné a sept ans. En effet,
les leçons n'étaient pas longues ; mais elles étaient fréquentes,
Sylvie ayant très vite reconnu qu'il était impossible, si on voulait
ne pas s'exposer à des orages, de tenir Lazare et Jean devant une
table plus de dix minutes. Odile était moins remuante ; mais il
ne fallait pas en conclure qu'elle serait docile.

Elle se prêtait fort bien à ce qui l'amusait, mais elle opposait
une résistance passive à tout ce qui ne l'amusait pas. Ce n'était
pas bien étonnant : depuis la mort de sa mère elle avait vécu en
dehors de toute discipline, et il fallait du temps et de la patience
pour lui faire prendre l'habitude d'un travail régulier. Or la
patience n'était pas la qualité maîtresse de Sylvie, et elle avait
grand'peine à rester calme devant la paresse obstinée d'Odile.
Que de fois elle avait rabroué la pauvre Paulette pour la moindre
négligence! ce souvenir lui revenait comme un remords...

Elle avait essayé d'invoquer l'autorité de la marquise. La
marquise avait pris un air étonné et lui avait dit poliment, mais
froidement : « C'est votre affaire, mademoiselle, je vous ai prise

précisément parce que je me sentais trop fatiguée et trop triste
pour m'occuper de ma petite-fille. Vous avez toute autorité sur
elle, et toute la journée devant vous pour l'instruire. » Sylvie
s'était soumise, mais non résignée. C'était bien la peine d'être
venue dans cette maison, décidée à se consacrer tout entière à
son élève, à lui apprendre tout ce qu'elle savait, à s'instruire
elle-même davantage pour être à la hauteur de sa mission ! Il
lui faudrait guetter les rares instants de bonne volonté d'Odile,
pour lui insinuer par surprise quelques bribes des connaissances
humaines !

Elle prit son courage à deux mains et ne quitta guère plus la
petite fille que son ombre ; de cette façon, elle réussit mieux
à en obtenir un peu de travail. Mais quel esclavage pour l'indé-
pendante Sylvie !

Il s'était passé une semaine depuis qu'elle avait commencé sa
lettre à Jeanne, lorsqu'elle put se rasseoir à sa table. Elle ouvrit
d'abord sa fenêtre toute grande, pour aspirer une bonne bouffée
de l'air de la nuit ; puis elle reprit sa plume.

« Ouf ! ma chère Jeanne, m'y revoici enfin ! J'ai cru que je
serais obligée de vous envoyer un tronçon de lettre : impossible
de trouver le temps de continuer celle-ci. Ce soir, par grand
bonheur, je suis libre ; une indisposition de Daisy occupe suffi-
samment la comtesse, qui s'est retirée avec ses deux femmes de
chambre et Catherine, dont le service des chiens est la principale attribution. A elles quatre, elles vont médicamenter la
doguine d'après les prescriptions du vétérinaire qu'on a fait
venir d'Anvers dans la journée. Point de boudoir donc pour ce
soir : ma chambre et la liberté !

« Je reprends mon histoire où je l'avais laissée. Je suis entrée
en fonctions auprès de mes élèves le lendemain de notre arrivée.
Ce ne sont pas de méchants enfants ; mais il paraît que les enfants n'ont pas besoin d'être méchants pour rendre la vie difficile aux gens qui s'occupent d'eux.

« Odile, d'abord : habituée à ne rien faire, et trouvant cette
habitude fort douce. Elle aime les contes et en écouterait toute
la journée ; mais, dès qu'on lui demande le plus petit effort, elle
se dérobe par une force d'inertie incroyable. La gronder ne sert
à rien ; j'ai essayé de la punir, elle a pleuré, crié, et il m'est
revenu ensuite que Mme de Fréjaques, qui l'avait entendue, détes-

tait les criailleries d'enfants et ne voulait pas de cela chez elle.
Quant à la grand'mère, elle trouve que cela ne la regarde pas :
je suis payée pour élever Odile, je n'ai qu'à me tirer d'affaire
comme je pourrai. Mais comment pourrai-je ? Vous devriez bien
me le dire !

« Les garçons, c'est une autre affaire. Lazare a cinq ans, Jean
n'en a pas encore quatre. Ils ne savent rien du tout, tandis que
leur sœur sait lire depuis deux ans et a trouvé dans ses livres
— on a tant écrit pour les enfants ! — des données sur une foule
de choses. Cela a même un mauvais côté ; elle croit savoir, dès
qu'elle a une idée vague de ce qu'on veut lui apprendre. Avec
Lazare et Jean, cet inconvénient n'est pas à craindre. Je leur
enseigne l'alphabet et leur fais faire des bâtons et des O. Quand
ils ont été bien sages, je leur raconte l'histoire d'Agar et
d'Ismaël, celle de Moïse sauvé des eaux, d'Eliézer buvant à la
cruche de Rebecca et de Joas élevé dans le temple, et je les leur
fais redire pour voir s'ils se rappellent bien ; d'anecdote en anecdote, ils arriveront à savoir toute l'histoire sainte sans s'être
donné de peine. Mais ici je rencontre un écueil. Le petit Jean
est beaucoup plus intelligent que son frère et en même temps
beaucoup plus caressant ; il est aussi plus joli, ce qui ne gâte
rien : un vrai chérubin blond et rose, comme était notre
Paulette. Naturellement, je l'encourage, je le complimente, et,
quand il me tend ses petits bras et me présente sa gentille figure
en me disant : « Embrasse-moi, demoiselle, puisque j'ai bien
lu ! » je ne peux pas lui refuser une caresse. Je suis bien obligée de dire parfois à Lazare : « Ce n'est pas bien..., je ne suis
pas contente..., il faut vous appliquer mieux que cela... » Lui,
il ne tient pas à ce que je l'embrasse ; mais il est très orgueil-
leux, et la moindre parole de blâme lui fait froncer le sourcil.
Et si, quand je l'ai grondé, je dis un mot d'éloge à Jean, il me
regarde avec une expression de colère sournoise qui le rend
presque laid.

« Encore si ce n'était que lui ! mais il y a Solange. Solange,
ou M⁽ᵐᵉ⁾ veuve Robert, comme elle se fait appeler par les domestiques, est la bonne des enfants. Elle a été la nourrice de Lazare,
et comme elle a perdu son mari pendant qu'elle était au château
de Cinchonas, elle n'a pas demandé mieux que de rester attachée au service de son nourrisson et d'Odile, et plus tard de

Elle réussit à en obtenir un peu de travail.

Jean. Mais Lazare est son préféré, et elle l'aime de façon à être
injuste pour les deux autres. Odile n'en souffre pas trop ; c'est
une fille, elle est l'aînée, elle lui échappe et lui échappera de
plus en plus ; mais le pauvre Jean ! Il faut qu'il cède en tout et
pour tout à son frère : joujoux, bonbons, amusements, il ne fait
que ce que veut Lazare et n'a que ce dont Lazare ne veut plus :
s'il y a entre eux quelque querelle, et cela arrive vingt fois par
jour, c'est toujours Jean qui a tort, et il est grondé, même quand
son aîné l'a battu. Solange a pris en grippe Catherine et le grand
valet qui nous sert à table, parce qu'elle les a entendus dire que
« M. Jean était bien plus beau et plus gentil que M. Lazare ». Il
paraît que Mme de Fréjaques a l'intention de léguer le château à
Jean, qui sera comte de Fréjaques ; je ne sais qui l'a dit à Solange, mais, depuis qu'elle le sait, elle s'est mise à appeler Lazare
« M. le marquis de Cinchonas », et le petit se rengorge, fier
comme un paon, et traite son frère du haut de son marquisat.
J'ai fait à Solange quelques observations timides là-dessus :
Solange, qui m'en veut déjà du succès de Jean, n'en a pas tenu
compte et m'a fait la mine. J'ai eu recours à Mme de Cinchonas.
Cette fois, je me suis crue sauvée. « Il faut mettre ordre à cela,
m'a-t-elle dit avec animation : il ne faut pas que cet enfant soit
gâté..., j'ai trop gâté son père..., soyez très sévère avec lui,
mademoiselle ! » Et elle a puni sévèrement Lazare, ce qui a
changé en haine ouverte le mauvais vouloir de Solange envers
moi.

« Oh ! ma Jeanne aimée, quel était donc votre secret pour
plaire à tout le monde sans rien sacrifier de votre dignité et
sans manquer jamais à la justice ? Je m'aperçois, à présent,
qu'il est bien difficile de se diriger soi-même..., et quand on est
chargée avec cela de diriger les autres !... Eh bien, non ; ne
vous laissez pas prendre à cet accès d'humilité de ma part : si on
me laissait libre, je crois que je les dirigerais encore assez bien.
Mais j'ai les mains liées : que faire ? »

Sylvie s'arrêta pour réfléchir. Que voulait-elle encore écrire à
Jeanne ? Qu'elle regrettait Puymont, et qu'elle y retournerait
bien volontiers si... A cette idée, il lui sembla entendre le
terrible : « Je te l'avais bien dit ! » qu'on a si rarement la générosité d'épargner aux imprudents qui ont commis quelque
bévue. Son orgueil se révolta. « Des regrets ! se dit-elle. Non,

je ne veux pas en avoir. Il n'y a pas deux mois que je suis ici...,
et je prendrais la fuite devant les premières difficultés? Je resterai! Et je ne me plaindrai à personne! »

Sans relire sa lettre, elle la chiffonna, puis l'alluma à sa
bougie et la regarda brûler. Après tout, les conseils que Jeanne
lui aurait donnés, elle était bien capable de les imaginer. Les
suivre, c'était une autre affaire : il aurait fallu être Jeanne.
Sylvie chercha donc à se tirer d'affaire elle-même, et elle continua au jour le jour sa besogne d'institutrice, à la manière de
quelqu'un qui marcherait la nuit dans des chemins défoncés
et hésiterait à chaque pas. Le peu d'adresse qu'elle pouvait
acquérir ne compensait pas les difficultés toujours croissantes
de sa situation. Personne ne la soutenait; ses élèves travaillaient
quand ils voulaient, et elle était obligée, comme elle l'avait
prévu, de guetter leur bon plaisir pour les mettre à l'ouvrage.
Cette nécessité morcelait tellement son temps, qu'elle ne pouvait travailler pour elle-même, n'étant jamais sûre d'avoir une
heure de suite à elle. On peut imaginer l'irritation qui la
gagnait, à la fin de ces longues journées désœuvrées, et pourtant sans cesse occupées. « Si j'avais su! se disait-elle; je ne
voulais pas d'élèves au-dessus de douze ans, craignant de n'en
être pas assez respectée; je souhaiterais bien, à présent, qu'Odile
et ses frères eussent sept ou huit ans de plus, on me permet-
trait peut-être de les faire travailler... Et puis c'est si ennuyeux
de les faire épeler et d'apprendre la table de multiplication
à l'aînée! Je donnerais je ne sais quoi pour avoir une occupation intelligente! »

Vous souvient-il d'un conte où la fée a promis à de pauvres
gens d'exaucer leurs trois premiers souhaits? Ils se dépêchent
de souhaiter, à tort et à travers, et ils voudraient bien ensuite
rattraper leurs demandes. Sylvie désirait une occupation intelligente : elle l'eut et n'en fut que plus embarrassée après.

Mᵐᵉ de Fréjaques l'avait décidément prise en gré; je ne
dirai pas en amitié, car Mᵐᵉ de Fréjaques n'aimait qu'elle-
même; mais elle tirait bon parti de la société de la jeune fille.

Dans sa jeunesse, la comtesse de Fréjaques avait mené une vie
très mondaine. Elle avait eu un mari, qu'elle ne voyait guère
qu'à table et dans sa voiture quand il l'accompagnait à quelque
fête; elle ne l'avait pas rendu malheureux, elle ne l'avait même

jamais contrarié : pourvu qu'elle s'amusât, il pouvait vivre
comme il l'entendait. Elle avait eu un fils, dont elle ne s'était
point occupée : avec une nourrice, une gouvernante, des pré-
cepteurs, l'enfant avait grandi et était devenu un homme, sans
qu'elle fût intervenue dans sa vie, sinon pour veiller à ce
qu'il eût un entourage capable de lui donner la tenue et les
manières qui convenaient à son rang. Il ne pouvait pas y avoir
grand échange d'affection entre la mère et le fils ; quand le
comte de Fréjaques mourut, ils ne tinrent pas à rester ensemble :
le fils habita Bruxelles, près de la famille de sa femme, car
il s'était marié, et laissa à sa mère la jouissance du château de
Fréjaques et de leur hôtel d'Anvers. Il la visitait de temps en
temps ; mais leurs vies étaient complètement séparées. Elle
continuait à recevoir et à sortir beaucoup ; on disait encore
d'elle, quoiqu'elle fût grand'mère : « La belle comtesse de Fréjaques » ; mais une grave maladie, qui la laissa vieillie et affai-
blie pour toujours, lui interdit toutes fatigues, bals, voyages,
promenades, chevauchées à la suite des chasses où elle brillait,
amazone hardie... En même temps, elle perdait son petit-fils,
enfant chétif qui n'avait jamais eu qu'un souffle de vie ; et peu
après son fils mourut aussi. Elle les pleura sans doute, mais
elle regretta davantage sa santé et sa jeunesse. De plus, sa
fortune se trouvait fort diminuée. Le comte de Fréjaques léguait
à sa femme tout ce qu'il pouvait ; l'hôtel d'Anvers figurait dans
sa part, et la vieille comtesse se trouvait réduite au château,
habitation princière, mais qui coûtait cher à entretenir. Se
créer à Anvers une nouvelle installation digne tout au plus d'une
petite bourgeoise, elle n'y songea pas un instant ; elle se confina
dans son château. Mais l'ennui vint bien vite l'y relancer.

Elle n'avait jamais pu vivre seule : que faire maintenant de
ses longues journées ? On avait toujours vanté son esprit ; on
se passait de main en main ses moindres billets, et les flatteurs
l'appelaient la Sévigné de la Belgique. Pourquoi n'écrirait-elle
pas ? ses mémoires, par exemple ? elle avait vu tant de gens
et de choses, et entendu raconter tant de faits intéressants !
Elle songeait aussi à composer un roman historique.

Elle s'y mit avec ardeur ; mais cette ardeur tomba vite. Écrire,
cela tient compagnie ; mais on éprouve bientôt le besoin de
faire part à quelqu'un de ce qu'on a écrit ; et la comtesse,

depuis qu'elle ne donnait plus de fêtes, ne recevait plus que de rares visites. Or on ne peut pas saisir à la gorge les gens qui viennent vous voir, pour leur lire « ce petit morceau ». Mme de Fréjaques laissa dormir sa plume et referma ses livres.

Ce fut alors que, cherchant un remède à son ennui, elle écrivit à Mme de Cinchonas.

Elle se jeta sur son lit en pleurant.

CHAPITRE XXVI

Où Sylvie cumule plusieurs fonctions et se trouve de plus en plus embarrassée.

La comtesse jugeait sa nièce d'après elle-même et lui supposait des idées jeunes et des goûts de plaisir : elle pouvait se tromper, il y avait si longtemps qu'elle ne l'avait vue ! La réalité la désappointa un peu. Pourtant, c'était toujours quelqu'un à qui parler ; et puis, il y avait cette jeune institutrice ! Mme de Fréjaques s'attacha à faire la conquête de Sylvie.

La jeune fille la jugeait fort égoïste et ne pouvait lui passer son amour pour les petits chiens et sa manie de fermer les fenêtres. Elle ne comprenait pas que Mme de Fréjaques n'était plus qu'une plante de serre chaude, que des précautions minutieuses pouvaient seules maintenir en santé. Pourtant, sauf le manque d'air, Sylvie se plaisait assez auprès d'elle et l'écoutait avec cet air de confiance et de crédulité des personnes jeunes et naïves, qui réjouit tant les vieux conteurs. Elle se serait peut-être blasée sur ce plaisir-là, car une anecdote dix fois racontée finit par perdre un peu de sa fraîcheur. Mais la comtesse, incidemment, parla de ses travaux littéraires, exposa le plan de son roman... Sylvie prit feu : « Oh ! madame ! est-ce que vous ne le continuerez pas? — Je ne sais : j'aurais des fragments à recopier, des notes à prendre dans des livres qu'on m'a prêtés et qu'il faut que je rende..., cela me fatigue... » Naturellement, Sylvie s'offrit pour copier, et la comtesse, enchantée, ne la laissa pas manquer d'ouvrage.

Pauvre Sylvie ! elle ne savait pas dans quel guêpier elle se fourrait. A chaque instant, c'était une nouvelle demande : « Chère mademoiselle, est-ce que ce ne serait pas abuser de votre complaisance de vous prier de mettre au net ces quelques pages?... Ma chère enfant, auriez-vous l'extrême bonté de me dépouiller ce volume et de noter tout ce que vous y trouverez sur les rapports du comte et du bourgmestre à l'époque où se passe notre roman?... Ma belle petite amie, vous seriez un ange si vous pouviez me résumer aujourd'hui les passages que j'ai marqués dans ce volume. » Et Sylvie copiait, dépouillait, faisait des extraits : cela ne l'amusait pas toujours, mais le moyen de refuser?

Il y avait une autre personne que cela n'amusait pas toujours non plus : c'était la marquise de Cinchonas. Elle avait amené une institutrice pour ses petits-enfants, et voilà que cette institutrice était passée, à peu près entièrement, au service de sa tante ! La marquise n'y tint plus, un jour où Mme de Fréjaques, prétextant ses yeux affaiblis, se fit faire la lecture par Sylvie pendant toute l'après-midi. Odile, Lazare et Jean se passèrent de leçons ce jour-là.

Ils ne s'en plaignirent point, et Odile vint s'asseoir à table avec la mine riante d'une fillette qui a joué toute la journée. La comtesse était très gaie aussi ; à propos de la lecture, elle avait raconté à Sylvie une foule d'anecdotes sur le prince de Ligne, qu'elle avait connu... approximativement : elle avait été liée avec sa petite-fille. Ce bain de vieux souvenirs l'avait mise en belle humeur; elle remarqua la mine sombre de sa nièce, qui faisait contraste avec ses dispositions à elle, et l'en plaisanta gaîment. Mais Mme de Cinchonas ne se mit pas à l'unisson; elle répondit avec un ton mécontent ; la comtesse riposta par quelques paroles sèches.

« Que se passe-t-il, mon Dieu? » se demandait l'innocente Sylvie, sans se douter qu'elle était cause de l'orage. Après le dîner, Mme de Cinchonas déclara qu'elle avait la migraine et allait se mettre au lit.

« J'en suis désolée, ma chère enfant — cette appellation appliquée à une femme de l'âge de la marquise donnait toujours envie de rire à Sylvie. — J'en suis vraiment désolée : je ne puis que vous souhaiter une bonne nuit, qui emporte ce vilain mal... Mais Mlle de Préjonc n'a pas la migraine, n'est-ce pas ? j'espère que vous voudrez bien me la céder pour égayer ma solitude... Venez, ma mignonne ; je meurs d'envie d'entendre la *Coupe du roi de Thulé* et la *Chanson lointaine*... »

Mme de Fréjaques avait, ce soir-là, moins envie de dormir que jamais. Après les morceaux qu'elle avait demandés, elle en réclama d'autres ; puis elle se fit apporter une pile de partitions italiennes et désigna à Sylvie tous les airs qui seraient dans sa voix. Chemin faisant, elle lui nommait les grandes cantatrices qu'elle avait entendues dans tel ou tel rôle ; elle lui racontait telle représentation de gala, où assistaient tels grands personnages : elle était tout à fait en verve.

Quand elle en eut fini avec la musique, il n'était pas loin de minuit. « Quelle délicieuse partition que celle de *Don Juan !* dit-elle ; avez-vous lu les articles que Scudo lui a consacrés ? il en parle d'une façon idéale... Tenez, j'ai là le volume : lisez-moi un peu ce chapitre... J'ai envie d'introduire dans mon roman une des premières représentations de *Don Juan*. »

Sylvie lut l'article ; après celui-là un autre ; Mme de Fréjaques la consulta sur la manière de faire entrer *Don Juan* dans son livre, et deux heures sonnaient au moment où, épuisée et dormant debout, elle ouvrit la porte de sa chambre.

De la lumière ! Qui donc était là ? Sylvie recula effrayée ; mais elle eut bientôt reconnu la marquise.

« Voici trois heures que je vous attends, mademoiselle, » lui dit Mme de Cinchonas d'une voix brève. La longue attente avait accru sa mauvaise humeur, ce qui était assez naturel ; mais ce n'était pas la faute de Sylvie, et celle-ci le lui fit observer aussi poliment qu'elle put.

« Je ne sais si cela vous amuse ou ne vous amuse pas, reprit la marquise d'un ton très hautain ; ce que je sais, c'est que ce n'est pas pour cela que je vous ai amenée ici. Votre temps appartient à mes petits-enfants : vous ne devriez pas l'oublier.

—Je ne l'oublie pas, madame, répliqua Sylvie qui bouillonnait intérieurement ; mais veuillez en faire souvenir aussi Mᵐᵉ de Fréjaques : comment puis-je, lorsqu'elle m'appelle, lui répondre par un refus ?

— C'est votre affaire, mademoiselle ; vous pensez bien que je ne vais pas, à propos de vous, risquer de mécontenter ma tante. Avec du tact et de la modestie, vous saurez bien trouver moyen de vous tenir à votre place.

— Trouvez-vous donc que j'en sois sortie, madame ? s'écria Sylvie. Donnez-moi une règle à suivre, et faites qu'il me soit permis de l'observer... Les enfants ne travaillent que quand cela leur plaît et je n'ai aucun moyen de me faire obéir d'eux ; il faut maintenant que sans mécontenter la maîtresse de la maison, je refuse de faire ce qu'elle me demande... Ma position n'est pas tenable, en vérité !

— Assez, mademoiselle ! J'avais bien entendu dire que vous aviez un caractère difficile ; mais vous passiez pour loyale et consciencieuse, et j'avais compté vous trouver plus attachée à votre devoir. Je vous avertis : tâchez de tenir compte de mes observations. »

Et la marquise sortit, refermant la porte sur elle. Sylvie écouta, frémissante, le bruit décroissant de ses pas sur l'escalier, et, quand elle l'eut entendue rentrer dans sa chambre, elle se jeta sur son lit en pleurant de rage.

A partir de ce jour-là, il n'y eut plus de paix pour Sylvie. Il lui fallut louvoyer entre des écueils et accomplir des prodiges de diplomatie pour tâcher de contenter à la fois la marquise et la comtesse. Comme il arrive toujours en pareil cas, elle n'y réussissait point, chacune des deux parties trouvant toujours qu'elle accordait trop à l'autre. Il était encore heureux que Mᵐᵉ de Fréjaques détestât monter les escaliers ; sans cela elle serait venue la relancer jusque dans la salle d'étude. Mais, si elle la rencontrait, en bas ou si elle la voyait passer à sa portée, elle l'interpellait aussitôt :

« Mademoiselle !

— Madame !

— Venez donc un peu avec moi, je vous en prie !

— Pardon, madame, j'irai dans un instant ; il faut que je donne à Odile sa leçon de piano...

— Eh! ce n'est pas si pressé : je ne vous garderai pas longtemps.

— Excusez-moi, madame, l'enfant m'attend ; je reviendrai
bientôt.

— Oh! quel rocher vous êtes! rien ne peut vous attendrir!
Venez au moins chercher de l'ouvrage, un petit passage à me
copier, que vous ferez pendant que vos élèves aligneront leurs
bâtons... Je vous demande bien pardon de la peine que je vous
donne : j'ai compté sur votre complaisance inépuisable... Vous
venez? que vous êtes donc bonne et charmante! Soyez tranquille, je ne vous retiendrai pas du tout... »

En dépit de cette promesse, elle gardait Sylvie fort longtemps
dans le boudoir : n'avait-elle pas des explications à lui donner,
son avis à lui demander? Ce passage à copier..., elle tâcherait de
s'en contenter...; pourtant, pour plus de clarté, la page suivante
serait bien utile..., si sa gracieuse collaboratrice voulait bien
avoir l'extrême amabilité de l'ajouter... Elle venait de terminer
un chapitre, qu'elle lirait le soir à la marquise et à Sylvie ; mais
il y avait une phrase dont elle n'était pas contente : elle n'était
pas sûre qu'elle fût bien française... « Celle-ci... » et elle prenait son manuscrit... « Oh! rien que cette phrase : je ne veux
pas vous retarder... »

Une heure après, elles y étaient encore, et, quand Sylvie pouvait enfin remonter, elle trouvait Odile bâillant sur son tabouret
de piano et se refusant à continuer de jouer, sous prétexte
qu'elle avait très bien fait ses exercices toute seule pendant que
Mademoiselle était sortie. Et la marquise prenait des airs pincés
pour parler à l'institutrice.

Laissée à elle-même, Mᵐᵉ de Cinchonas eût sans doute été
plus juste ; mais elle subissait sans le savoir l'influence de
Solange. Or Solange n'aimait pas Sylvie. Solange avait pour
son nourrisson une passion jalouse, exclusive et féroce à l'égard
de quiconque pouvait nuire à Lazare ou simplement lui causer
un moment d'ennui, et Sylvie avait souvent à reprendre Lazare.
Elle se gardait bien de lui citer son petit frère comme exemple,
mais la comparaison s'imposait d'elle-même : Jean était si doux,
si attentif, si appliqué! Il faisait des progrès étonnants et il
devançait son aîné en tout. Solange était jalouse de ses succès,
jalouse des éloges que lui donnait l'institutrice.

Elle était jalouse d'autre chose encore. Dans une maison où il y a plusieurs domestiques, on bavarde beaucoup à l'office, à la cuisine et aux autres lieux de réunion de ces messieurs et de ces dames. Les domestiques de Mme de Cinchonas avaient bientôt été mis par ceux de Mme de Fréjaques au courant des affaires de cette dernière. La vieille femme de chambre de la marquise, Nanon, n'avait pas de préférence pour l'un ou l'autre de ses jeunes maîtres ; elle apprit avec plaisir que le château de Fréjaques était destiné au petit Jean, qui sans cela n'aurait pas eu de château du tout, Cinchonas devant revenir à son frère. Mais Solange ne prit pas les choses avec cette philosophie. Comment, Jean serait comte de Fréjaques ! Mais le château de Fréjaques était plus beau que le château de Cinchonas, et comme Jean aurait sa part de l'héritage de sa mère, il se trouverait plus riche que son frère aîné. Cette idée révolta Solange, et elle chercha comment on pourrait rétablir l'équilibre. Cette comtesse laisserait son château à Jean : on n'y pouvait rien. Mais elle n'avait pas que son château ; elle avait des rentes aussi ! il fallait qu'elle les laissât à Lazare...

Et Solange essaya de dresser Lazare à toutes sortes de mines et de cajoleries envers sa grand'tante, espérant qu'elle le prendrait en affection. Peine perdue : Lazare, bien peigné, soigné, tiré à quatre épingles, avait beau se trouver sur le passage de la marquise, lui faire de belles révérences et lui baiser la main, elle le regardait à peine ; elle n'aimait pas les enfants, et le seul auquel elle accordât quelque attention était le futur comte de Fréjaques, non pour lui, mais pour son titre à venir.

Un jour, Sylvie revenait du jardin avec ses élèves. Elle venait de leur donner une leçon de choses, en leur nommant les différents arbres et arbustes et aussi les insectes qui s'étaient rencontrés sur leur chemin ; les enfants apprenaient très bien tout cela, à la grande joie du jardinier, qui s'émerveillait de leur science et de celle de la demoiselle. Pour témoigner son admiration à Sylvie, il lui avait ce jour-là offert un bouquet, et Jean avait voulu le lui porter. La cloche sonnait pour le déjeuner, au moment où la jeune fille et les enfants entraient dans le vestibule, et Mme de Fréjaques y arriva en même temps, le traversant pour se rendre dans la salle à manger. Vite, Solange, qui attendait les garçons pour les emmener, poussa Lazare vers la comtesse. Lazare ôta son bonnet et prit la main de M™ de Fréjaques pour la baiser, en disant : « Bonjour, ma tante ! »

« Bonjour, mon enfant ! » répondit-elle sans le regarder. Elle se tourna vers Sylvie et aperçut Jean qui lui donnait la main. Il était si beau avec ses cheveux blonds que traversait un rayon de soleil et ses fleurs moins fraîches que ses joues, que la comtesse s'arrêta pour le contempler, comme elle eût fait d'un chérubin de Rubens, et elle lui sourit.

Le petit ne lui baisa pas la main ; il fit un pas vers elle et lui tendit sa jolie figure. « Est-il gentil, ce petit ! » dit la comtesse, et elle se pencha pour l'embrasser. C'était la première fois. Solange la suivit d'un regard chargé de rancune.

« Elle n'a seulement pas regardé mon Lazare ! marmotta-t-elle en emmenant les deux garçons. Toutes les amitiés sont pour le petit... C'est l'institutrice qui lui souffle ça : Jean est son chéri, il n'y a pas de risque qu'elle le gronde... Et elle monte aussi M™ la marquise contre l'aîné, pauvre agneau ! Madame prend des airs sévères avec lui, sous prétexte qu'elle a gâté son père autrefois... Tout ça, c'est l'institutrice : une belle demoiselle qui fait la câline avec M™ la comtesse... Pourquoi ? Est-ce que je sais, moi ! ça n'est pas pour le bien, sûrement... et on ne me fera pas non plus croire que ça l'amuse, d'être du matin au soir fourrée dans les écrivasseries... Il faudra que je veille à ça... »

Solange était une âme très primitive, qui ne comprenait pas qu'on pût faire sans un intérêt bien déterminé autre chose que ce qu'on s'était engagé à faire. Pour elle, Sylvie, étant payée pour instruire les enfants, devait être à leur disposition toute la journée, pour leur donner des leçons à tous les moments où il leur convenait d'en prendre. Ce n'était déjà pas si rude, ce métier-là ! les chers petits n'étaient pas exigeants, et il lui restait bien des heures où elle aurait pu se croiser les bras. Pour qu'elle les employât à se fatiguer les yeux au service de M™ la comtesse, qui ne la payait pas, il fallait qu'elle eût son idée : c'était louche, sa conduite !

On n'a pas idée du chemin que fait une idée fausse dans une cervelle étroite : elle ne met pas grand temps à tout envahir. Solange eut bientôt fait de voir des intentions perverses dans les actions les plus indifférentes de Sylvie. Elle jouissait près de

la marquise, comme nourrice de Lazare et domestique dévouée
et fidèle, d'une certaine liberté de langage; par des mots jetés
çà et là, par des insinuations sans cesse répétées, elle finit par
inspirer à sa maîtresse une vague défiance contre la jeune fille,
et la pauvre Sylvie se sentit entourée d'un brouillard de malveillance qui s'épaississait de plus en plus.

Dans cette situation, il était bien naturel qu'elle se rapprochât davantage des êtres qui l'aimaient ou qui semblaient
l'aimer : le petit Jean, d'une part, et Mme de Fréjaques, de
l'autre. Elle ne se doutait pas que c'était le meilleur moyen
d'augmenter les défiances et d'exciter les jalousies.

Un groupe de cavaliers et d'amazones s'apprêtait à partir.

CHAPITRE XXVII

Où Mme de Fréjaques se fait amuser. — A propos d'une robe neuve. — Sylvie
homme d'affaires.

Mme de Fréjaques avait fait venir sa nièce pour ramener
autour d'elle un peu de mouvement et de gaîté. Peu lui impor-
tait que la marquise ne se souciât ni de l'un ni de l'autre,
pourvu qu'elle lui servît de prétexte, et, dès que la saison de
la chasse fut venue, elle lança des invitations de tous les côtés,
« pour distraire sa nièce », disait-elle. Après quoi elle somma
sa nièce de l'aider à distraire ses invités, et tout fut en l'air
dans le château du matin au soir. Tant pis pour les élèves de
Sylvie !

En effet, Sylvie était sans cesse mise en réquisition par la
comtesse. Plus de travaux littéraires : le roman dormait et les
mémoires aussi; il fallait combiner de nouveaux amusements,
préparer des charades, étudier des danses de l'ancien temps;
diriger les répétitions d'une comédie ou d'une opérette, s'occuper des décors, des costumes, tenir le piano, être à la disposition de quiconque avait besoin d'un renseignement ou d'une
aide. Mme de Fréjaques avait bien soin de dire, dix fois le jour,

à sa nièce : « Il faut encore que je vous emprunte Mlle de Préjonc; que voulez-vous, ma chère? nous ne sommes pas assez
alertes, vous et moi, pour faire des maîtresses de maison
entraînantes, et nous avons grand besoin qu'une jeunesse nous
vienne en aide. Je vous demande bien pardon, mais les enfants
ne se plaindront pas de ces petites vacances. » A ces explications, données sur un ton de douce plaisanterie, Mme de Cinchonas ne pouvait que répondre : « Comment donc! c'est trop
juste, ma tante! » Mais, si elle ne pouvait marquer de mauvaise humeur à la comtesse, elle se rattrapait sur Sylvie, qui,
pensait-elle, aurait pu, avec un peu d'adresse, se dérober à
ce rôle d'amuseuse en chef.

Mme de Fréjaques devinait bien les sentiments de sa nièce,
mais s'en inquiétait peu. Pourvu qu'elle s'amusât, qu'est-ce
que cela lui faisait de mettre la pauvre Sylvie dans une situation fausse et de l'exposer à de graves ennuis? Or, grâce à
Sylvie, elle avait actuellement la vie qui lui plaisait. Sa santé
ne lui permettait plus les voyages, les longues courses en voiture, même la vie de château chez les autres : il lui fallait ses
petites habitudes, les soins minutieux dont elle s'entourait,
pour être capable de jouir encore de l'existence. Chez elle, elle
ne prenait de la société de ses hôtes que ce qui lui convenait;
mais il fallait qu'elle fût suppléée dans ses devoirs de maîtresse
de maison. Mme de Cinchonas n'aurait pas retenu longtemps
les invités de sa tante : des gens jeunes et gais ne seraient pas

restés au château pour amuser deux vieilles
femmes. Sylvie venait là fort à propos. Grâce
à elle, on accourait avec empressement à Fréjaques et l'on y restait le plus longtemps possible. La comtesse était ravie et témoignait
à Sylvie une véritable tendresse.

Un matin, Solange était en conférence avec
la marquise, dans la chambre de celle-ci, à
propos de vêtements neufs dont les enfants
avaient besoin. Odile écoutait avec intérêt : elle aimait beaucoup la toilette. Les deux garçons regardaient par la fenêtre
un groupe de cavaliers et d'amazones qui s'apprêtaient à
partir pour une promenade. Les chasseurs sérieux s'étaient
mis en route dès le matin; les simples promeneurs allaient

les rejoindre à cheval et les personnes plus âgées devaient suivre dans des voitures. On devait déjeuner dans un pavillon, élégant rendez-vous de chasse situé à deux lieues.

« A propos, dit tout à coup Solange, madame a-t-elle vu la nouvelle robe de Mademoiselle? »

Mme de Cinchonas la regarda d'un air étonné.

« Mais non, Solange; pourquoi voulez-vous que je m'occupe des robes de Mademoiselle?

— C'est vrai, madame ne peut pas savoir... C'est une robe que Mme la comtesse a fait faire en cachette pour Mademoiselle... Catherine a été chargée de prendre un corsage dans son armoire et de mesurer la hauteur de sa jupe, pour envoyer à la couturière de Mme la comtesse... et la couturière est ici, dans la chambre de Mme la comtesse, à essayer la robe à Mademoiselle...

— Tant mieux pour Mademoiselle! une robe de plus ne lui sera pas désagréable, je pense... Quand cette couturière sortira, faites-lui dire de passer chez moi : je l'emploierai peut-être pour la toilette d'Odile... Non, au fait, je vais la trouver moi-même... »

La marquise se leva et passa chez sa tante. Solange avait dit vrai : Sylvie, debout au milieu de la pièce, essayait une très élégante robe de soie blanche, rayée de vert pâle et semée de boutons de roses. La couturière tournait autour d'elle, donnant un coup de ciseau ici, mettant une épingle là, et Mme de Fréjaques, de son grand fauteuil, présidait à l'opération en lançant de temps à autre quelque remarque critique ou élogieuse.

« Un peu plus décolletée dans le dos, s'il vous plaît... La jupe tombe très bien; le corsage est de bonne longueur...; c'est merveilleux comme vous avez réussi, madame Vankerke, sans connaître mademoiselle. Ce nœud un peu plus haut, s'il vous plaît...; bien, c'est cela...; la dentelle des manches un peu plus fournie... Ma chère enfant, cette robe vous va à ravir; Mme Vankerke va s'installer dans la lingerie pour faire les petites corrections; je veux que vous la mettiez ce soir... Ah! ma nièce, est-ce qu'il est temps de partir?

— Pas que je sache, ma tante; je ne venais pas pour cela.

16

J'ai entendu dire que vous aviez ici votre couturière, et j'ai de l'ouvrage à lui donner. »

Sylvie était devenue rouge comme une pivoine sous le regard de la marquise. Le cadeau de Mme de Fréjaques lui avait fait plus de peine que de plaisir. Comme toutes les personnes très fières, elle éprouvait, au premier moment, un sentiment presque pénible quand on lui faisait un don; et ce don venait d'une étrangère, qui ne la trouvait sans doute pas assez bien mise pour figurer dans son salon... La comtesse donnait aussi des robes à ses femmes de chambre... Enfin, Sylvie avait dû faire un effort pour remercier gracieusement, et se raisonner pour ne voir là qu'une bonne intention... Si maintenant Mme de Cinchonas allait croire qu'elle avait quêté un présent !

« Vous voulez lui donner de l'ouvrage? reprit Mme de Fréjaques en passant négligemment ses doigts minces, chargés de bagues, dans les poils soyeux de Blondine couchée en rond sur ses genoux. Vous ferez très bien; elle travaille à merveille : voyez comme cette robe a bonne tournure! Il faut dire aussi qu'elle est très bien portée : c'est un vrai plaisir d'habiller une jeune fille gracieuse et bien faite comme Mlle de Préjonc... Cette pauvre enfant, je fatigue elle et ses robes pour le plus grand bonheur de mes invités, et il est bien juste que je vienne au secours de ce que je lui fais user... Non, ne me remerciez pas, ma mignonne; c'est moi qui vous ai de l'obligation... »

Le front de la marquise se rembrunissait : Sylvie sentait peser son regard sur elle, et ce regard n'avait rien d'aimable. Elle se hâta de passer dans le cabinet de toilette pour enlever la robe qu'elle venait d'essayer. Pendant qu'elle y était, Catherine entra.

« Madame voudrait-elle bientôt partir? Le cocher demande s'il peut atteler.

— Qu'il attelle! Vous êtes prête, n'est-ce pas, ma nièce?

— Je n'ai que mon chapeau à mettre et je descends... Mademoiselle — Sylvie sortait du cabinet, — vous ne serez pas dérangée dans vos leçons aujourd'hui; j'espère que vous allez en profiter pour faire bien travailler les enfants. »

Sylvie ne répondit qu'en inclinant la tête : elle n'aurait pas pu parler. Jusque-là elle avait été de toutes les promenades; elle était habillée pour celle-ci, et elle voyait bien que la com-

tesse était aussi étonnée qu'elle. Et la marquise lui comman-
dait de rester, comme à un enfant qu'on met en pénitence !
elle lui faisait cette avanie devant les domestiques ! devant la
couturière ! Sylvie sortit, outrée. Sur le palier, elle s'effaça
pour laisser passer Mme de Cinchonas, et se sentant plus humiliée encore que fâchée à l'idée que la marquise pouvait la soup-
çonner d'avoir sollicité un cadeau :

« Madame, murmura-t-elle d'une voix tremblante, je vous
prie de croire que cette robe a été pour moi une surprise complète...

— Moi, je vous prie de croire, mademoiselle, que je ne
m'occupe pas du tout de vos robes ! » répondit Mme de Cinchonas. Et elle rentra dans sa chambre sans regarder Sylvie,
qui demeura muette de colère et de douleur.

Elle se réfugia dans la salle d'étude, bien sûre que les
enfants n'y viendraient pas tout de suite : il étaient en bas,
attendant pour voir le départ des voitures. Et Sylvie s'appli-
qua à composer son visage et à ne penser à rien, car toutes
les pensées lui étaient amères. Quand ses élèves vinrent la
rejoindre, elle paraissait calme ; mais quelle lourde journée
pour elle ! Tout la blessait, même les caresses de Jean, enchanté
de garder Mademoiselle toute la journée. Il lui semblait que
les jardiniers qui la saluaient dans les allées du parc se demandaient pourquoi elle était restée au lieu d'accompagner les promeneurs. Odile lui demanda si elle avait la migraine ; Lazare
ricana à cette question et échangea un regard avec sa nourrice :
autant de piqûres d'épingle très sensibles à l'âme susceptible
de Sylvie. Le soir, ce fut une autre affaire. On l'avait regrettée ;
on espérait que son malaise était dissipé ; elle avait manqué
à tout le monde, etc., etc. Sylvie balbutiait, ne savait que
répondre : c'était bien pis lorsqu'on la complimentait sur sa
jolie robe ! Cette robe, elle n'avait pas osé ne pas la mettre ;
mais elle la prenait en grippe et souhaitait de bon cœur que
quelque valet maladroit l'arrosât d'une tasse de chocolat ou
d'un verre de sirop. Et il fallait être gaie, sourire, répondre
aux plaisanteries, faire de la musique, jouer son rôle dans la
comédie... Ah ! que d'ennuis elle était venue chercher si loin !

La saison de la chasse et des réceptions au château s'écoula,
et les hôtes de Fréjaques s'envolèrent à Anvers ou à Bruxelles ;

Sylvie se retrouva seule avec la comtesse, la marquise et les enfants. Elle aurait béni cette solitude si elle eût retrouvé autour d'elle la bienveillance des premiers jours. Mais les relations étaient de plus en plus tendues. Mme de Fréjaques l'accaparait tant qu'elle pouvait, ne trouvant de ressources contre l'ennui que dans sa société; la marquise lui marquait son mécontentement par la raideur de ses manières et la sécheresse de son langage, et les enfants, à force d'entendre dire à leur bonne et à leur grand'mère que leur institutrice manquait à son devoir en ne s'occupant pas d'eux, en arrivaient à perdre toute considération pour elle. Et le fossé se creusait de plus en plus profond. Plus Mme de Cinchonas se montrait froide, plus la comtesse devenait expansive et gracieuse envers Sylvie; elle multipliait les compliments, les appellations câlines, les cadeaux que Sylvie faisait son possible pour refuser, mais qu'elle finissait toujours par être obligée d'accepter. On eût juré que la comtesse y mettait de la malice.

« Laissez donc les enfants où ils sont! disait-elle à l'institutrice. Est-ce que vous croyez que cela les amuse de travailler? Lazare est paresseux comme un loir; Jean est déjà plus avancé que lui, cela cause de la jalousie entre les deux frères. Pour Odile, elle en saura toujours assez. Je la doterai et je léguerai Fréjaques au petit : il me semble que j'ai bien droit à quelques complaisances de la part de leur grand'mère... Allons allons, ma belle, ne vous tourmentez pas et lisez-moi ce livre que nous avons commencé hier. »

Sylvie ouvrait le livre en soupirant; mais, tout le temps qu'elle lisait, elle se demandait ce que faisaient les enfants et ce que pensait la marquise. Elle s'esquivait à la première bonne occasion et rassemblait ses élèves pour les mettre à l'ouvrage; mais il ne se passait pas une heure que Catherine ne vînt frapper à la porte de la salle d'étude et dire que « madame la comtesse désirait beaucoup parler à mademoiselle ».

Un jour qu'elle fit ainsi appeler Sylvie — il y avait près d'un an que celle-ci habitait Fréjaques, — la jeune fille la trouva entourée de papiers en désordre et d'aspect fort peu récréatif.

« Ah! chère mademoiselle, venez à mon secours, je vous en supplie! lui dit-elle avec un air de désespoir comique. Figurez-

vous que mon homme d'affaires est mort... oh! c'était un très
honnête homme et je n'ai pas à me plaindre de lui; seulement,
il n'a pas eu le temps de m'expliquer où j'en suis, et je ne sais
quand je dois toucher de l'argent ou en donner... Voilà des
baux, des titres..., j'ai tout embrouillé en cherchant : il faudrait classer tout cela, et j'aime mieux le faire avec vous qu'avec
un nouvel homme d'affaires... Cela va être très drôle! Je
parie que vous n'avez jamais mis le nez dans cette sorte de
papiers-là? »

C'était la vérité; mais Sylvie avait assez d'intelligence pour
comprendre vite la besogne qu'on lui demandait. La comtesse,
d'ailleurs, n'était pas aussi embarrassée qu'elle avait feint de
l'être; elle avait pris ce prétexte pour réclamer la société de
l'institutrice.

Ce caprice eut des conséquences auxquelles ni Sylvie ni
Mme de Fréjaques n'auraient pu s'attendre. La comtesse dut
chercher un homme d'affaires qui fût sûr, comme intelligence
et comme probité; on lui en recommanda plusieurs qui ne lui
convinrent pas. En attendant, elle faisait ses affaires elle-même;
il y avait des lettres à écrire, et, comme cela l'ennuyait, elle faisait de Sylvie son secrétaire. Elle trouvait que la jeune fille
s'en tirait très bien.

« Serez-vous bientôt majeure? lui dit-elle un jour; j'ai envie
de vous prendre pour intendant. Vous irez discuter les baux
avec mes fermiers et toucher mes revenus à Anvers, payer mes
impôts et tout le reste. On sera très poli pour vous dans les
bureaux : ils ne voient pas souvent d'aussi belles demoiselles.
Il faudra que nous arrangions cela : je vous donnerai de plus
beaux appointements que ma nièce, et nous n'aurons plus à
nous préoccuper des trois marmots. »

Elle plaisantait; mais une de ses femmes, qui rangeait quelque
chose dans la chambre voisine, l'entendit, et s'en alla répéter
à toute la domesticité du château que ce serait Mademoiselle
qui aurait la place du vieux M. Reghen, et que Mme la comtesse
lui donnerait beaucoup d'argent pour cela.

Par Solange, le bruit en vint à la marquise, qui commença
à s'inquiéter sérieusement. Cette jeune fille prenait vraiment
trop d'influence sur Mme de Fréjaques! Que la comtesse songeât
à en faire son intendant, c'était une absurdité qui ne méritait

pas qu'on s'y arrêtât; mais pouvait-on savoir quels seraient les résultats de la confiance qu'elle paraissait disposée à lui accorder?

Solange, qui devinait les dispositions de sa maîtresse, se chargea de les entretenir.

« Voilà encore l'institutrice fourrée jusqu'au cou dans les paperasses de Mme la comtesse, disait-elle à Mme de Cinchonas; je vous demande un peu s'il ne serait pas plus naturel que Mme la comtesse parlât de ses affaires à madame, qui est sa nièce! Il ne sortira de là rien de bon, j'en mettrais la main au feu! » Une autre fois, c'était : « Que peut-elle bien lui dire, cette belle demoiselle, pendant des heures qu'elles passent ensemble? Madame ne devrait pas souffrir cela; madame verra qu'avec le château de Fréjaques Jean héritera des rentes de Mme la comtesse, et que son aîné ne sera pas moitié si riche que lui : est-ce que c'est juste, ça? et on peut bien être sûr que la demoiselle travaille pour son chéri..., à moins que ce ne soit pour elle, qui sait! Si j'étais madame, il y a longtemps que je lui aurais fait refaire ses malles! »

Une goutte d'eau qui tombe toujours au même endroit finit par creuser la pierre; les discours de Solange finissaient par nuire sérieusement à Sylvie dans l'esprit de la marquise. Un hasard précipita la catastrophe.

La marquise la rejoignit.

CHAPITRE XXVIII

A travers une tapisserie. — Injustice! — Où ira-t-elle ?
Pont-le-Moine et ses habitants.

Ce hasard, ce fut une porte laissée entre-bâillée, un matin, sous sa portière de tapisserie, représentant, finement brodés, l'arc et le carquois de Cupidon, enguirlandés de roses et reliés par un ruban bleu : ce trophée du pays de Tendre se reproduisait de distance en distance sur toute l'étendue de la portière. La porte qu'elle cachait séparait le boudoir de la bibliothèque où Mme de Cinchonas entra pour prendre un livre, pendant que dans le boudoir Sylvie aidait la comtesse à revoir différents comptes, et le même hasard voulut que ce livre se trouvât placé tout près de cette porte.

« Six et huit font quatorze, et trois font dix-sept, et sept font vingt-quatre... Deux mille quatre cents francs au lieu de trois mille ! disait la voix de Sylvie. Il ne vous volait que de six cents francs, cet entrepreneur ! Heureusement que vous vous êtes adressée à l'architecte pour faire réduire son compte.

— C'est vous qui me l'avez conseillé, ma chère enfant ; moi, je trouvais bien ses réparations un peu chères, mais j'aurais

peut-être payé sans rien dire : je ne suis pas au courant de ces
réductions-là, c'est Reghen qui s'en occupait.

— Je me suis rappelé que pareille chose est arrivée à mon
oncle, quand il a fait réparer les toits de Bois-Fleuri, et j'ai
pensé que le même usage existait peut-être en Belgique.

— Très judicieusement pensé ! En vérité, mademoiselle, ces
six cents francs-là devraient passer dans votre bourse... Non, ne
prenez pas cette mine fâchée : je ne vous les offre pas, j'ai trop
peur de lire dans vos yeux la devise que vous a donnée votre
cousin : *Armée en guerre*, m'avez-vous dit ? Vous me raconterez
encore les histoires de votre enfance ; vous ne pouvez pas vous
figurer combien elles me divertissent... Mais j'aurai soin de vous
dans mon testament ; oui, quoi que vous en disiez ! Je suis bien
libre, je pense, de donner aux personnes qui m'amusent plutôt
qu'à celles qui m'ennuient !

— Oh ! madame, je vous en supplie ! songez donc à ce que
vous feriez dire de moi ! Comme je serais méprisée ! Non, non,
jamais rien de pareil ! »

La marquise n'attendit pas ce que sa tante allait répondre à
la protestation indignée de Sylvie : elle craignait de ne plus
pouvoir se contenir. Elle sortit sans bruit de la bibliothèque et
remonta à sa chambre.

« Solange avait raison, se disait-elle, le danger est plus
grand que je ne l'imaginais... Elle fait l'hypocrite ! elle refuse
pour obtenir davantage... Ce qu'on dira d'elle ! elle s'en souciera
bien, quand elle s'en retournera chez elle, emportant notre
héritage...

« Elle n'est pourtant pas aussi mauvaise qu'elle en a l'air,
peut-être ; je l'ai toujours trouvée honnête et sincère : il faut
être juste ! Mais aujourd'hui on refuse, demain on accepte... Il
faut qu'elle parte ! »

Quelques instants après, Sylvie montait l'escalier en courant ;
la comtesse n'avait plus besoin d'elle, elle allait avoir le temps
de faire travailler ses élèves... Sur le palier du premier étage une
porte s'ouvrit, et Sylvie s'arrêta, étonnée, devant la figure sévère
de la marquise.

« Veuillez entrer, mademoiselle ! » lui dit-elle froidement.
Sylvie la suivit.

« Vous devez comprendre, reprit la marquise en restant

debout, que, d'après la conversation que le hasard vient de me faire entendre entre ma tante et vous, je ne puis plus vous garder ici.

— Oh! madame! s'écria Sylvie frappée au cœur, si vous m'avez entendue, de quoi pouvez-vous m'accuser? »

Son accent était si sincère que Mme de Cinchonas fut un instant ébranlée. Mais elle en avait trop dit : il y a des choses qui ne se replâtrent pas. D'ailleurs, s'il n'y avait rien à craindre pour le présent, qui pouvait répondre de l'avenir?

« Je veux bien croire, reprit-elle d'une voix un peu adoucie, que vous êtes trop honnête pour nuire de propos délibéré à mes petits-enfants. Mais votre présence n'en est pas moins un danger pour eux. Vous devez comprendre que vous n'avez aucun droit à l'héritage de ma tante ; et puis, quelle belle réputation pour vous, si elle vous faisait du bien en faisant du tort à ses héritiers... Quand même vous refuseriez, on dirait toujours que c'est par crainte du scandale, et vous passeriez pour une intrigante qui a reculé au dernier moment...

— Je vais partir, madame, tout de suite, tout de suite! balbutia Sylvie, tremblante, pâle comme une morte et brisée par l'effort qu'elle avait fait pour retenir ses larmes. Je n'aurais jamais cru..., vous regretterez d'avoir été si injuste... Qu'ai-je fait pour être jugée ainsi?

— Mon Dieu, mademoiselle, je ne vous condamne pas! répliqua la marquise, presque aussi émue qu'elle — son injustice, elle la sentait déjà, mais elle ne voulait pas en convenir. — Je ne vous accuse même pas ; mais, en somme, que ce soit ou non votre faute, vous faites ici tout autre chose que votre métier... Il me faut une institutrice qui s'occupe exclusivement de ses élèves... Montez faire votre malle : je vais donner ordre d'atteler pour qu'on vous conduise à la gare : vous pouvez arriver à temps pour prendre à Anvers le train de Paris. Je vous donnerai une lettre pour la maîtresse de l'hôtel où nous avons passé la nuit ; elle aura soin de vous jusqu'à ce que votre oncle puisse venir vous chercher : vous n'aurez qu'à lui envoyer une dépêche de la gare. Ma tante est occupée : j'espère que vous ne ferez aucune tentative pour la revoir... »

Sylvie suffoquait. Ah! que de fois elle s'était révoltée quand le devoir, la raison, les égards dus à ses proches commandaient de se soumettre ! Et à présent, il fallait qu'elle cédât devant l'injure et l'injustice ! qu'elle prît la fuite comme une coupable, sans même dire adieu à la personne dont la bienveillance avait causé tous ses chagrins ? Si elle résistait ? Mais quoi ! c'était la marquise qui l'avait amenée, c'était d'elle qu'elle dépendait. Elle pouvait, sans doute, réclamer la protection de la comtesse, lui expliquer de quoi on l'accusait, la sommer de la justifier... Mais après ? ce serait la guerre ouverte, et la vie deviendrait impossible à Fréjaques, pour elle plus que pour personne. Il fallait partir, partir !

Elle monta l'escalier en s'accrochant à la rampe, car ses jambes tremblantes avaient peine à la porter, et elle se mit à empiler nerveusement dans sa malle ce qu'elle possédait. Elle venait de la fermer quand on frappa à sa porte, et Solange se présenta. Toute sa personne respirait un air de triomphe et de compassion.

« Mademoiselle est-elle prête ? La voiture est en bas : il ne faut pas tarder si mademoiselle veut prendre le train.

— Je suis prête, répondit Sylvie sans se retourner.

— Les enfants voudraient dire adieu à mademoiselle, » ajouta Solange.

Les enfants embrassèrent Sylvie avec des témoignages de regret : Jean pleurait. « Vous reviendrez bientôt, mademoiselle ? disait Odile. Comme c'est malheureux que votre oncle soit tombé malade tout d'un coup ! Qu'est-ce qu'il a ? Il guérira, n'est-ce pas ? C'est ma tante qui va être fâchée de ne plus vous voir ! »

Sylvie comprit que Mme de Cinchonas avait donné pour prétexte à son départ une maladie subite de son oncle, et cela la rasséréna un peu : elle n'aurait pas l'air de s'en aller, chassée comme une intrigante... Elle descendit. La marquise la rejoignit au moment où elle montait en voiture, et lui mit un petit paquet dans la main.

« C'est votre trimestre courant, » lui dit-elle. La portière se referma, et la voiture partit.

Sylvie avait fait bonne figure tant qu'elle avait senti autour d'elle des regards curieux ; mais, quand elle se vit seule dans la voiture qui l'emportait vers la gare, tout son courage l'abandonna, et elle fondit en larmes. Chassée ! c'était donc ainsi qu'elle quittait cette maison ! Que dirait-elle à sa famille pour expliquer son retour, quinze mois après son départ ? Voudrait-on la croire ? Ne l'accuserait-on pas d'avoir manqué de souplesse, de n'avoir pas su se plier aux nécessités de sa position ?... A mesure que la voiture roulait, Sylvie se faisait, dans son imagination troublée par les événements du jour, une idée de plus en plus terrible des explications qu'on lui demanderait, des reproches qu'on lui ferait, et le « je te l'avais bien dit ! » résonnait à son oreille comme si elle l'eût entendu réellement.

Tout à coup, une éclaircie se fit dans son esprit : « Jeanne ! » Oui, c'était à Jeanne qu'il fallait aller : Jeanne la comprendrait, la consolerait, l'encouragerait... Chère Jeanne ! Sylvie se rappelait bien la gare, à peu près à moitié chemin entre la frontière et Paris, d'où partait l'embranchement du chemin de fer qui passait par Pont-le-Moine : en venant, elle avait tant regretté de ne pouvoir faire un crochet de ce côté-là !

Le parti de Sylvie était pris : elle irait à Pont-le-Moine. La voiture s'arrêta devant la gare ; le train allait partir, elle n'eut que le temps d'y monter. Elle n'envoya point de dépêche à son oncle : elle n'était pas près peut-être de revenir à Puymont.

. . . .

Le jour tombait lorsqu'elle arriva à Pont-le-Moine. La gare était tout près de la ville ; Sylvie ne voulut point, par cette belle soirée d'automne, s'enfermer dans l'omnibus ; elle laissa ses bagages à la consigne, se fit indiquer sa route et s'achemina à pied vers la maison de Jeanne.

Tout en marchant, elle regardait curieusement la petite ville, qui n'était guère qu'une grande rue, coupée par des places plantées d'arbres : place de la Mairie — place de l'Église — place du Tribunal — place du Marché. Au bout des rues plus étroites qui s'en détachaient à droite et à gauche, séparant les pâtés de maisons, on apercevait des prairies coupées de lignes de saules, indiquant des ruisseaux. Çà et là, des champs dépouillés de leurs récoltes entouraient quelque ferme ombragée par un bouquet d'arbres. La ville avait un aspect paisible et reposant : point de bruit, point de voitures ; le mouvement de la journée était fini, et les habitants s'asseyaient devant leurs portes pour jouir de la tranquillité du soir. Quelques antiques maisons à charpentes apparentes, à pignon sur rue, à étages surplombants, égayaient leur vieillesse de fleurs éclatantes cultivées sur leurs fenêtres ; d'autres, plus modernes, blanches avec des toits rouges et des contrevents verts, étaient précédées d'un étroit jardin clos sur la rue par un très petit mur, à hauteur d'appui, surmonté d'une grille. Une jeune femme, appuyée à une fenêtre d'une de ces maisons, tapissée d'un grand rosier à fleurs jaunes, leva la tête au bruit que fit Sylvie en soulevant le loquet. Elle poussa un cri de joie et s'élança vers la jeune fille.

« Sylvie ! ma chère petite Sylvie !

— Ma Jeanne bien-aimée ! »

La minute d'après, Sylvie était assise, débarrassée de ses gants et de son chapeau, sur un vieux canapé, dans un petit salon ; elle reposait sa tête sur l'épaule de Jeanne, qui lui baisait le front et lui pressait les mains, et elle pleurait doucement des larmes qui emportaient toute l'amertume de son cœur.

« Merci, ma chérie, de la joie que vous m'apportez ! lui dit Jeanne. Que vous êtes bonne de me donner la fin de vos vacances ! Aurons-nous des choses à nous dire ! Vous ne m'avez jamais écrit de longues lettres ; moi aussi, je suis très occupée, et j'ai peu le temps d'écrire : nous allons nous dédommager. Où sont vos bagages ?

— Je les ai laissés à la gare ; je ne savais seulement pas si je vous trouverais...

— Mon mari ira les chercher après dîner. Je serai si contente de vous le faire connaître... Venez, ma chérie, que je vous conduise dans votre chambre. C'est la chambre d'ami, et personne ne l'a encore habitée : on l'appellera maintenant la chambre de Sylvie. »

La chambre d'ami était située au second étage, elle avait une jolie vue sur la campagne et des rideaux de cretonne à ramages. Les meubles étaient vieux, mais frottés à s'y mirer, et l'ensemble avait un air d'hospitalité accueillante qui acheva de détendre les nerfs de Sylvie. Il lui sembla qu'elle s'éveillait d'un mauvais rêve de quinze mois. Elle se hâta de mettre un peu d'ordre dans sa toilette pendant que Jeanne allait faire ajouter un couvert.

Rafraîchie et apaisée, elle descendit. Deux vieilles dames vêtues du noir le plus simple, avec un tablier d'alpaga et un bonnet de mousseline à tuyaux sur lequel était posée une bande de crêpe noir, comme en portent les veuves en province, l'attendaient

Elle poussa un cri de joie.

dans la salle à manger et lui firent un accueil maternel : c'était Mme Cherbez et Mme Lagardie. M. Lagardie vint ensuite, et rien qu'à la façon dont il lui tendit la main, elle comprit qu'elle n'était pas pour lui une inconnue. Pour les autres non plus, du reste ; à table, Jeanne, à chaque instant, évoquait quelque souvenir de Bois-Fleuri, et sa mère ou sa belle-mère en rappelait un autre : elles connaissaient M. et Mme de Robay, et leurs enfants à tous les âges ; et la petite Sylvie, déjà passionnée pour l'indépendance ; et Sylvie jeune fille, jusqu'à la ruine de ses parents...

« Vous voyez que nous parlons souvent de vous, chère mademoiselle, lui dit Mme Cherbez ; c'est vous dire que nous vous aimons, car on ne parle volontiers que de ce qu'on aime. Et nous serons bien heureux, dans cette maison, de pouvoir ajouter à tous nos souvenirs celui de votre visite. »

Sylvie passa là une douce soirée ; mais elle se sentait si lasse, qu'elle ne chercha pas à la prolonger, et se laissa dès dix heures emmener par Jeanne, qui la déshabilla, la coucha, la borda et la dorlota comme un enfant.

Jeanne rentrait.

❦

CHAPITRE XXIX

Sérénité. — Le ménage de Jeanne. — Quelques semaines de repos.
Sylvie part pour une nouvelle étape.

Le lendemain, quand Sylvie ouvrit les yeux, un clair rayon
de soleil levant se jouait sur sa figure ; elle se mit sur son séant
et étendit la main pour prendre sa montre. Au léger bruit qu'elle
fit, sa porte s'entr'ouvrit, et Jeanne, qui la guettait sans doute,
s'y montra souriante. Sylvie lui tendit les bras :

« Avez-vous bien dormi, ma chérie? Oui, n'est-ce pas? vous
avez meilleure mine qu'hier soir. Mais il n'est que six heures et
demie, vous n'allez pas vous lever encore. Laissez-moi vous
soigner : on va vous apporter du chocolat, je l'ai fait moi-même,
comme vous l'aimiez... Et puis nous causerons: mon petit
ménage est déjà très avancé, je me suis levée de bonne heure, et
j'ai le temps de jouir de votre société. »

Elle s'envola comme un oiseau, et Sylvie la suivit des yeux
avec admiration. C'était bien toujours la même Jeanne, avec
son air doux et avenant ; mais son sourire paisible s'était animé
d'une vie nouvelle ; elle avait plus d'aplomb, on sentait qu'elle
avait désormais une responsabilité plus grande et qu'elle la

17

portait sans peine. Et en ce moment la flamme intérieure qui
l'animait brillait plus vive que jamais : elle devinait que Sylvie
avait besoin de consolations et de conseils, et elle était heureuse
d'ouvrir son cœur et sa main à la pauvre révoltée.

Ce matin-là, Sylvie, sa main dans la main de Jeanne et le
bras de Jeanne passé autour de son cou, lui raconta toute sa vie
à Fréjaques. Jeanne la consola tendrement, loua sa conduite,
blâmant seulement quelques points de détail.

« Vous n'avez pas eu d'autre tort que le manque d'expérience,
ma pauvre mignonne, lui dit-elle en essuyant ses larmes ; avec
quelques années de plus, vous auriez su établir nettement ce
que vous deviez à vos élèves, ce que vous pouviez accorder à
votre hôtesse et ce qu'on vous devait à vous-même. Il vous
aurait fallu dans l'autorité un peu de raideur, qui n'était point de
votre âge, et un grand calme, qui n'est pas dans votre caractère. Vous pouvez être sûre qu'on vous rendra justice, et qu'on
vous regrette déjà. Mais vous n'auriez pas tardé à vous en aller
de vous-même : vous ne pouviez pas rester, du moment que vous
couriez risque d'être soupçonnée d'indélicatesse. »

Sylvie se sentait renaître. Elle remercia avec effusion Jeanne
de ses bonnes paroles et la renvoya à ses occupations ; elle
voyait bien que le ton de la maison ne comportait pas de nom-
breux serviteurs et que Jeanne devait faire bien des choses par

elle-même. Et, voulant lui donner aussi peu de
peine que possible, elle se leva vite, fit son lit et
rangea sa chambre ; puis elle descendit. Au
moment où elle arrivait en bas, Jeanne rentrait
chargée d'un panier ; elle était allée aux provisions. Les deux vieilles dames cousaient déjà
dans la salle à manger, près de la fenêtre qui
donnait sur la rue : c'était leur tâche, d'entretenir le linge de la maison. Et Sylvie aperçut
la petite bonne, une fillette de quatorze ans,
la seule aide que Jeanne se permît, occupée à
laver les carreaux rouges de la cuisine.

« Armandine, mon enfant, lui dit Jeanne, quand vous aurez
fini, vous irez au jardin cueillir des haricots verts pour le
déjeuner, et puis vous prierez monsieur de vous donner des
poires et des prunes pour le dessert. Ne les cueillez pas vous-

même, il s'y connaît mieux que vous. Quand vous reviendrez, vous allumerez le feu, et vous mettrez de l'eau dessus ; elle chauffera pendant que vous éplucherez vos haricots... Pardon de ces détails de ménage, ma Sylvie ; si vous étiez restée à vous dorloter, vous vous seriez épargné les coulisses du théâtre. Vous vous êtes levée, tant pis pour vous !

— Je crois bien, que je me suis levée ! j'ai même fait ma chambre ; seulement je n'ai pas pu la balayer, faute de balai... Je vais en demander un à Armandine.

— Non, non, les balais ne sont pas faits pour vous, à Pont-le-Moine, du moins... Voulez-vous venir au jardin ? il fait beau, et nous irons surprendre le jardinier. »

Le jardinier, c'était M. Lagardie, coiffé d'un grand chapeau de paille et vêtu d'une blouse de toile. Il nettoyait les allées, autour des plates-bandes entourées de bordures de fraisiers, et il s'arrêtait de temps à autre pour couper les roses fanées ou arracher une mauvaise herbe. Il salua gaiement Sylvie, qui le complimenta sur la bonne tenue de son jardin.

« Vous me rendez bien fier, mademoiselle, répondit-il ; figurez-vous qu'avant mon mariage je n'avais jamais touché une bêche. C'est ma femme qui m'a bombardé jardinier. Elle prétend que l'exercice m'est nécessaire et que les légumes sont bien meilleurs quand on les a fait pousser soi-même... Oh ! j'ai pris le métier au sérieux : j'ai acheté le *Parfait jardinier*, la *Culture des arbres fruitiers*, le *Jardin fleuriste*, le *Potager modèle*... et puis, à l'occasion, je consulte les hommes de l'art... Jeanne, avons-nous le temps de visiter le jardin avant le déjeuner ? Sinon, ce sera pour ce soir : mademoiselle n'esquivera pas la tournée du propriétaire... »

Jeanne déclara qu'on avait une demi-heure devant soi et qu'elle n'avait pas besoin d'aller à la cuisine : sa mère s'en occupait. Parce que, ajouta-t-elle à l'adresse de Sylvie, Armandine n'était encore qu'une cuisinière très novice ; il fallait que l'une ou l'autre de ses maîtresses la dirigeât toujours.

« Jeanne ne vous dit pas, mademoiselle, qu'elle et Mme Cherbez ont la bonté de se brûler la figure sur des fourneaux, pour

que ma mère soit contente ; elle a l'estomac délicat, ma pauvre
mère, cela la rend un peu difficile à nourrir...

— Eh ! nous en profitons tous, et ce n'est pas une grande
peine de tourner une sauce ou de faire griller un morceau de
viande. D'ailleurs nous faisons l'éducation d'Armandine : dans
quelque temps elle deviendra une bonne cuisinière, et nous nous
croiserons les bras. »

Jeanne disait cela sur un ton de plaisanterie ; mais Sylvie
savait bien que son ancienne institutrice n'avait aucune vocation
pour le métier de cuisinière, et elle l'admira d'autant plus. Et
pendant les jours qu'elle passa à Pont-le-Moine, elle vit Jeanne
toujours la même, uniquement occupée du bonheur de son mari
et de leurs deux mères. Peut-être faisait-elle souvent des choses
qui l'ennuyaient, mais personne n'aurait pu s'en apercevoir, ou
plutôt l'idée du plaisir qu'elle causait aux autres l'empêchait de
les trouver ennuyeuses.

M. Lagardie promena Sylvie dans toutes ses allées. C'était
Jeanne et lui qui avaient tracé le plan du jardin, qui était presque
neuf ; ils avaient seulement conservé deux beaux cerisiers et
quelques poiriers en quenouilles, ainsi qu'un prunier d'arrière-
saison : Sylvie allait goûter de ses fruits. Entre les arbres fruitiers, on avait planté des rosiers ; devant la maison s'étalaient
de beaux massifs de fleurs. Sylvie dut remarquer des lilas
blancs, qu'on comptait voir fleurir au printemps suivant,
et un carré d'asperges, qui donnait de belles espérances.
Au bout du jardin, ils avaient planté une allée de marronniers,
qui ne tarderaient pas à donner de l'ombre ; en attendant, ces
dames pourraient s'abriter du soleil dans une tonnelle rustique
que le houblon recouvrirait en quelques semaines. Les bordures
de fraisiers donnaient beaucoup, les framboisiers venaient très
bien au nord, et M. Lagardie ne craignait pas de rival pour ses
légumes. « C'est que je n'épargne pas ma peine, disait-il en
riant ; je les arrose sans compter. Et quel coup de bêche j'ai
acquis ! Je vous ferais voir mon coup de bêche, si j'avais seulement mes sabots aux pieds ! »

Sylvie l'écoutait, attendrie. Elle comprenait bien que cet
homme, qui lui avait paru la veille avoir des goûts d'art et
d'étude, s'était fait manœuvre pour augmenter le bien-être de
sa famille et suppléer à l'exiguïté de ses ressources. Car il n'était

Il s'arrêtait pour couper des roses fanées.

pas bien riche; il s'était hâté d'appeler Jeanne et sa mère, dès qu'il avait pu les faire vivre, et maintenant il s'ingéniait à leur procurer un peu de superflu.

C'était la même pensée qui inspirait Jeanne, quand elle entreprenait l'éducation d'une servante de quatorze ans; et c'était pour apporter sa pierre à l'édifice qu'elle avait cherché à fonder des cours à Pont-le-Moine, qui ne possédait pour les petites filles qu'une école primaire. Au premier mot qu'elle en avait dit, Mme la sous-préfète, qui était sur le point, à son grand regret, d'envoyer ses deux jeunes filles en pension à Paris, s'était empressée de les lui amener; la fille du percepteur avait suivi, ainsi que celles des deux médecins et du notaire. Il y en avait encore des petites qui poussaient, dans le barreau et la magistrature : les cours étaient comme le jardin, ils avaient de l'avenir. Qu'il fallût s'y fatiguer, les préparer, corriger des devoirs, Jeanne n'y regardait pas : elle était heureuse de se donner de la peine.

Cela, Sylvie le comprenait : elle se sentait capable d'en faire autant. Ce qu'elle comprenait moins, c'était son égalité d'humeur en face de sa belle-mère. La pauvre femme avait eu sans doute des chagrins qui lui avaient aigri le caractère, et elle était parfois bien difficile à contenter. Elle se plaignait de ceci, elle se plaignait de cela, elle rappelait les souvenirs d'un temps plus heureux, elle se lamentait de ses pertes, et quoiqu'elle ne s'en prît à personne, c'était toujours pénible pour les gens à qui elle se plaignait. Mme Cherbez, qui s'accommodait toujours de tout, trouvait ses lamentations assez ridicules; pourtant elle n'en disait rien, à moins qu'elle ne crût voir dans les paroles de Mme Lagardie un blâme indirect pour Jeanne. Alors elle se fâchait tout de bon, et il fallait que Jeanne elle-même vînt rétablir la paix et réconcilier les belligérantes. Ce n'était pas difficile, du reste; elles tombaient vite d'accord que Jeanne était la meilleure fille et la meilleure femme que la terre eût portée.

Les premiers jours que Sylvie passa à Pont-le-Moine, elle se laissa vivre sans songer à rien. Jeanne la voyait si abattue, si endolorie d'âme et de corps, car les ennuis, les veilles, les heures passées dans une chambre sans air l'avaient pâlie et alanguie, qu'elle ne lui permettait pas de faire des projets. Chaque fois

que Sylvie voulait parler de l'avenir, elle lui fermait la bouche.
« Attendez, chérie, lui disait-elle, reposez-vous et guérissez-
vous. Est-ce que vous ne vous trouvez pas bien ici? Moi, je suis
si heureuse de vous avoir ! »

Sylvie était très perplexe. Retourner à Puymont..., oui, quelques sermons qu'elle eût à endurer, elle y retournerait volontiers..., elle en avait assez de vivre chez des étrangers ! Pourtant...
elle était mal tombée la première fois : un second essai réus-
sirait peut-être mieux... Après tout, Sylvie avait là, dans sa
malle, de l'argent qu'elle avait gagné. En gagnerait-elle à
Puymont? Ce n'était pas sûr : il s'y trouvait déjà des cours, sans
compter les pensionnats et les couvents ; et s'il ne lui venait pas
d'élèves ? Elle ne voulait pas retomber à la charge de son oncle,
à qui elle n'avait pas annoncé son départ de Fréjaques, sachant
bien qu'il l'eût rappelée tout de suite. Mais à qui s'adresser
pour trouver une place?

Elle se trouvait très embarrassée, lorsque Jeanne reçut une
visite de Mme la sous-préfète, une fort aimable femme, qui causa
tout de suite très gracieusement avec Sylvie, en apprenant
qu'elle était une amie et ancienne élève de Jeanne.

« C'est un double bonheur que vous avez là, mademoiselle,
lui dit-elle ; je le souhaite à mes filles, qui ne sont encore que
ses élèves, et des commençantes ; mais elles aiment déjà leur
maîtresse de tout leur cœur. C'est une bonne fortune que nous
avons eue de trouver Mme Lagardie à Pont-le-Moine, qui n'est
pas précisément une capitale. J'en parlais l'autre jour, à Paris,
à une de mes compagnes de pension, qui en était jalouse : elle
a deux filles, de treize et quatorze ans, et elle en est à sa cin-
quième institutrice ! La dernière a fait un héritage et la quitte
pour vivre de ses rentes. Des quatre autres, l'une était poitri-
naire et a dû s'en aller dans le Midi, une autre s'est mariée,
les deux autres étaient indolentes et négligentes, et mon amie
tient à ce qu'on fasse travailler ses enfants. La besogne de
l'institutrice est toute tracée, du reste ; elle les conduit à des
cours à Paris — la famille habite Meudon en été — et elle n'a
qu'à prendre des notes pour pouvoir diriger leur travail. Mais
on tient à une personne intelligente, honnête, de bonne famille
et de bonne éducation, et instruite, cela va sans dire..., on désire
qu'elle ait ses deux diplômes.

— Si vous vouliez me recommander, madame, dit Sylvie en rougissant. Je cherche une place d'institutrice.

— Vous ! mademoiselle !... Eh bien..., mon amie serait bien heureuse... Mais vous êtes si jeune ! avez-vous déjà enseigné?

— J'ai bientôt vingt et un ans, madame, et j'ai passé mes examens avec de bonnes notes... J'ai été quinze mois institutrice chez Mme la marquise de Cinchonas, qui m'avait emmenée en Belgique.

— Et pourquoi en êtes-vous sortie ? Y a-t-il longtemps que vous l'avez quittée ? »

Sylvie rougit de plus belle, et ses sourcils se froncèrent comme aux beaux temps de son enfance. Cet interrogatoire la blessait : on pose de pareilles questions aux domestiques qu'on va chercher dans les bureaux de placement... Elle se remit pourtant : après tout, cette dame ne la connaissait pas... Mais que lui dire? Sylvie n'était point diplomate : elle jugea que le plus simple était de dire la vérité. Elle fut crue sur sa parole et sur celle de Jeanne, et la sous-préfète promit d'écrire le jour même à son amie.

« Mais, bon Dieu! dit-elle en riant, je crains qu'elle ne vous perde bientôt comme votre devancière : votre vieille comtesse va mourir un de ces jours, et puisqu'elle doit vous mettre sur son testament...

— Oh ! madame, ce n'est pas à craindre, répondit Sylvie en riant aussi. Mme de Fréjaques m'épargnera la peine de refuser ses dons : elle n'est pas femme à se souvenir d'une personne qui ne lui est plus bonne à rien. »

Sylvie jugeait bien la comtesse. Elle avait jeté les hauts cris, elle s'était plainte amèrement et elle avait eu une scène très vive avec Mme de Cinchonas, en apprenant le départ de la jeune fille; mais elle se chercha, sans tarder, une demoiselle de compagnie attachée à sa propre personne, et, quand elle l'eut trouvée et dressée à satisfaire ses fantaisies, elle ne songea pas davantage à notre héroïne.

Il y eut une correspondance active échangée entre Pont-le-Moine, Puymont et Meudon. Enfin, Jeanne répondant de Sylvie et la sous-préfète de son amie, on s'arrangea avec l'autorisation de M. de Robay, qui avait pris de minutieux renseignements sur l'honorabilité de la famille où sa nièce allait vivre. Et, le dernier jour de septembre, Sylvie partit pour Meudon, conduite à la gare par tous ses hôtes, et emportant, avec les conseils de Jeanne, ses plus tendres souhaits. Ce même jour, elle arriva à Meudon, chez M. Biélard, notaire à Paris, mari d'une femme fort élégante et père de deux filles, dont elle allait devenir l'institutrice.

M. Biélard appela la domestique.

CHAPITRE XXX

Le cœur lui battait bien fort lorsqu'elle descendit sur le quai
de la station : elle n'avait plus sa confiance première et ne
pouvait se défendre d'une certaine inquiétude à propos de son
nouvel essai d'indépendance. Elle regardait autour d'elle, se
demandant si l'on n'avait pas envoyé quelqu'un à sa rencontre,
et un peu troublée de se trouver seule. Le flot de voyageurs que
venait de déposer le train s'étant écoulé, il ne resta plus qu'elle
et un gros monsieur, qui semblait aussi chercher quelque chose.
Le gros monsieur s'approcha d'elle.

« Mademoiselle de Préjonc, peut-être? dit-il en la saluant.
Je suis M. Biélard. »

Le visage de Sylvie s'éclaira : elle remercia M. Biélard, qui
lui parut avoir une bonne figure, et le suivit gaiement. Le
paysage était si riant et si beau, c'était autre chose que la
Campine.

« Vous voilà, John ! dit M. Biélard à un domestique, raide

dans sa livrée irréprochable, qui l'attendait à la sortie de la gare avec une petite charrette anglaise ; prenez le sac de mademoiselle et allez retirer ses bagages ; vous les ferez charger devant vous, et vous recommanderez qu'on nous les apporte tout de suite. »

Il fit monter Sylvie, s'assit auprès d'elle et prit les rênes. John revint et se plaça derrière eux, les bras croisés.

« J'avais calculé, dit M. Biélard, que nous prendrions le même train de Paris ici, et j'ai un peu regardé les voyageuses au départ ; mais il y en a tant ! Je ne pouvais pas demander à toutes : « Êtes-vous mademoiselle de Préjonc ? » Au lieu qu'ici, c'était facile : la voyageuse qui resterait la dernière serait la mienne, sans aucun doute... Meudon vous plaît-il ? Tenez, cette maison à tourelles, que vous voyez là-bas, avec un bouquet d'arbres derrière et une grande pelouse devant, c'est la nôtre : nous y arrivons dès le 1ᵉʳ avril, et nous ne rentrons à Paris qu'à la Toussaint. Moi, je reviens ici régulièrement pour dîner, et je reste du samedi soir au lundi matin ; mais il y a des jours où mes affaires me retiennent à Paris et où je suis obligé d'y dîner. Ma femme tient à ce que tout se fasse chez elle avec une régularité parfaite : on dîne à sept heures, et, si je n'y suis pas, on ne m'attend pas. De cette façon-là, je n'ai jamais besoin de me presser : cela vaut beaucoup mieux. »

Sylvie convint que cela valait beaucoup mieux. Elle trouvait M. Biélard un peu communicatif ; mais elle pensa qu'il cherchait à la mettre à son aise, et elle lui en sut gré. Elle le complimenta sur l'aspect de sa maison, ce qui parut lui faire grand plaisir, et en quelques minutes ils arrivèrent à la villa Bocagère : ainsi se nommait l'habitation de M. Biélard.

Mᵐᵉ Biélard les attendait sur le seuil. Elle accueillit très poliment la voyageuse ; mais elle semblait chercher quelque chose derrière elle.

« Eh bien, dit-elle enfin, où sont donc les malles ?

— Elles nous suivent, répondit M. Biélard : il y a beaucoup de bagages dans la gare aujourd'hui 30 septembre, et l'on ne peut pas être servi aussi vite qu'à l'ordinaire.

— En effet, sept heures moins dix ! reprit Mᵐᵉ Biélard en consultant une élégante petite montre pendue à sa ceinture. On les apporterait maintenant que mademoiselle n'aurait pas le temps

de les ouvrir avant le dîner... D'ailleurs, nous n'avons personne
ce soir, un costume de voyage est très suffisant.

— Personne! j'espérais que nous ferions un peu de musique...,
que tu aurais invité le quatuor...

— Y penses-tu, mon ami! Les cours reprennent demain
matin : il faut que tout le monde se lève de bonne heure, et par
conséquent on ne peut songer à se coucher tard... Laure, Julie,
conduisez votre institutrice dans sa chambre : la cloche va
sonner pour le dîner... Pardon si je vous presse un peu, mademoiselle, mais la maison est montée sur un pied d'exactitude
inflexible : c'est ainsi qu'on tire du temps tout ce qu'il peut
donner. »

Sylvie suivit ses élèves, deux jolies blondes de treize et quatorze ans, qui s'étaient emparées de ses deux mains et lui
disaient déjà qu'elles étaient très contentes de l'avoir pour institutrice, parce qu'elle avait l'air bien plus aimable que Mlle Angélina qui était partie.

« Voilà votre chambre, mademoiselle, lui dit Laure, la trouvez-vous jolie ?

— Tout à fait jolie et gaie, répondit Sylvie en ôtant son
chapeau.

— Ah! tant mieux! Mlle Angélina la trouvait trop claire : elle
n'aimait que la tristesse; et vous, mademoiselle?

— Moi? Non, vraiment! Il faut bien la prendre quand elle
vient, mais l'aimer, c'est autre chose!

— A la bonne heure! Vois-tu, Julie, elle est charmante! Je
suis sûre que nous nous entendrons très bien, » dit Laure en
sautant d'un pied sur l'autre. Pendant ce temps-là, Julie débarrassait Sylvie de son manteau. La cloche sonna.

« Dépêchons-nous, reprit Laure. Voici votre cabinet de toilette, mademoiselle ; si vous voulez vous laver les mains? Julie,
regarde s'il y a tout ce qu'il faut... Nous vous laissons ; nous vous
attendrons au bas de l'escalier. »

Sylvie se hâta de se laver les mains et le visage, et elle descendit comme la cloche sonnait pour la seconde fois.

Pendant le dîner, la jeune fille resta assez silencieuse; c'était
facile, du reste, à une table où le maître de la maison parlait
tout le temps du repas, ne s'arrêtait que quand sa femme l'interrompait pour l'engager à manger. « Il ne faut pas prolonger

le dîner si longtemps, disait-elle ; cela retarde l'ouvrage des domestiques. » Il se taisait alors, se mettait à manger et mangeait bien ; mais que sa femme ou l'une de ses filles parlât de n'importe quoi, cela lui servait de piste pour repartir et raconter une nouvelle histoire, ce qui paraissait impatienter beaucoup Mᵐᵉ Biélard.

Sylvie ne s'en impatientait pas ; mais elle ne s'intéressait guère à ce qu'il disait, et, au lieu de l'écouter, elle observait sa nouvelle demeure. La salle à manger était meublée avec luxe, non le luxe antique et massif de Fréjaques, mais un luxe tout moderne qui ne lui plut qu'à moitié. Aux fenêtres, point de rideaux : des vitraux de fraîche date, qui ne donnaient pas l'impression de bien-être de l'étoffe à longs plis moelleux ; au-dessus des portes, des *natures mortes*, et sur les murs, au plafond, partout où il restait un peu de place, des plats et des assiettes de faïence décorée, disposés en dessins symétriques. Sylvie avait vu ce genre de décoration appliqué sobrement par des amateurs qui possédaient de belles pièces authentiques, et elle l'avait trouvé joli : à la villa Bocagère, cela avait dû être fait tout d'un coup :

Quand on prend du galon, on n'en saurait trop prendre !

Sylvie trouva cependant que c'était peut-être beaucoup d'assiettes.

Au salon, la mode du jour régnait aussi sans conteste. Pas un meuble ne montrait le bois dont il était fait : on les avait habillés de velours, de peluche, de vieilles soieries brochées, brodées, rebrodées ; chaque table était couverte d'un tapis, recouvert lui-même d'un grand nombre d'autres petits tapis destinés à le préserver des accidents. Quelques livres, placés dans des housses de soie et traversés par des couteaux à papier, traînaient çà et là dans un désordre symétrique et voulu, occupant le peu d'espace où l'on eût pu poser un objet quelconque qui vous eût embarrassé les mains ; car les tables, les crédences, les consoles, les étagères, le piano, la cheminée étaient absolument couverts de bibelots, de potiches, de statuettes, de jardinières garnies de plantes vertes, de faïences, de chinoiseries, de curiosités japonaises, russes, arabes, sauvages, etc. Pouvait-on jamais ouvrir une fenêtre ? Osait-on déranger cette savante superposition de

rideaux artistement entre-croisés? Les fauteuils avaient beau
être profonds et doux, Sylvie se dit que les habitants de la villa
Bocagère avaient atteint le point où le confortable finit par
devenir une gêne de tous les instants, et elle sentit se réveiller
en elle l'esprit de révolte de son enfance.

M. Biélard était allé fumer dans son cabinet. Mme Biélard
s'assit sur le canapé et fit asseoir Sylvie auprès d'elle.

« Vous connaissez vos élèves, mademoiselle, lui dit-elle ; vous
les jugerez à l'user. Elles sont intelligentes toutes les deux, très
intelligentes — ceci se disait devant Laure et Julie ; — mais
Laure est un peu vive et aime trop à s'amuser, et Julie est un peu
molle et a besoin d'être stimulée : je vous avertis d'avance...
Demain, nous reprenons les études. Vous êtes musicienne?

— Je joue du piano et je chante.

— Bien : vous les conduirez chez leur professeur de piano, et
vous suivrez la leçon avec soin, pour les faire étudier d'après les
principes du maître... Quant au chant, elles sont encore trop
jeunes, vous les ferez solfier... Si vous n'êtes pas trop fatiguée
du voyage, pourriez-vous nous jouer et nous chanter quelque
chose?

— Comme il vous plaira, madame. »

Et Sylvie alla s'asseoir au piano, et joua et chanta plusieurs
morceaux. Mme Biélard souriait d'un air satisfait, disant : « Bien,
très bien ! » et M. Biélard, qui rentrait au salon, son cigare fini,
salua de chaleureux applaudissements l'air de *Don Sébastien*
qu'il avait entendu de l'antichambre.

« Parfait! mademoiselle! vous chantez à ravir. Vous avez
étudié à Paris, sans doute?

— Non, madame; je n'y suis même jamais venue. J'ai appris
tout ce que je sais à Puymont.

— Ah! c'est étonnant! je n'aurais jamais cru qu'en province... Il est vrai qu'avec les chemins de fer... la civilisation
se répand partout... Enfin, je suis enchantée de vos talents
de musicienne. Parlons du sérieux, maintenant. Voulez-vous
venir dans la salle d'étude? je vais vous expliquer le tableau des
diverses occupations de vos journées. »

Sylvie suivit Mme Biélard dans une salle moins encombrée que
le reste de la maison : un vrai temple des Muses. Une bibliothèque vitrée contenait des livres classiques à belles reliures

solides; une sphère céleste et un globe terrestre occupaient le milieu d'une grande table, placée devant la fenêtre, de façon que les élèves eussent le jour à gauche pour écrire. Il y avait un piano dans un coin; sur une console, un squelette d'oiseau et un squelette de singe, qui parurent à Sylvie de singulières poupées, tenaient compagnie à des boîtes d'herborisation et à des microscopes : un grand tableau noir se dressait sur un chevalet.

« Si mes élèves ne s'instruisent pas, pensa Sylvie, ce sera ma faute !... »

Mme Biélard ouvrit un tiroir.

« Vous voyez, mademoiselle, voici les cahiers tout préparés : des rubans bleus pour Laure, des rubans roses pour Julie : de cette façon-là on ne perd pas de temps, on voit tout de suite à qui l'on a affaire. »

Sylvie ouvrit de grands yeux devant deux piles de cahiers, sur lesquels on lisait en belle gothique : « Histoire — Géographie — Histoire naturelle — Chimie — Physique — Mathématiques, etc. » Mme Biélard continua, en sortant du tiroir une grande feuille de carton couverte d'écriture de diverses couleurs :

« Ceci est le tableau des heures de chaque jour, pour toute la semaine. Demain, 1er octobre, est un mardi, voyez : *Mardi, sept heures, déjeuner...*

« Les enfants seront prêtes, le chapeau sur la tête, dans la salle à manger; le train passe à sept heures trente-cinq. Il y aura sur la table du thé, du chocolat ou du café, à votre choix.

« *Cours d'histoire, de géographie et de littérature française, de huit heures à onze heures;* retour. On déjeune à midi. Après le déjeuner, *courte promenade dans l'avenue. A une heure et demie, étude de piano* pour Laure, pendant que Julie apprend ses leçons; à deux heures et demie, Laure quitte le piano et y est remplacée par sa sœur. A *trois heures et demie, leçon de solfège; à quatre heures, lunch et promenade;* puis les *devoirs* jusqu'à *sept heures moins un quart.* Ce quart d'heure avant le dîner est réservé à la toilette, quand nous avons des convives. Après le dîner, j'aime assez qu'on parle des sujets qu'on a traités au cours : cela fixe dans l'esprit de mes filles les choses qu'on leur a apprises. Nous avons quelquefois du monde, on fait de la musique; mais je renvoie toujours les enfants à dix heures. *Le mercredi...* »

Inutile, n'est-ce pas, de réciter à la suite de Mme Biélard le tableau minutieusement combiné des occupations de ses filles. Chaque heure était consacrée à un petit échantillon des connaissances humaines, et Sylvie se dit qu'à voir passer devant elles un si mince fragment d'un si grand nombre de sciences, ce serait un vrai miracle si les malheureuses retenaient autre chose que des mots. Toutes les leçons se prenaient à Paris; Sylvie devait assister à toutes, tout écouter, prendre des notes en aussi grand nombre que possible, et diriger à la maison la confection des devoirs. On ne trouverait jamais qu'elle se montrât trop sévère : M. et Mme Biélard tenaient beaucoup à l'instruction de leurs filles.

Sylvie avait désiré avoir des élèves qu'elle pût faire travailler : elle était servie à souhait. Eut-elle à se louer de la fée malicieuse qui l'avait exaucée? C'est ce que nous verrons en nous transportant à six mois plus tard, dans la salle d'étude où Laure et Julie fabriquent à coups de dictionnaire un thème allemand, pendant que Sylvie lit une lettre qu'elle vient de recevoir.

« Le Moulin-Vert, 15 avril 18**.

« Ma chère Sylvie, je sais qu'on t'a annoncé par dépêche, il y a quinze jours, la naissance de ma petite Thérèse; aujourd'hui, je veux t'écrire moi-même. C'est rare, n'est-ce pas, une lettre de moi : quelques mots d'amitié sur les lettres de maman, c'est tout ce que tu as vu de mon écriture, depuis que tu nous as quittés. Tu n'écris guère non plus; je pense que tu es très occupée. Moi, depuis la naissance de mon fils, il y a un peu plus d'un an, je n'ai pas un instant de loisir; mais, si nous continuons comme cela, nous finirons par ne plus nous connaître. Ce serait bien triste, n'est-ce pas, ma chère cousine? Écoute, voilà bientôt deux ans que tu es partie. J'espère que tu vas prendre un peu de vacances cette année. Puisque chez Mme Biélard tout se fait avec une régularité militaire, j'imagine qu'on ne doit pas travailler pendant les congés. Pâques arrive la semaine prochaine; viens au Moulin-Vert, nous serons si heureux de te recevoir! il n'est pas possible que cela ne te fasse pas

18

plaisir aussi, à toi, de te retrouver parmi nous. J'élève très bien mes enfants, pour que tu ne les trouves pas ennuyeux ; mon petit Henri est très sage, il ne crie jamais ; il dit ton nom : Sivi, et il envoie des baisers à ton portrait. Je suis sûre que tu l'aimeras. Si tu savais combien de fois par jour nous parlons de toi ! Toute la famille va très bien ; Raymond va sortir de Saint-Cyr cette année, il a beaucoup remonté à l'École et pourra choisir son arme ; je crois qu'il ira dans les chasseurs à pied. Antoine va au lycée, il travaille bien ; Marguerite se prépare à ses examens, et elle donne des leçons à Paulette, Maman se porte bien, et elle est contente ; papa a pris beaucoup d'intérêt à l'usine, il rempla... complètement M. Grivel, et comme il connaît bien le droit, il a pu éviter plusieurs procès, ce qui a augmenté la confiance qu'il inspire à tout le monde, patron et ouvriers. M. Grivel lui fait une part dans les bénéfices ; cela met maman un peu plus à l'aise. Enfin, nous sommes tous contents, c'est-à-dire nous le serions si tu étais là. Viens donc, ma Sylvie !

« Je peux mettre des draps à ton lit, n'est-ce pas ? Envoie une dépêche pour qu'on aille t'attendre à la gare.

              « Ta cousine qui t'aime,

                      « HENRIETTE. »

Quand Sylvie eut achevé la lettre, elle laissa tomber ses deux mains sur ses genoux et resta immobile, les yeux perdus dans le vague, entrevoyant comme en un rêve le Moulin-Vert en sa fraîche parure d'avril, Henriette avec ses deux petits enfants dans les bras, son oncle, sa tante, ses cousins ; elle entendait toutes leurs voix : « Viens ! viens ! » Oh ! si elle eût pu partir à l'instant, sur un nuage ou sur des ailes ! Que de voyages on ferait, si l'on pouvait sans préparatifs s'envoler où le cœur vous pousse ! Mais Sylvie n'était pas libre : Mme Biélard n'avait pas encore déclaré les vacances ouvertes.

La pendule sonna et Sylvie ne l'entendit pas. Les deux jeunes filles levèrent la tête en même temps : elles fermèrent leurs dictionnaires et remirent leurs cahiers d'allemand dans le tiroir. Puis elles regardèrent Sylvie et prirent un air étonné :

« Mademoiselle, s'il vous plaît ? dit Laure. Le lunch doit être servi, et il ne faut pas manquer le train pour notre leçon de piano. »

Sylvie sortit de son rêve et se leva vivement. Il ne lui arrivait pas souvent d'avoir le loisir de penser ; et, si elle avait pu ce jour-là lire la lettre de sa cousine, cela tenait à ce que par bonheur elle ne savait pas l'allemand et ne pouvait aider ses élèves. Elle mit la lettre dans sa poche, se réservant d'y répondre le soir, et conduisit les jeunes filles à la leçon de piano, suivie d'une leçon d'harmonie, après laquelle il fallait reprendre en toute hâte le train pour être de retour à Meudon à l'heure du dîner.

Le soir, à l'*heure de la conversation*, il fut question des vacances de Pâques.

« J'espère, maman, que tu vas nous les donner complètes ! dit Laure ; nous travaillons du matin au soir comme des mercenaires, c'est bien le moins qu'on nous accorde huit jours de liberté. Oh ! la liberté ! »

Sylvie ne put s'empêcher de sourire : elle était absolument de l'avis de Laure. Mais que seraient pour elle ces huit jours de liberté ? Elle ne songeait pas à aller au Moulin-Vert : une semaine, c'était trop peu pour valoir un tel voyage.

« Mais, pensait-elle, peut-être que j'aurai du loisir, que je pourrai rester seule dans ma chambre, écrire longuement à Jeanne ; et puis m'en aller m'asseoir sous les arbres de la belle avenue où nous ne nous arrêtons jamais, parce qu'il est plus hygiénique de marcher. Je pourrai regarder de ma fenêtre le coucher du soleil... Oh ! la liberté ! quelques heures de liberté ! »

Cependant Mᵐᵉ Biélard répondait à ses filles. Certainement les leçons seraient suspendues ; c'était surtout à titre d'encouragement qu'elle accordait des vacances, car elle n'était pas très satisfaite de leur travail. On ne pouvait pas dire qu'elles perdissent leur temps ; mais le résultat n'était pas suffisant — il y eut ici un regard et une intonation à l'adresse de Sylvie — et les notes des cours devraient être meilleures. Enfin, elles auraient tout de même des vacances, qu'on tâcherait de remplir avec des plaisirs intelligents...

« C'est cela, interrompit M. Biélard, je vais convoquer mon quatuor ! »

Laure et Julie firent la grimace : elles auraient préféré danser.

« Oui, sans doute, on convoquera le quatuor, reprit Mme Biélard : on fera un peu de musique. Mais la musique n'amuse pas tout le monde : nous aurons une *garden-party*, c'est un divertissement très en vogue en ce moment... Nous irons demain commander des chapeaux exprès : des capelines en paille d'Italie, ornées d'herbes et de fleurs des champs; vos robes de linon à rayures roses iront très bien, avec des rubans roses et verts. Et puis nous organiserons une vente de charité dans le jardin, au profit des enfants pauvres de nos écoles — Mme Biélard était dame patronnesse.

— Maman, est-ce que nous ne danserons pas, en soirée, en matinée, n'importe comment?

— Oui, une soirée, j'y pense..., mais je ne veux pas qu'on danse tout le temps, cela a trop l'air d'un bal. On commencera par une petite comédie, quelques monologues, une charade... On pourra aussi chanter un chœur: le chœur du *Petit Duc*, par exemple, avec toute la scène, en costumes : ce sera d'un très joli effet... Mademoiselle aura bien la complaisance de vous faire apprendre vos rôles... »

Sylvie s'inclina. Encore des leçons à faire réciter, même en vacances !

Mme Biélard acheva de détailler son progamme : il était très chargé, et Sylvie prévit avec un soupir qu'elle aurait encore, si c'était possible, moins de liberté que pendant le reste de l'année.

Elle ne se trompait pas : musique, comédies, charades, répétitions, costumes, décors, toilettes, organisation de jeux, de boutiques, d'étalages, occupèrent toutes les journées des vacances de Pâques depuis le matin jusqu'au soir : un tourbillon de plaisirs à ne plus trouver le temps de respirer. Sylvie aurait pu se croire revenue aux beaux jours de Fréjaques. Elle écrivit à Henriette un billet très tendre où elle s'excusait de ne pas aller au Moulin-Vert : on lui avait donné à entendre qu'on avait absolument besoin d'elle. Au mois d'août, peut-être... Henriette prit ce *peut-être* pour une promesse et l'en remercia chaudement.

Au fond, Sylvie n'était pas décidée à retourner là-bas. Elle avait des moments d'abattement où elle eût voulu y être, des élans de tendresse où tout son cœur volait vers les amis qu'elle

avait quittés; mais elle avait aussi des moments d'orgueil où
elle ne comprenait plus d'autre sentiment que la honte de revenir en arrière, de dire oui après avoir dit non. Elle ne savait pas
elle-même ce qu'elle voulait, et elle commençait à trouver plus
facile de se laisser aller au gré des événements que de se raidir
contre eux pour s'efforcer de les diriger. Pauvre Sylvie! elle qui
avait tant aspiré à être libre et maîtresse d'elle-même!

Mme Biélard la fit asseoir en face d'elle.

CHAPITRE XXXI

Les notes de fin d'année! — Explication orageuse. — Une lettre qui vient à propos.
Retour au nid.

Une rougeole des deux sœurs, qui la prirent en même temps, interrompit les études et donna à Sylvie un peu de loisir forcé. Loisir très relatif, du reste. Elle aidait à soigner les malades : cela, on ne le lui demandait pas; mais elle le faisait de bon cœur et les enfants la réclamaient sans cesse. Ce dont elle se serait bien passée, c'était d'aller seule à tous les cours et d'écrire tout le temps à toute vitesse, avec des abréviations, en prenant bien garde de ne rien oublier, et, une fois de retour à Meudon, de remettre en français ce grimoire. « De cette façon, lui avait dit Mme Biélard dès le début de la maladie, vous pourrez refaire les cours à vos élèves dès qu'elles seront en état de se lever : elles en auront pour un mois à rester enfermées, et elles se trouveraient vraiment trop en retard. Il faut songer aux notes de fin d'année! »

Les notes de fin d'année! c'était le cauchemar de Mme Biélard. Au cours que suivaient ses filles, il n'y avait point de distribution de prix; mais tous les mois on donnait des notes

aux élèves, et ces notes, lues publiquement, excitaient bien des
jalousies, bien des chagrins, bien des fureurs concentrées, tant
des mères que des filles. À la fin de l'année se donnaient
les notes suprêmes résultant des dernières compositions, avec
rappel des anciennes. La rougeole de Laure et de Julie les
exposait à perdre quelques points : si elles se trouvaient pla-
cées après Mlles X***, Y*** et Z*** qu'elles avaient toujours
devancées depuis qu'elles suivaient les cours ensemble! c'était
à faire frémir!

Enfin, les convalescentes eurent la permission de sortir;
par une belle matinée, leur mère les emmena en voiture découverte, et Sylvie leur souhaita une bonne promenade. Elle se
sentait légère comme un oiseau : deux heures au moins de
solitude et de liberté! Qu'allait-elle en faire? Lire? se mettre
au piano? flâner? Elle hésitait, lorsque le vent, en passant sur
le parterre, lui apporta, avec un parfum d'héliotropes, le souvenir de Jeanne qui en avait une plate-bande sous la fenêtre de
son petit salon. Elle remonta dans sa chambre, s'assit à sa table
et écrivit :

« Ma chère Jeanne,

« Vais-je avoir aujourd'hui le temps de causer un peu avec
vous? Un hasard, que je ne m'attarderai pas à vous expliquer,
me donne quelques instants de liberté. Je veux en profiter pour
vous conter mes ennuis : vous aurez bien quelque bon conseil
à me donner, ma sage, ma prudente, ma patiente amie; et je
le suivrai, si je peux.

« Je vous ai dit déjà, sans commentaires, dans quel engre-
nage je suis prise ainsi que mes élèves : je les plains autant
que moi, car, si je ne trouve pas le temps de penser, où le pren-
draient-elles? Peut-être, après tout, n'en sentent-elles pas la
nécessité : tant mieux pour elles! Mais cela m'afflige de me
dire que, quand je me serai donné tant de peine, ce seront
des mécaniques qui sortiront de mes mains : elles ne sont pourtant pas bêtes, ces fillettes; mais comment voulez-vous qu'une
intelligence résiste à ce système d'entraînement forcené?

« M. et Mme Biélard adorent pourtant leurs filles; mais leur
manière de les aimer, c'est de poursuivre de leur animosité
toutes les autres jeunes filles qui pourraient rivaliser avec elles
à un titre quelconque. On a des conférences secrètes avec la

modiste et la couturière, pour dissimuler aux bonnes amies
une toilette inédite qu'on arborera triomphalement tel ou tel
jour; on fait étudier à Laure le morceau que joue M¹¹ᵉ A... pour
l'exécuter dans une réunion où elle sera, parce qu'on trouve
que Laure le joue mieux qu'elle; par contre, on en veut à mort
à M¹¹ᵉ B... de ce qu'elle a *pris* le morceau de Julie, et on
s'en va dénigrant son jeu et la méthode de son professeur; on
fait la mine dès qu'on entend vanter la figure ou l'esprit, ou
le caractère de n'importe quelle jeune fille. Et il faut assister à
ces cours! Jeanne, vous qui faites des cours, y admettez-vous les
mères? Si oui, c'est une grande imprudence, ma chérie; à
moins que les mères de Pont-le-Moine ne soient des anges.
Mais celles que je vois ici! Du coin où je prends des notes,
j'entends leurs conversations : « Mademoiselle votre fille a eu
un grand succès au dernier cours, madame; il paraît que son
algèbre était digne d'un élève de l'École polytechnique. — Oh!
madame, ce n'est rien; mais le fait est qu'elle a de grandes
dispositions pour les sciences; toute petite, elle se faisait
mordre par le chat en voulant tâter sa queue pour en compter
les vertèbres. — La mienne préfère la littérature : elle se pâme
d'admiration sur un beau vers... — Oh! madame, elle ira loin :
il y avait dans son dernier *style* (c'est ainsi que parlent ces
dames) des expressions d'une suavité! d'un pénétrant! Ce n'est
pas comme M¹¹ᵉ C..., qui tombe dans le réalisme : pas la moindre
élévation, des idées vulgaires! » Etc., etc.; ces dames parlent
de tout, vantent leurs filles et dénigrent celles des autres, et par
moments lâchent une phrase qui révèle des abîmes d'ignorance.
Mais chacune d'elles tient à ce que sa fille soit la première,
et elles ne reculent devant rien pour obtenir ce résultat. Vous
croyez peut-être que ce sont les élèves qui prennent des notes
et qui font leurs devoirs, aidées, quand c'est nécessaire, des
conseils d'une mère ou d'une institutrice? Point : la plupart
regardent çà et là et font des études de modes comparées. Elles
savent bien qu'une fois au logis la mère ou l'institutrice, qui
a écrit tout d'un trait sans débrider, leur refera la leçon, et
qu'elles n'auront qu'à la recopier de leur plus belle écriture —
en général, elles ont une belle écriture. — Moi, je me suis
toujours refusée à faire les devoirs de mes élèves; je prends
des notes, je les leur lis, j'explique, je dirige, je corrige leurs

brouillons, et je trouve que c'est déjà trop; mais Mme Biélard trouve que ce n'est pas assez, parce qu'avec leur travail personnel, même aidées, elles ne sont jamais les premières. L'an dernier, il paraît que leur institutrice faisait tout et qu'elles étaient à la tête du cours. On n'obtiendra pas de moi une pareille énormité. »

Sylvie en était là lorsqu'elle entendit le roulement de la voiture qui ramenait Laure et Julie. Elle se hâta d'ajouter quelques paroles de tendresse pour Jeanne, signa et mit sa lettre dans l'enveloppe; elle ne savait quand elle pourrait la continuer, il valait mieux l'envoyer telle quelle.

D'après ce qu'on a pu voir du caractère de Mme Biélard, on comprendra facilement qu'elle ne trouvait point en Sylvie l'institutrice de ses rêves. Elle était toujours là, prête à arrêter Sylvie dans une explication, dans un développement que ses élèves écoutaient avec ardeur. « Au fait, au fait, mademoiselle! disait-elle; la journée est réglée heure par heure; si vous perdez dix minutes sur une chose qui pourrait être faite en cinq, il y aura tous les jours cinq minutes de retard et vous ne pourrez jamais rattraper le temps perdu. » Une autre fois, c'était : « Vous ne prenez pas assez de notes. Mlle Héfleur sténographiait tous les cours. Il est fâcheux que vous ne sachiez pas la sténographie. » Et les compositions en français, narrations, discours, analyses d'œuvres littéraires, sujets à traiter! c'était là surtout le nuage noir qui attristait l'horizon de Mme Biélard. « Voyez, mademoiselle, disait-elle à Sylvie après chaque cours de littérature où elle avait assisté, car elle y assistait souvent, depuis qu'elle perdait sa confiance dans le zèle de Sylvie, voyez comme le *style* de la petite D... a été admiré! voyez comme ces dames ont félicité Mme E... pour la narration de sa fille! Et la description de Mlle F... intitulée : *Sous bois!* Elle a trouvé des expressions d'une énergie! *L'horreur sacrée de la forêt... des taches de soleil sur l'herbe...* Des taches de soleil! c'est admirable, cette idée-là, et nouveau! Mes filles avaient

mis des choses toutes simples : on ne les a pas remarquées
du tout... L'an dernier, avec Mlle Héfleur, elles ont eu plusieurs fois les honneurs de la lecture publique... »

A mesure que le temps marchait, Sylvie constatait un refroidissement dans les manières de Mme Biélard envers elle. Le
jour des fameuses notes arriva.

Il eût fallu voir, au retour, Mme Biélard marchant tête bais-
sée entre ses deux filles. Elle, d'ordinaire si vive, si droite,
si correcte dans sa tenue, elle laissait pendre ses bras, son
mantelet, sa robe; tout en elle semblait pleurer. Laure et
Julie paraissaient presque aussi vexées qu'elle. Sylvie suivait,
pressentant un orage; mais, après tout, elle n'avait pas de
remords et n'enviait pas aux autres institutrices les lauriers
qu'elles venaient de cueillir.

Pas un mot ne fut prononcé, ni dans le trajet, ni à la
maison. Chacun monta dans sa chambre, excepté Mme Biélard,
qui donna son chapeau et son mantelet à emporter à ses filles,
et qui resta en bas à guetter le retour de son mari. Elle eut
avec lui une courte conférence; puis le dîner se passa sans
autre incident que les mines longues de toute la famille.

En sortant de table, Mme Biélard s'adressa à Sylvie :

« Voulez-vous venir avec moi, s'il vous plaît, mademoiselle?
J'ai à vous parler. »

Sylvie savait fort bien d'avance ce qu'elle allait entendre;
elle ne put cependant s'empêcher de froncer les sourcils et
de ressentir une émotion désagréable lorsque Mme Biélard,
l'ayant fait asseoir en face d'elle dans le petit salon, lui dit
avec raideur :

« L'année d'études est finie, mes filles n'ont plus besoin de
vos soins, mademoiselle. Comme nous allons partir sans
tarder pour Trouville, vous pourrez prendre vos vacances
aussitôt que vous voudrez.

— C'est bien, madame. Je partirai demain.

— Si vous désirez vous replacer, vous pouvez faire écrire
chez moi; je donnerai sur vous les meilleurs renseignements.
Je crois que vous feriez très bien une éducation à vous seule,
à la campagne; vous êtes fort instruite, et, n'étant pas pressée
par le temps ni par des concours, vous pourriez obtenir de
bons résultats, je n'en doute pas... Mais vous ne savez pas vous

plier aux exigences de l'éducation qu'on donne à Paris..., vous n'avez probablement jamais suivi de cours...

— J'en ai suivi, madame, où les professeurs exigeaient des élèves un travail personnel, et auraient qualifié durement l'action de donner comme de soi un devoir qu'on n'a pas fait ! s'écria Sylvie.

— C'est possible, mademoiselle : ces choses-là existaient du temps de l'âge d'or et se cachent peut-être encore quelque part en province... Mais il faut être de son temps et du milieu où l'on vit : il est évident que votre méthode est en désaccord avec celle qu'on emploie ici. Les notes de fin d'année de mes filles l'ont assez prouvé... L'année passée, sous la direction de Mme Héfleur, elles avaient été classées presque en tête du cours, et cette dégringolade...

— Je n'avais pas été prévenue, madame, de telles conditions, que je n'aurais pas acceptées...; j'aurais cru faire acte d'hypocrisie... »

Mme Biélard rougit légèrement.

« Vous êtes jeune, mademoiselle, reprit-elle après un silence, vous avez besoin d'apprendre la vie; dans vingt ans vous ne penserez peut-être pas comme aujourd'hui. Voici la somme qui vous revient, y compris les mois de vacances qui vous sont dus. Demain matin, Laure et Julie vous feront leurs adieux. Elles vous aimaient et garderont un bon souvenir de vous. »

Mme Biélard se leva et sortit. Sylvie attendit qu'elle fût rentrée dans le salon pour sortir à son tour; elle ne tenait pas à la revoir. Elle monta dans sa chambre et se mit à faire sa malle, tout aussi révoltée, mais plus calme que quand elle avait quitté Fréjaques.

Elle rangeait soigneusement son linge au fond de la caisse en se disant : « Partir..., oui, partir...; mais où vais-je aller? retournerai-je chez Jeanne, ou bien...? » lorsqu'on lui apporta une lettre d'Henriette. Sa cousine lui rappelait que les vacances allaient commencer et que sa chambre était prête; et sur l'autre feuille Mme Michon, de sa grande écriture, avait ajouté quelques lignes pour l'enfant prodigue : « Toute votre famille est au Moulin-Vert, disait l'excellente femme; on vous attend, on ne parle que de vous, on fait cent projets pour le temps où vous serez là. Si vous ne veniez pas, votre oncle et votre tante en auraient un chagrin mortel. Et puis nous marions Coralie, et il faut absolument que vous soyez de la noce. Henriette ne peut pas se consoler de ce que vous ne connaissez pas encore ses enfants; et, foi de grand'mère, ils sont bons à connaître. »

« J'irai, oh! j'irai, se dit Sylvie. Cette fois, personne ne pourra me blâmer : il y a des cas où la révolte n'est que justice. »

Le lendemain matin, elle se leva de bonne heure; il fallait qu'elle prît le premier train. Comme elle sortait de sa chambre, Laure et Julie, que leur mère avait sans doute prévenues la veille, ouvrirent aussi leur porte. Elles l'accompagnèrent dans la salle à manger, où elle déjeuna pour la dernière fois, et elles l'embrassèrent quand elle monta en voiture; mais elles ne lui dirent pas « au revoir » et se montrèrent assez froides : les notes de fin d'année avaient agi sur elles.

De Paris à Puymont, Sylvie, blottie dans un coin du wagon, vit passer devant elle les sites qu'elle avait déjà vus, plus de deux ans auparavant, quand elle s'en allait vers l'inconnu avec Mme de Cinchonas. Elle les reconnaissait, et ils lui servaient à mesurer le chemin déjà parcouru. Loin, bien loin en arrière, Meudon et Paris! Elle ne les regrettait pas : le cœur lui battait en songeant à ce qu'elle allait revoir... Deux mois de vacances! deux mois de paix!... Et ensuite? Ah! ensuite... elle avait bien le temps d'y songer; pour le moment, elle ne voulait qu'être heureuse.

Elle descendit le soir en gare de Belleville. Inutile d'aller jusqu'à Puymont, puisqu'elle n'y trouverait aucun des siens. A Belleville, elle fut tout émue d'être saluée par le chef de gare, qui la reconnaissait : les joies du retour commençaient. Elle lui recommanda ses malles, qu'on viendrait chercher, et elle s'achemina à pied vers le Moulin-Vert.

Oh! comme ce cher pays lui paraissait beau sous la lumière dorée du soleil déclinant! Tout lui était familier, les formes et les couleurs; les groupes de paysans revenant des champs ne ressemblaient point à ceux de Belgique ou des environs de Paris; elle saluait comme de vieux amis les châtaigniers et les chênes, et il lui prenait des envies folles d'escalader toutes les barrières et d'entrer dans toutes les fermes. Elle fit lestement les deux lieues qui la séparaient du Moulin-Vert : la terre ne la portait pas. Arrivée à la bifurcation de la route, elle s'arrêta et regarda un instant le moulin et la maison. C'était là..., tout à l'heure elle les verrait tous... Le cœur lui battait : elle n'osait plus avancer, maintenant...

Deux hommes sortirent du moulin : s'ils allaient à la maison, ils devaient passer devant elle. Le plus grand, le plus gros, elle le reconnaissait bien : c'était Onésime ; mais l'autre, qui boitait légèrement et s'appuyait sur une canne... Quoi? c'était *lui!* Sylvie eut une velléité de prendre la fuite. Mais Onésime poussa tout à coup une exclamation joyeuse et s'élança vers elle.

« Vous! s'écria-t-il, vous! quel bonheur! Vont-ils être heureux tous! Mais pourquoi n'avoir pas envoyé une dépêche? on ne vous aurait pas laissée venir à pied, toute seule, ma...mademoiselle!

— Cela m'amusait de vous surprendre, *mon cher cousin,* » répondit Sylvie en riant, et elle lui tendit la main.

Onésime rougit jusqu'aux oreilles et serra la main de Sylvie en l'appelant *ma cousine.* Puis il lui offrit son bras, sans gaucherie, et Sylvie trouva qu'il ne ressemblait plus à ce balourd dont elle s'était tant moquée autrefois. Il s'arrêta pour appeler Édouard d'Hervieux, et il expliqua à Sylvie que son ami était venu dîner avec eux, ce qui lui arrivait souvent. Sylvie répondit au salut du jeune homme et à ses questions polies sur sa santé et la fatigue de son voyage, et elle sentit se dissiper le malaise que lui avait d'abord causé sa présence.

Chemin faisant, elle le regardait à la dérobée. Il était toujours laid, sans doute, mais il n'était plus horrible; la raie rouge qui lui coupait la figure en deux avait pâli, et son nez semblait un peu moins déformé qu'autrefois. Il devait marcher avec une certaine difficulté; mais il n'avait plus de jambe de bois, et, avec sa canne aidant sa jambe mécanique, il avait à peu près la tournure de tout le monde. Il parla peu, et Sylvie lui sut gré de sa réserve.

Ils arrivèrent au parterre qui précédait la maison; comme les arbustes des massifs avaient grandi depuis le départ de la jeune fille! Elle n'eut guère le temps d'y regarder : un cri de joie parti de la maison lui fit vite lever la tête, et elle entrevit, à une fenêtre du premier étage, une jeune femme avec un

Onésime poussa une exclamation joyeuse.

enfant dans ses bras, qui disparut aussitôt. Sylvie l'entendit descendre l'escalier en courant. C'était Henriette, qui vint se jeter dans les bras de sa cousine. Outre sa petite fille qu'elle tenait d'abord, elle avait cueilli au passage son fils, qui disait d'un ton joyeux : « Sivi ! Sivi ! » et qui tendait ses petites mains à la jeune fille.

En même temps, comme Sylvie arrivait au perron, à toutes les fenêtres apparaissent des figures radieuses ; on entend crier dans toute la maison : « Sylvie ! voilà Sylvie ! » Et Sylvie est saisie, serrée, embrassée, emportée, et elle se trouve, sans savoir comment, assise sur le canapé du salon, entre sa tante et Henriette, avec Marguerite, Antoine et Paulette à genoux devant elle sur le tapis, et son oncle debout qui tient sa main et la caresse d'un air attendri. Puis Mme Michon arrive, toujours dans sa robe grise, pour souhaiter à son tour la bienvenue à la visiteuse, et Sylvie s'étonne de n'être pas venue plus tôt... Et voilà qu'un aboiement se fait entendre, et Miska vient se jeter sur elle, lui disant dans son langage : « Comment, te voilà ! tu es restée bien longtemps absente ! Comme je suis heureuse de te revoir ! »

Ce soir-là, Sylvie écrivit à Jeanne avant de se coucher dans une chambre qui faisait penser à une prairie, tant il y avait de bouquets de fleurs des champs semés sur les murs et sur les rideaux. La lettre fut comme un chant d'action de grâces, et quand elle se mit au lit, un lit qui embaumait la lavande, il lui sembla qu'elle entrait dans un repos délicieux et que c'était pour toujours.

Il s'élança sur la route de Belleville.

CHAPITRE XXXII

Désarmement progressif. — Après l'inspection des finances. — A l'abri du vieux moulin.
Tout finit bien.

Les semaines s'écoulèrent : comme le temps passait vite !
Sylvie observait, réfléchissait ; un grand travail se faisait dans
son esprit. Comme Henriette avait eu raison de devenir Mme Michon, en dépit de l'extérieur maladroit d'Onésime, de ses
manières gauches, de son nom malencontreux et des ridicules
de sa mère ! Elle en était bien récompensée. D'abord, Onésime
avait changé : cela, c'était son œuvre à elle. Sans le blesser,
sans lui témoigner de dédain, peu à peu, tout doucement, elle
lui avait appris à vivre. Maintenant, il tenait sa place partout
comme un homme bien élevé ; comme Raymond, qui venait
d'arriver, et à qui Sylvie fit compliment de sa bonne grâce à
porter l'uniforme de Saint-Cyr ; comme Édouard d'Hervieux,
qui avait toujours eu les façons les plus distinguées... Quant à
son nom, c'était une affaire d'habitude ; dans le pays, ce nom
estimé, respecté, faisait honneur à sa femme. Et pour Mme Michon mère, elle aussi avait commencé à se civiliser au contact
de la famille de Robay ; et puis elle était si dévouée aux siens,

si courageuse et si bonne! Il n'y avait pas besoin de regarder
deux fois Henriette pour s'assurer qu'elle était parfaitement
heureuse. Son visage épanoui, sa fraîcheur de rose, sa gaîté,
qui ne nuisait en rien à sa majesté de mère de famille, réjouis-
saient le cœur de tous ceux qui l'aimaient. Certes, elle avait
choisi la meilleure part.

Elle raconta à sa cousine qu'Onésime était si bon, si bon! et
sa belle-mère si bonne! Henriette n'avait pas le temps de
désirer la moindre chose : ils la devinaient, et ses souhaits
étaient accomplis. Sylvie pouvait voir qu'elle avait bien modifié
l'intérieur de la maison; Mᵐᵉ Michon avait sacrifié d'elle-même
son acajou luisant : elle commençait, sinon à avoir du goût, du
moins à comprendre le goût des autres. Coralie ne portait plus
quatre couleurs à la fois — elle allait se marier, Coralie, avec
un riche propriétaire du pays — et la maison s'entourait d'un
charmant jardin qui poussait à merveille et achèverait de faire
du Moulin-Vert le plus délicieux séjour qu'on pût rêver. Avec
tout cela, d'aimables voisins qu'on voyait souvent, et deux
enfants... Henriette ne prenait pas la peine de faire l'éloge
de ses enfants : ils étaient parfaits à ses yeux; c'est ce que
pensent toutes les mères... Enfin, elle était heureuse! Quel
dommage que Sylvie n'eût pas voulu...

Non, Sylvie n'avait pas voulu, et elle commençait à se dire
tout bas, bien bas, sans oser se l'avouer, qu'elle avait peut-être
eu tort de ne pas vouloir... Depuis qu'elle voyait presque tous
les jours Édouard d'Hervieux, qui arrivait au dessert dans sa
petite voiture, elle ne faisait plus attention à sa laideur ni à son
infirmité. Restait le charme de sa conversation, sa haute intelligence, sa bonté et aussi sa tristesse, où l'on devinait le regret
de son avenir perdu; Sylvie avait l'âme assez généreuse pour
que cette tristesse même la rapprochât de lui.

Tel qu'il était maintenant, elle attendait avec plaisir sa visite
du soir. Il arrivait, descendait de sa voiture avec l'aide de son
domestique, entrait dans la salle à manger, où des voix joyeuses
le saluaient. Il s'asseyait : les enfants se pressaient autour de
lui. Antoine et Paulette avaient toujours quelque chose à lui
demander, et il leur répondait avec une complaisance inépuisable. Le petit Henri le tourmentait jusqu'à ce qu'il l'eût pris
et assis sur son genou; la petite Thérèse elle-même commen-

çait à lui sourire. Il savait plaire à tous, et sa présence faisait
passer la soirée comme un instant; il organisait des jeux pour
les enfants, il causait littérature avec M. de Robay, agriculture
et science avec Onésime, musique avec Henriette et Sylvie; il
parlait aussi d'art militaire avec Raymond, mais on sentait que
cela lui coûtait, et Sylvie eût voulu que Raymond ne mît jamais
son uniforme et ne dît jamais un mot qui eût rapport à son
métier. A onze heures, il partait, et chacun lui disait: « A demain, n'est-ce pas? » Sylvie n'était pas la dernière à le lui
dire. Le dimanche, il venait ordinairement dès le matin pour
toute la journée.

Août se passa ainsi, septembre s'avança..., il fallait que
Sylvie songeât à son avenir. Chercher une place, encore ! cette
perspective lui serrait le cœur. Elle ne pouvait cependant pas
rester là, inutile, elle qui avait tant voulu partir, deux ans plus
tôt... Vers le milieu de septembre, elle entra un matin dans la
chambre de Mme de Robay.

« Ma tante, lui dit-elle, voilà les vacances qui touchent à
leur fin; voudriez-vous prier mon oncle de m'aider à chercher
une place ? »

Mme de Robay prit un air triste.

« Tu veux encore t'en aller? Nous comptions tant te garder,
méchante enfant ! Est-ce que quelqu'un t'a fait de la peine,
ici ?

— Oh! non ! mais, chère tante, mon oncle travaille, je dois
travailler aussi ; je ne trouverais pas juste de rester à sa
charge.

— Tu peux nous rendre beaucoup de services pour l'éducation des enfants... Et puis, vois-tu, M. Grivel est si content de
ton oncle, qu'il lui a donné cette année une part plus considé-
rable dans les bénéfices de sa fabrique. Si cela continue, nous
pourrons retourner passer les étés à Bois-Fleuri, quand les
locataires auront fini leur bail. Tu vois que tu ne seras pas
une charge pour nous. Reste avec nous, mon enfant! tu nous
rendras si heureux !

— J'en ai grande envie, chère bonne tante... Je ne suis plus
folle comme autrefois ; je me révoltais contre les petits esclavages de la vie de famille, et combien j'en ai rencontré de plus
rudes après vous avoir quittés! Je resterai, si vous voulez bien me

pardonner mes torts d'autrefois; mais je veux travailler : permettez-moi de donner des leçons à Puymont. '

— Tout ce que tu voudras : on te trouvera le commencement d'un petit cours, et Marguerite t'aidera par la suite. »

On fêta ce soir-là à dîner la détermination de Sylvie, et Mᵐᵉ Michon tira pour la circonstance une bouteille de derrière les fagots. Mais on n'en versa pas à Édouard d'Hervieux; le dîner s'acheva, la soirée se passa sans qu'on l'eût vu venir ; et Sylvie trouva la soirée bien longue. Le lendemain matin, Onésime partit dès l'aurore pour Belleville, afin de savoir ce qui était arrivé à son ami.

« Eh bien ? » lui cria Henriette, quand elle le vit revenir à midi.

Onésime sauta à bas de son cheval et vint à la fenêtre du salon, où la famille était réunie.

« Eh bien, il a été mandé hier au chef-lieu par son directeur, qui lui a annoncé qu'à la suite de l'inspection des finances il avait été proposé pour un bel avancement. On lui offre Dunkerque : c'est une perception superbe.

— Comment ! il va nous quitter ! » s'écrièrent M. et Mᵐᵉ de Robay, Henriette et Mᵐᵉ Michon ; et les enfants accoururent, répétant : « Nous quitter ? Qui ? Notre ami Édouard ? Il va nous quitter ? » Sylvie ne dit rien, mais elle se sentit pâlir, et pour qu'on ne s'en aperçût pas, elle se détourna et se mit à feuilleter un livre d'images.

« Moi, je l'y engage, reprit Onésime, quelque peine que cela me fasse : ce n'est pas un avenir pour lui que la perception de Belleville. D'un autre côté, c'est bien triste pour un infirme de s'en aller seul parmi des inconnus. Si au moins il était marié...

— C'est vrai, dit Raymond, une femme lui tiendrait compagnie, et puis elle le soignerait. Il faut qu'il se marie : est-ce que vous ne lui connaîtriez pas une femme, mesdames ? une bonne, s'entend ! »

Henriette secoua la tête.

« Il ne se mariera jamais, parce que la femme qu'il voulait l'a refusé; n'est-ce pas, Onésime ?

— C'est la vérité; j'ai encore été chargé, le mois dernier, de lui offrir un bon parti ; mais il n'en veut pas.

— Pourquoi n'a-t-elle pas voulu de lui, la méchante? demanda Paulette.

— Ah! qui sait? elle l'a peut-être trouvé trop laid! » dit Henriette, retrouvant ses anciennes griffes de chatte blanche. Elle aimait beaucoup l'ami de son mari, et elle en voulait encore un peu à Sylvie de son refus.

Mais Paulette ne prit point la réponse comme une plaisanterie; et, se redressant, indignée :

« Oh! si l'on peut dire! s'écria-t-elle. C'est la guerre, ça n'est pas de la laideur, ça! Moi, si je pouvais grandir tout d'un coup, je voudrais bien être sa femme! »

Tout le monde rit, excepté Sylvie. Elle demeura silencieuse pendant le déjeuner, et, quand on sortit de table, elle s'esquiva en cachette et alla se réfugier à l'abri du vieux moulin. Il y avait là un coin frais et sombre qu'elle aimait beaucoup. Au temps où l'on avait rebâti et agrandi le Moulin-Vert, on avait élevé à cet endroit une espèce de contrefort pour soutenir l'ancienne construction. Depuis, le lierre avait poussé; il recouvrait maintenant le mur neuf aussi bien que le vieux : l'angle qu'ils formaient était devenu comme une grotte de feuillage. L'herbe d'alentour n'était pas foulée, car le moulin n'avait pas d'entrée de ce côté-là, et personne n'y venait jamais. Sylvie, qui aimait à errer à l'aventure, l'avait découvert dans une de ses promenades solitaires; elle y avait roulé quelques pierres pour se faire un banc, et elle y venait quand elle avait quelque idée à creuser.

Ce jour-là, elle en avait une qui l'étonnait, qui l'effrayait..., elle voulait réfléchir en paix et tâcher de voir clair en elle-même... Elle se sentait triste, triste! Elle voulait secouer cette tristesse : impossible! et elle était obligée de s'avouer que c'était le départ d'Édouard d'Hervieux qui la troublait ainsi. Se pouvait-il qu'elle eût tant de peine à renoncer à l'habitude de le voir tous les jours? C'était la pitié, sans doute... Pauvre garçon! s'en aller seul parmi des étrangers, quitter les amis dont la tendresse délicate lui adoucissait son malheur... Si Sylvie avait voulu... Oui, pourquoi n'avait-elle pas voulu? Elle était bien folle, bien légère dans ce temps-là, et puis elle ne le connaissait pas comme à présent... Il existait dans le monde d'autres jeunes filles qui avaient à la fois plus de raison et plus de cœur qu'elle, et qui ne demandaient qu'à se dévouer au blessé!... On lui avait encore, tout dernièrement, offert un bon parti ; mais il avait refusé !...

Sylvie n'avait pas voulu... Et si elle voulait, maintenant ? Elle en était sûre, elle n'aurait qu'un mot à dire... Il pourrait s'en aller au bout de la France : alors il ne serait plus seul... Et la jeune fille se voyait auprès de lui, l'entourant de soins, le consolant, lui faisant des amis, le forçant à sortir de sa sauvagerie d'infirme, réunissant autour de lui des esprits capables de comprendre le sien, lui rendant enfin la vie si douce, qu'il ne penserait plus à son glorieux malheur... Quelle tâche plus digne de l'ambition d'une femme de cœur, que cette mission de dévouement ? Aurait-elle même besoin de courage ? Oh ! non ! car elle sentait qu'il lui en faudrait davantage pour lui dire adieu...

Sylvie se leva et revint vers la maison d'un pas allègre. Dans le vestibule, elle rencontra sa tante.

« J'ai à vous parler encore ce matin, chère tante, lui dit-elle. Venez avec moi. »

Elle l'emmena dans le jardin avec elle. Elles causèrent longtemps ; puis Mme de Robay invita M. de Robay et Onésime à se joindre à leur conciliabule. Henriette, qui les observait de loin, vit son mari bondir comme un cabri et saisir Sylvie qu'il embrassa sur les deux joues.

« Eh bien, qu'y a-t-il donc ? cria-t-elle en riant de ce sans-façon.

— Elle t'expliquera..., je n'ai pas le temps..., j'y vais tout de suite ! »

Il partit comme un trait dans la direction de l'écurie ; il revint à cheval au bout de cinq minutes et s'élança sur la route de Belleville en criant : « A tantôt ! Vive Sylvie ! »

Il ne revint que pour dîner. Toute la famille l'attendait avec des figures radieuses : les explications avaient évidemment satisfait tout le monde. Les mines s'allongèrent quand on le vit seul.

« Il viendra ce soir ! répondit-il à la question muette que lui posaient les regards. Il viendra, avec une bague... Je n'ai jamais vu un homme plus ému, plus reconnaissant, plus heureux... Mais voilà bien une autre affaire ! le percepteur de Puymont est Flamand, et il demandait la place de Dunkerque. Ces messieurs

vont tâcher de permuter, comme on dit dans l'état militaire...,
à moins que ma cousine ne tienne à s'en aller voir la mer du
Nord... »

Sylvie n'y tenait pas, comme on peut croire.

. . . .

Six semaines après, la petite église de Belleville, tout
embaumée de fleurs et étincelante de lumières, s'emplissait
d'une nombreuse assistance. Aux premiers rangs brillait la
haute société de tout le pays, qui avait tenu à répondre à la
lettre de faire part du mariage de M. Édouard d'Hervieux,
percepteur à Puymont, avec Mlle Sylvie de Préjonc. Dans le
bas de l'église se pressaient les bonnes gens de Belleville et de
la campagne d'alentour, accourus aussi pour voir la mariée : on
la connaissait depuis si longtemps, elle et sa famille ! Il y en eut
beaucoup, qui n'étaient guère riches et qui pourtant donnèrent
à la quête, rien que pour pouvoir dire à la quêteuse :

« Bonjour, mademoiselle Marguerite ! » et pour obtenir d'elle
un « merci ! » et un sourire.

Ils échangeaient à demi-voix leurs réflexions :

« Comme il est venu du monde ! de belles dames qu'on n'a
jamais vues par ici !

— C'est du monde de Puymont, sans doute : le marié va y
demeurer.

— C'est dommage pour nous : il était si bon, il ne pressait
pas les pauvres gens...

— Oh ! oui, c'est un brave monsieur... Oh ! la belle musique !
c'est la jeune Mme Michon qui chante !

— Y a-t-il des fleurs ! y en a-t-il ! où ont-ils pu trouver tant
de fleurs que cela ?

— On leur en a apporté de tous les côtés : les Michon et la
famille de Robay sont si aimés dans le pays !

— Et ils le méritent, pour sûr !... Ah ! c'est fini : les voilà
qui vont à la sacristie.

— Ils vont revenir, on les verra passer... Laissez les enfants
se mettre devant ; on peut bien voir par-dessus leur tête... Les
voilà ! Regarde bien la mariée, Jeannette : est-elle jolie !
Marianne, laisse avancer ton petit frère qui voudrait voir !

— Ça fait de la peine tout de même, de penser que le marié
est boiteux.

— Bah ! il ne boite presque pas ; ça n'a pas l'air de la chagriner, d'ailleurs.

— C'est vrai qu'elle a une mine réjouie qui fait plaisir. Regarde comme elle sourit ! »

En effet, Sylvie s'avançait radieuse, les yeux brillants, la tête haute, sa main légèrement posée sur le bras de son mari, rendant gracieusement les saluts, et souriant aux petits enfants qui levaient vers elle des regards pleins d'admiration. L'idée n'eût pu venir à personne que ce n'était pas là une mariée parfaitement heureuse.

Un spectateur grincheux — il s'en trouve toujours — dit d'un air de compassion, en voyant Édouard d'Hervieux monter en voiture avec un certain effort :

« Pauvre jeune homme ! voilà pourtant ce que ça lui a rapporté, de s'en aller se battre pour son pays : une jambe de bois !

— Taisez-vous, père Codard, vous devriez avoir honte de dire des choses pareilles ! lui répliqua une vieille femme avec indignation. Il s'est battu comme un brave, et c'est le bon Dieu qui paye pour le pays. Regardez un peu s'il n'a pas l'air d'un homme qui se trouve bien payé. Je parierais qu'il ne regrette rien. »

. . . .

Non, Édouard d'Hervieux ne regrette rien : ce qu'il a vaut mieux, pense-t-il, que tout ce qu'il aurait pu avoir, et sa tendresse pour sa femme s'augmente d'une reconnaissance sans bornes. Et Sylvie aussi est heureuse ! Elle a appris, par sa propre expérience, que personne en ce monde n'est absolument libre, et qu'en cherchant à se débarrasser des chaînes qu'on porte, on risque d'en rencontrer de plus lourdes. Elle sait que la vie est mêlée de biens et de maux, et que le moyen de la trouver bonne, c'est de jouir en paix des biens et d'accepter les maux avec courage et patience. Elle est donc fermement résolue à s'armer de patience et de courage contre les peines qui pourront l'atteindre : ce sera désormais sa seule manière d'être armée en guerre.

En famille, on la plaisante sur ses anciennes révoltes, et son oncle lui demandait un jour en riant si sa conversion était bien complète. « Je ne sais pas ! répondit-elle : contre quoi est-ce que je me révolterais? Je n'ai aucun sujet de me plaindre, puisque je suis parfaitement heureuse! »

Comme son bonheur est de ceux à qui le temps ajoute plutôt qu'il n'ôte, il y a toute raison de croire que M. et Mᵐᵉ d'Her-vieux fêteront la cinquantaine sans trouver un seul regret dans le passé de leur ménage.

TABLE DES MATIÈRES

16197. — Imprimeries réunies, A, rue Mignon, 2, Paris.

www.ingramcontent.com/pod-product-compliance
Lightning Source LLC
Chambersburg PA
CBHW071846020726
47502CB00003B/624